深淵の覇者

新鋭潜水艦こくりゅう「尖閣《せんかく》」出撃

数多《あまた》久遠《くおん》

祥伝社文庫

"HE WHO COMMANDS THE SEA HAS COMMAND OF EVERYTHING"

テミストクレス 紀元前五二二―四五七年ごろ

目次

主な登場人物

木村美奏乃《きむらみその》……防衛省技術研究本部技官
荒瀬修司《あらせしゆうじ》……二等海佐　潜水艦『こくりゅう』艦長
橋立真樹夫《はしだてまきお》……美奏乃の婚約者　五年前に潜水艦『まきしお』事故で死亡
橋立嗣夫《つぐお》……二等海尉　潜水艦『こくりゅう』水雷長　真樹夫の弟
御厨小百合《みくりやさゆり》……日本初の女性総理大臣
杉井幸子《すぎいさちこ》……一等陸尉　中央情報保全隊
倉橋日見子《くらはしひみこ》……二等空佐
彭宝輝《ほうほうき》……中国軍総参謀長
林震《りんしん》……中国海軍中校　潜水艦『長征十三号《ちょうせい》』艦長
ミハイル（ミーシャ）・ルサノフ……中国海軍潜水艦設計技師　元ソ連海軍技師

プロローグ　二〇一一

「準備……完了しました」

報告した乗員の声は上《うわ》ずっていた。薄暗い非常灯に照らされた顔は、不安を通り越し、明らかな怯《おび》えに歪《ゆが》んでいる。

潜水艦『まきしお』副長、荒瀬修司《あらせしゆうじ》三等海佐は、長身を乗り出すようにして海図を見下ろしていた。海図台についた手は、運動不足になりやすい潜水艦乗員には珍しく、アスリートのようだ。強《こわ》ばった顔を上げると、壁面に取り付けられた手斧《ておの》を静かに摑《つか》んだ。緊急時に秘密保全が必要な機器を破壊するための備品だ。留《と》め金は、音を出さないように押さえ、外してあった。

報告を受けた艦長の青山《あおやま》二等海佐は、発令所の中央で血走った目をしばたたかせていた。身長こそ荒瀬ほどではなかったが、彼もまた、服の上からでも明らかに分かる筋肉質な体つきだ。その背筋が、獲物《えもの》に飛びかかろうとする虎のように盛り上がった。大きく息を吸い込み、号令を発しようとしていた。

これを言わせてはダメだ！

荒瀬は、海図台の裏から飛び出し、一足《いっそく》飛びに跳躍すると、手斧の背の部分を使い、青山の後頭部を殴《なぐ》りつけた。

鈍《にぶ》い音と、くぐもった呻《うめ》きが響く。崩れ落ちそうになる青山を、後ろ襟《えり》を摑んで支えた。青山の体から力が抜けると、静かに横たえる。

壁に設《しつら》えられた操作卓に向かっていた乗員たちは、呻き声を聞いて振り返った。彼らの目が語るものは、怯えから驚愕《きょうがく》に変わっていた。荒瀬は、静かに見回すと、手斧を海図台に置いた。そして、有無を言わさぬ強い調子で言い放った。

「青山艦長は、指揮の継続が不可能となった。現時点をもって、本艦の指揮を副長である荒瀬三佐が執《と》る。異論のある者はいるか！」

副長による指揮権強奪という異常事態に、発令所内の乗組員が顔を見合わせていた。その時、艦内通話用の無電池電話から橋立真樹夫《はしだてまきお》二等海尉の声が響いた。

「魚雷発射管室、橋立です。浸水状況報告します。目測で毎分一トン程度。内殻《ないこく》に亀裂が入っている模様。浸水箇所《かしょ》に手が届かず、完全な措置《そち》は不可能と思われます。緊急浮上してください！」

乗員たちは、不安の色を濃くした。しかし、荒瀬は彼らを無視した。中空を見つめたまま、無電池電話に向け、決然と命じる。

「浮上はしない。可能な限りの浸水防止処置を実施しろ」

「了解しました。浸水防止処置を続けます」

　答えた真樹夫の声には、覚悟を決めた響きがあった。

「聞いたとおりだ。浮上はしない。速《すみ》やかに現海域から離脱する。針路260《フタロクマル》、潜望鏡深度につけ」

　荒瀬の指示に対し、まだ迷いを浮かべて周囲を見回す乗員もいた。荒瀬は、手近な一人に近寄ると、襟元を摑み、相手に額《ひたい》を押しつけて言った。

「批判は後回しにしろ。SBF《エスビーエフ》（潜水艦隊）だろうが、SF《エスエフ》（自衛艦隊）だろうが海幕《かいばく》（海上幕僚監部）だろうが好きなところに言えばいい。ただし、生きて帰れたらな！」

第一章　鉄の鯨《くじら》　二〇一六

「ご案内できるのはここまでです」

作業服を着た女性社員は、そう告げると電子ロックを操作して、〝防衛装備取扱区域〟と書かれたドアを開けた。

「大丈夫です。何度も来てますから」

通常、技本と略される防衛省技術研究本部に勤める技官、木村美奏乃《きむらみその》は、窓が一つもないエリアに足を踏み入れた。防衛装備の製造工場として認定を受けるため、工場の仕様も特殊だった。

「やっと普通に話せるわ」

同行してくれた先輩技官、春木香苗《はるきかなえ》は、胸をなで下ろして呟《つぶや》いた。美奏乃は、厳格なセキュリティエリアに入って落ち着くというのは妙な話だと思いながら、同じように安堵《あんど》していた。

経費節約のため、新幹線に乗せてはもらえなかった。二人は、早朝に東京から東海道本《とうかいどう》線に乗り、沼津《ぬまづ》まで来た。列車の中では、ありきたりな世間話はしても、仕事の話は口にできなかった。どこにどんな耳があるか分からない。

　鉄道移動だったので、スーツ姿なのは同じだった。しかし、春木が、厳格でステロタイプな自衛官が眉を顰《ひそ》めそうな、一見すると芸能関係者かと見まごうスーツであるのに対して、美奏乃は、地味な濃紺《のうこん》のパンツスーツだった。髪も、タオルで拭《ふ》いておけば自然に乾いてしまうベリーショートだ。工場に入ってから、スーツの上に、普段から研究室で着る白衣を羽織《はお》った。汚れてはいないものの、あちこち綻《ほころ》びかけていた。

　二人が訪れたのは岸《きし》電気工業の沼津工場。一般人の間では、岸電気は、電話交換機などの通信機器や現金自動預け払い機《ATM》の大手として知られている。防衛省関係者の間では、潜水艦探知に欠かせないソナーやソノブイのメーカーだった。

「あっちです」

　勝手知ったる工場なので、美奏乃は、先に立って歩き出した。制電靴が、歩くたびにコミカルな音をたてた。

　美奏乃も春木も、恵比寿《えびす》にある技術研究本部艦艇装備研究所の勤務だ。美奏乃は、その中で、探知機器研究室に籍を置き、ソナーの研究を行なっている。今日の訪問も、受領にあたり、岸電気製作のソナー関連装備を検査するためだった。

「この五年間、根《こん》を詰めて開発してきた結果とご対面ね」

春木は、美奏乃よりも二年早く入省していた。その上、修士の美奏乃に対して、博士課程卒なので、年齢は五つ上になる。美奏乃にとって、初の大物装備受領検査だったため、研修を兼ねるという名目で、いっしょに来てもらっていた。同じ艦艇装備研究所勤めではあるが、美奏乃とは部違いの航走技術研究部に所属し、水上艦の船体構造などの研究が仕事だ。今から検査予定のナーワルシステム開発でも、外部に露出するコンポーネントの設計で、少しだけ力を借りていた。

「そうですね。やっとです」

ナーワルシステムは、美奏乃が、五年がかりで開発を続けてきた潜水艦用の装備だ。海水は、光も電波も通さないため、潜航する潜水艦を探知する手段は、鯨《くじら》やイルカと同じように、音波を使う。sound navigation and ranging、日本語で言えば、音響航法測距《そっきょ》、頭文字をとってSONAR（ソナー）が、潜水艦を探知するためのほぼ唯一《ゆいいつ》の手段だ。ナーワルシステムは、そのソナーによる捜索から身を隠すためのシステムだ。

「うまくいくといいわね」

「絶対に、うまくいかせます」

春木の言葉は、装備の受領後に始まる実用試験の成功を祈るものではなかった。二人だけが分かる美奏乃の企《たくら》みのことをいっていた。

「拘《こだわ》り続けるのが正しいとは思わないけどね」

「真相を知るまでは、止《や》められません」

美奏乃は、このナーワルシステムの実用試験を通じて、自衛隊がひた隠しにする事件の真相に迫ろうとしていた。この五年は、そのために費《つい》やした。

二人が歩く先に、円筒形の物体が現われた。

「あれがそう？」

「はい。艦尾《スターン》に取り付けるナーワルシステムのスターンコンポーネントです」

試験の際に状態が把握しやすいよう、スターンコンポーネントは黄色と黒で塗り分けられていた。傍《かたわ》らには、年配の技術者が立ち、年若い技術者の作業を見守っていた。

「お疲れ様です」

美奏乃が声をかけると、年配の技術者大淵《おおぶち》が振り向いた。

「遠いところをありがとうございます」

大淵は、組み上げ中のナーワルシステム構成部品を前にして、誇らしげに言った。彼の目尻に刻まれた皺《しわ》が、可愛い孫を目の前にしたように、一層《いっそう》深くなっていた。

「当たり前だけど、ぱっと見には、曳航《えいこう》式ソナーにしか見えないわね」

「そりゃそうです。TAS《タス》（曳航アレイソナー）の全長を伸ばし、中身を追加しただけですからね」

春木の疑問に、大淵は笑って答えた。

「ですがね、見かけはＴＡＳもどきでも、こいつを装備させれば、日本の潜水艦は、どんな水上艦からも、哨戒機《しょうかいき》からも、それに潜水艦からも、発見不能な〝最強の船〟になりますよ」

「〝最強〟と表現するのは違和感がありますけどね」

美奏乃は、少し屈《かが》んで組み立て作業を見つめていた。美奏乃の視線の先では、年若い方の技術者矢沢《やざわ》が、ドライバーを握り、外装パネルを取り付けようとしていた。このナーワルシステムがもうすぐ完成すると思うと、自然と笑みがこぼれた。

「いいんじゃない。防御兵器でしかないイージスを装備しただけで、〝最強〟護衛艦なんて言われるくらいなんだから、敵艦を沈められれば〝最強〟でしょ。たとえ不意打ち専門でもね」

「香苗さん」

春木の嫌《いや》みったらしい言い方は、美奏乃には冗談だと分かっていた。しかし、大淵や、黙々と手を動かす矢沢にとっては、単なる嫌みに聞こえかねなかった。

「大丈夫ですよ、木村さん」

大淵は、裏表のない笑顔を見せた。

「潜水艦は、存在を隠してこその兵器ですからね。当然、不意打ち専門です。その代わり、常に一匹狼《おおかみ》で、敵艦隊が何隻《せき》いようとも、単艦で挑《いど》む。そこに醍醐味《だいごみ》があるんですよ」

　大淵は、防衛省の研究者よりもロマンチストだった。

「それはいいんだけど、どういう理屈なの？」

　春木は、普段から「目に見えないものは苦手」だと言っていた。美奏乃からすれば、春木が専門とする、挙動が不可解な流体よりも、目には見えなくても、法則に則《のっと》った現象が観測しやすい音波のほうが、はるかに分かりやすかった。

「一概《いちがい》にソナーと言っても二種類あります。潜水艦や水上艦が立てる音を聞くだけのパッシブソナーが一つ。もう一つは、ピンガーと呼ぶ探針《たんしん》音をこちらから発して、目標からの反射音、つまりやまびこを聞くアクティブソナーです」

　春木は、不満げだった。いくら何でも、その程度は知っているという顔だ。

「このナーワルシステムは、後者、ピンガーをぶつけて反射音を捉《とら》えるアクティブソナー用の対抗手段です」

「でしょうね。パッシブソナー対策は、騒音を出さない工夫だから、対策を講じるとしたら船体や機関部になるものね」

「はい。従来のアクティブソナー対策は、音波の反射を抑《おさ》える吸音タイルを貼り付けたり、反射音が、音源とは別の方向に向くよう、船体に傾斜を設《もう》ける方法です。基本的に、ステルス戦闘機が、電波に対して行なう対策と同じなんです。そうした船体の対策に加え、運用現場では、アクティブソナーの発信源に船体を向け、ピンガーに対する断面積を減少させることも行ないます。これらは、基本的に受動的な対策、つまりパッシブ方式です。それに対して、ナーワルシステムはアクティブ方式です。その作動原理は、けっこう単純で、民生品にも同じ原理を使用したものがあります」

「民生品？」

「ええ、ヘッドホンに使われている、アクティブノイズキャンセラーです。あれは、外部からヘッドホン内に入る音、ノイズを消すため、ノイズの逆位相《いそう》ノイズを作り、聞きたい音と一緒に流すことでノイズを消します。このナーワルシステムは、アクティブソナーのピンガーを捉《とら》え、船体で反射する音と逆位相の音をこちらのアクティブソナーで生成して放射することで、反射音を消してしまうアクティブソナーキャンセラーなんです」

　音は、音波と呼ばれるように波の性質を持つ。逆位相音は、波の山と谷が逆の音だ。その二つを重ねると、山と谷が打ち消し合って、波が消えてしまう。

「なるほど。種明《たねあ》かしを聞くと、ずいぶんと簡単そうに思えるけど、コロンブスの卵ってことなのかしら？」

「いえ。今の説明は、ずいぶんと省略しました。原理は簡単ですが、実際には難しいんです。一番の問題は、逆探知したピンガーを、そのまま加工してもダメだという点です。ピンガーは、船体の各部で反射します。そして、そうりゅう型潜水艦は、全長八四メートルもあります。ピンガーがものすごく短い、たとえば一〇〇〇分の一秒しか続かないパルス音だったとしても、艦首で反射する音と艦尾で反射する音は、ずれてしまいます。生成すべき音は、長さが一〇〇〇分の五六秒、つまり五六倍にも伸びた音にしなければならないんです。当然、これは、ピンガーがやって来る方位や上下角によって変わります」

「なるほどね。確かに難しい……というか、本当に可能なの？　船体の仮想モデルを使ってシミュレーションするんだろうけど、計算量を考えたら、スパコンでもないと無理なんじゃやない？」

技術者である春木は、簡単な説明だけで、この技術の核心に迫っていた。

「いえ、シミュレーションをやろうとしたら、スパコンでも無理です。このナーワルシステムの核心は、船体の仮想モデルを代替《だいたい》できる、非常に単純な形状なんです」

「なるほど。平面で構成された多面体とかだ！」

「それは……、先輩にも言えません」

美奏乃は、苦笑しながら言った。

「いいわよ、別に。その単純な形状とやらを聞いたところで、それがどんなものなのか、私には分かりそうにないしね」

春木は、肩をすくめて笑った。

「でも名前の由来くらい教えてよ。ナーワルってイッカクのことよね？」

イッカクは、北極海に生息する小型の鯨類《げいるい》で、その名前のとおり、一本だけ生《は》えた角《つの》が特徴だ。ただし、その角は、解剖学的には、角ではなく牙だった。

「艦首《バウ》用のバウコンポーネントは、艦首の先に付ける必要があります。取り付けた時のイメージ図を見て、私が『イッカクみたい』と言ったら、それにしようってことで名前が決まったんです」

美奏乃にとって、甘酸《あまず》っぱい記憶だった。

「ふうん。あんたの言葉で、彼が決めたわけだ」

美奏乃は、いよいよ最終段階になった組み立て作業に視線を移した。大淵の下でスキルを磨く矢沢が、慣れた手つきで工具を操《あやつ》っている。

「こいつが装備として普及したら、対潜水艦戦術はどうなるんですかね？」

矢沢は、美奏乃よりも年下だった。しかし、ナーワルシステムの開発になくてはならない存在だった。大学院で水中音響学を学んでいたので、理論は完璧に理解していたし、その理論を現実にするための要《かなめ》となるプログラミングに長《た》けていた。

岸電気は、水上艦のソナーシステムも開発している。数の上では、むしろそちらが多い。その水上艦による対潜水艦戦を強く意識して開発されたナーワルシステムが、戦術に与えるインパクトが気になるのだろう。

「俺が技術者として駆け出しだったころは、まだ大戦期と同じで、どん亀の天敵は駆逐艦《くちく》だったよ」

　大淵は、矢沢の手元を見つめながら、つぶやいた。

　どん亀とは、潜水艦の別称だ。水上艦に比《くら》べ、鈍足《どんそく》だったことから、水上艦の乗員が、バカにして付けた名前だ。大戦期及び戦後間もないころの潜水艦は、速度が遅い上に潜航能力も低く、駆逐艦がソナーを装備するようになると、いいように追い立てられていた。

「しかし、冷戦が激しくなって、俺が設計のとりまとめを任《まか》せてもらえるころになると、潜水艦の静粛《せいしゆく》性が高くなって、水上艦のソナーじゃあ、どうにも見つけられなくなっちまった」

　潜水艦と水上艦に、たとえ同じ性能のソナーを搭載したとしても、その探知性能には大きな差が出る。あらゆる点で静粛性を意識して作られた潜水艦は、ソナーにとってノイズとなる自らの騒音が格段に少ないからだ。水上艦は波を切ることによっても大きな騒音を発する。潜航する潜水艦は、波を立てることもない。

　冷戦期の潜水艦は、駆逐艦などよりも先に、水上艦を探知し、身を潜《ひそ》めて攻撃の機会を窺《うかが》うようになった。

「いきおい、潜水艦捜索は、対潜哨戒機や哨戒ヘリ、そして潜水艦の仕事になった。航空機の場合は、ディッピングソナーやソノブイを使うことで水に入らずに探知できるからノイズを出さずに済むし、何より足が速《はや》いから、広い範囲を捜索できた。低周波のパッシブソナーが発達したおかげで、自ら大きなノイズを出さない潜水艦は、遠距離から探知ができるようになった」

大淵の話は、美奏乃にとっては実体験ではなく歴史だった。

「ところが、最近の潜水艦は、さらに静かになったおかげで、潜水艦でも発見することが難しくなってきやがった。何せ潜水艦が出す音が、自然にあるノイズ以下じゃあパッシブソナーの能力を高くしたところで、ノイズとシグナルを分離できやしない」

「P―1が〝対潜〟哨戒機じゃなくて、ただの哨戒機になったのも、同じ理由ですよね」

そう言った矢沢は、トルクレンチを使って、最後の部品を締め付けていた。

「そうだな。中国の原潜みたいにうるさいヤツは別として、パッシブソノブイでの捜索は難しいんで、高速で飛び回ることで、レーダーを使って潜望鏡や通信用マストを探すしか手がなくなってきた」

「結果的に、昔みたいに水上艦がアクティブソナーをガンガン打って、艦隊の周辺に潜水艦を近づけさせないようになった」

矢沢に折られた話の腰を、美奏乃が補うと、大淵は、無言で肯《うなず》いた。

「ところが、こいつが実用化できれば、そのアクティブソナーでの艦隊防御網を突破可能になるはずだ。うちの製品が、某国の空母を震え上がらせるとなれば、私らも鼻が高いですよ」

「海幕《かいばく》は、米海軍に対しても本当のことは伝えてないみたいですから、彼らだって驚くと思いますよ」

「そりゃあいいですな。輸出の許可をいただければ、米海軍にも売れるでしょう」

「ボーナスが増えますね」

矢沢は、そう言って立ち上がった。

「完了です」

振り向いた矢沢の鼻は、拭った際に付いたのか、オイルでうっすらと輝いていた。手には、バインダーがあった。

「検査成績は、全項目基準内です」

「ありがとうございます。検査ＯＫです。書類は、後日、本社に届くように致します」

実用試験に使用する装備の完成は、美奏乃にとっても感慨《かんがい》深いものだった。『まきしお』の事故から五年が経過していた。

「わざわざ沼津までおいでいただき、ありがとうございました。不具合があれば、全力でサポートさせていただきます」

「お世話にならずに済むことを願ってます」

冗談めいた言い回しに、大淵の頰《ほお》が緩《ゆる》んでいた。

「それにしても、惜《お》しい人を亡くしましたな。あの人が生きていれば、このナーワルシステムも、一年以上は完成が早まっていたでしょう」

美奏乃は、身を硬くした。視線は動かさなかったが、矢沢がぎょっとした顔で大淵を見ていることは分かった。

「矢沢が頑張《がんば》ってくれましたが、システムの根幹である論理モデルの構築は、なかなか大変でしたよ。あの人は、一種の天才だったんでしょうね」

「大淵さん」

矢沢が、声を潜めて大淵を遮《さえぎ》った。

「何だ？」

「何だじゃありませんよ。ＴＰＯってものがあるじゃないですか。だから年寄りはデリカシーがないって言われるんですよ」

「何言ってんだ。もう五年も経《た》つんだぞ。吹っ切って当然だろうが」

美奏乃は、思わず浮かべそうになった苦笑を押しとどめた。

「もう大丈夫ですよ。本当に、五年も経ってるんですから」

「すみません、本当に。年寄りはがさつで困りますよね」

矢沢が必死に取り繕《つくろ》うのは、美奏乃が真樹夫の死を吹っ切っていないように見えるからなのだろう。実際、大淵は見抜いていた。

「バカを言うな。木村さんは、昔はこんなじゃなかったろ。橋立二尉が生きてたころは、もっとおしゃれにしてたじゃないか。それが今じゃスッピンがデフォルトだ」

「そうですね。ずっと研究で忙しくて。でも、やっと実用試験をスタートできるところまでは漕《こ》ぎ着けました」

美奏乃は、微妙にはぐらかした。

「だから、これからは少しはおしゃれにも気をつけます」

「それがいい。まず形から入るのが自衛隊流でしょうしね。おしゃれして、明るい気持ちになれば、前向きにもなれますよ」

美奏乃は、大淵の言葉に微笑《ほほえ》みで返しながら、内心では反対のことを考えていた。

事故当時は無理だった真相の追及を、これで推《お》し進められる。そう思っていた。

防衛省・自衛隊による装備開発は、まず初めに技術試験が行なわれ、その装備が技術的に成立し得るのかを確認する。ナーワルシステムの技術試験は、スーパーコンピュータを使用したシミュレーションからスタートした。美奏乃は、シミュレーションプログラムの作成に四カ月を費やし、バグ取りや論理モデルの修正をしながら通算五度のシミュレーションを、役務で借り上げたスーパーコンピュータで実施した。これだけで一年を費やした。

その後、計算上は実現可能であるとの結果を反映し、模型を用いた所内試験を、艦艇装備研究所の大型水槽で実施した。初めて目にした人間が「こんな設備が山手《やまのて》線沿線にあるなんて！」と驚く巨大水槽で試験した結果、ナーワルシステムの研究は、「有意な効果が認められる」との評価を得ることができた。これにも約一年を要した。

実験環境下で効果があっても、実環境下、つまり本物の海で効果が出せなければ、新たな理論に基づく装備にゴーサインは出なかった。そのため、美奏乃は、岸電気工業の子会社であるキシシーテックが、駿河《するが》湾の湾奥《わんおう》、内浦《うちうら》湾に保有する実験用の大型計測バージ《はしけ》を使い、実際の海中における効果を検証した。計測バージは、全長三〇メートル、全幅一三メートルに及び、内部にある計測用開口部から、直接海中に機器を下ろせるほか、バージ自体に水中音響計測用の専門測定機器を備《そな》える。海自のソナー関連機器の開発には、欠くことのできない設備だ。実環境下での検証は、さまざまなノイズの影響を受けて難航した。それでも、予定の二年をフルに使い、美奏乃は三つ目のハードルも飛び越えた。

四年間に及ぶ技術試験の成果をアピールし、美奏乃は、コストや費用対効果まで考慮して、実用になり得るのかを調べるための実用試験の予算を取り付けた。

承認された予算を用い、岸電気での装備の製作に一年がかかった。その受領日が、今日だった。

この実用試験をクリアすれば、装備は、兵器としては使えるものと見なされる。ただし、さらにその装備を制式装備とするためには、部隊における運用試験を通じて、後方支援のための必要な体制整備を行なわなければならない。

潜水艦の装備であるナーワルシステムの実用試験は、普通なら練習潜水艦で実施されるべきものだ。しかし、美奏乃は、その仕様決定に際して細工を施《ほどこ》した。苦労して調整にまわり、実戦配備の潜水艦にも装備が可能な仕様にしたのだ。その上で、そうりゅう型やおやしお型といった静粛性の高い潜水艦でなければ、有効なデータが取れないと主張した。目論見《もくろみ》がうまく行き、実戦配備の潜水艦で試験が行なわれることになれば、それだけ『まきしお』の事故について知る隊員と接触できる可能性も高くなる。

それに、美奏乃はもう一つ、この試験用ナーワルシステムの仕様に細工をしていた。美奏乃自身が乗り込まなければ、試験ができないよう、不完全なものにしたのだ。

そこまで手を回した。美奏乃は、必ずや、『まきしお』事故の真相を知る人物と接触できるに違いないと期待していた。

＊

荒瀬二等海佐は、横須賀《よこすか》にある官舎で、夢の中にいた。

「ピンガー探知、方位344《サンヨンヨン》。強度はギリギリ、これ以上寄られたら探知されます」

水測員長の林田《はやしだ》が、緊張した声を上げた。アクティブソナーは、ピンガーの反射音を捉えることで目標を探知する。そのため、全く音を出していない目標を探知することも可能な上、目標までの距離が即座に分かるなどの利点がある。しかし、反射波を捉えるというシステムであるため、探知範囲よりも数倍から十倍もの広い範囲で、そのピンガーを逆探知することができる。

「S17《シエラワンセブン》だな?」

「恐らく」

「次は、このSu-ao Traderか」

荒瀬三佐は、モノクロモニターに映るタンカーの艦尾を見ながら言った。潜望鏡から赤外線撮影した映像だった。タンカーは、喫水《きっすい》が下がり、赤い船底塗料が薄い灰色に見えた。黒い船体の艦尾に白いペンキで描かれた艦名は、はっきりと写っていた。

「副長」

先任伍長の五味《ごみ》が、荒瀬を見つめていた。

「分かっている」

荒瀬は、それだけ言うと五味の言葉を封じた。荒瀬にも、このままでは探知、捕捉されることは十分すぎるほど分かっていた。発すべき命令も分かっている。重い決断であることはなおさらだった。

「S17、ピッチ上がりました。キャビテーションノイズ増大」

林田の報告は、荒瀬の逡巡《しゅんじゅん》を許さなかった。荒瀬は、無電池電話を取ると、噛みしめていた唇を開いた。

「橋立、深度二五〇まで潜航する。準備しろ」

「了解、五分で準備します」

橋立真樹夫二等海尉の声は明るいものの、普段から見せる軽い調子ではなかった。

「五分後、橋立の準備ができ次第、潜航する。針路は150《ヒトゴーマル》。何としても、逃げ切るぞ」

荒瀬は、あえて決意表明した。自らの決意が揺らぐことが怖かったからだ。

静寂のまま五分がすぎ、無電池電話で橋立が報告してきた。

「区画閉鎖、準備完了しました」

「了解。頼んだぞ」

「任してください。こんなの簡単ですよ。バルブの開け閉めだけでいいんですからね。私だけこんな簡単な仕事で、みんなに申し訳ないです」

いつもと変わらぬ軽口だった。

視界が切り替わった。

顔面が紅潮し、目を見開いた橋立が、担架《たんか》に乗せられている。胸はせわしなく上下動し、呼吸があることだけは分かった。

「橋立！」

叫んでも反応はなかった。

「橋立！」

荒瀬は、再び声の限りに叫んだ。

突然、視界はところどころに染《し》みが付いたクリーム色に覆《おお》われた。

官舎の天井だった。荒瀬は、身を起こして枕元においてあった時計を見た。セットした目覚ましの時間はまだだった。外は明るくなりはじめていた。

「ちくしょう。またこの夢を見なきゃいけないのか」

*

隣のC棟に勤務していても、A棟の上階に上がってくるのは久しぶりだった。情報本部の勤務だと、直接にブリーフィングを行なう機会でもこない限り、海幕《かいばく》に来る必要はなかった。海幕長室の手前にある副官室を訪れると、二回しか来たことがないのにもかかわらず、顔を覚えられていた。

「幕長が個人的に気にされている方は、顔を忘れないようにしています」

そう言うと、荒瀬の一期後輩に当たる一般大出身の副官は、海幕長室のドアをノックした。

「荒瀬二佐が来られました」

「おう、早く入れ」

海上幕僚長の楢山隆俊《ならやまたかとし》は、書類仕事をしていたデスクから離れると、革《かわ》張りのソファに腰を下ろした。腰を下ろすなり、無言のままタバコに火を点ける。荒瀬も、向かいのソファに腰を下ろした。

「そろそろ潮風《しおかぜ》が恋しくなってきただろ」

「潜水艦じゃ、潮風なんて吸えませんよ。吸えるのはオイルと野郎どもの体臭だけです」

「比喩《ひゆ》に決まってるだろう。まったく」

ノックの音がして、副官付の女性自衛官が、コーヒーを持ってきた。荒瀬は、砂糖だけを入れ、金色のスプーンで静かに掻《か》き回す。

「で、何の用事ですか？」

楢山が、茶飲み話をするために呼びつけたはずはなかった。

「用がなきゃ、昔の部下を呼んじゃまずいのか？」

「まずくはないですが、用がなければ、話すこともありません」

「相変わらず、つまらん男だな。そんなだからいまだにチョンガーなんだぞ」

う。

「そうかもしれません」

荒瀬は、それだけ言うとコーヒーを口にした。用事があるなら、楢山が話を続けるだろ

楢山は、呆《あき》れ顔で言った。

「もう少し愛想よくしても、バチは当たらんぞ」

荒瀬も、愛想を良くしなければならない相手には、もう少しましな対応をしている。楢山は、荒瀬にとって父親、あるいは祖父にも近い存在だった。

潜水艦の乗組員は、プライベートなどないに等しい環境の中で、家族同様の関係になってゆく。荒瀬が初めて乗り込んだ潜水艦で、楢山は艦長だった。その優秀さゆえ、なかなか海幕から出してもらえなかった楢山は、普通のレベルで優秀な者とは逆に、異例の遅さで艦長に就任していた。そのため、楢山は、荒瀬よりかなり年上だった。艦の中で、やんちゃ坊主だった荒瀬は、楢山にただ厳《きび》しいだけではない指導を受け、潜水艦乗りとして鍛《きた》えられた。

楢山は、なんでもやらせてくれた。それも、失敗するまで。もちろん危険な場合は別だったが、荒瀬自身が、自分で失敗したと気付くまでやらせてくれた。おかげで、入港予定が遅れたことさえあった。荒瀬は、そうして鍛えてくれたことを感謝していたものの、それを口に出すことは気恥ずかしかった。

楢山が、わざわざ呼びつけて話をする以上、今度の人事異動に、何かしら事情があることは間違いなかった。

「で、何の用事ですか？」

楢山は、カップを両手で包み、ブラックのコーヒーから立ち上る香りを嗅《か》いでいた。

「やってもらいたいことがある」

荒瀬は、言葉を発しなかった。予想していたからだ。だが、それが何かは分からない。

「二つある。一つは確実に、もう一つは状況に応じて」

「確実なほうは？」

「お前も関わっていたナーワルシステム、あれの実用試験をやってもらいたい」

「異動の内示は、『こくりゅう』でした。練習潜水艦ではなく『こくりゅう』で実用試験をやれということですか？」

「そうだ」

楢山は即答していた。荒瀬はすぐに言葉を返すことはできなかった。

「なぜ私に？」

ナーワルシステムの試験に関われば、荒瀬は顔を合わせたくない人物とも会わなければならなくなる。それは、海自にとっても都合が悪い事態であったし、海幕長である楢山は、当然にそのことを知っている。たとえ、実用試験をそうりゅう型潜水艦でやらせたいのだとしても、艦長が荒瀬である必要はないはずだった。

「なぜそうりゅう型で試験を行なうかということにも関わっている」

「なぜです？」

今度は即座に言葉を返す。

「中国政府中枢《ちゅうすう》、及び軍中枢に怪しい動きがあることは知っているか？」

「いえ」

「情報本部からのレポートだ。見てないか？」

「ええ。私は分析部ですから。それは統合情報部の仕事でしょう」

「そうだな。では、概略だけ話そう。資料は後で届けさせる」

楢山は、一呼吸置くと、視線を褐色の液体に落としたまま話し始めた。

「現在、中国軍の実権を握るのは、総参謀長の彭宝輝《ほうほうき》だ。軍の実権だけでなく、政府中枢にも強い影響力を持つ。南シナ海のベトナムとの係争海域における石油掘削《くっさく》の継続を、政権関係者ではなく、軍人である彭が宣言する状況だからな」

「党の軍隊なのにですか？」

中国軍は、自衛隊や欧米各国と違い、共産党によって支配される党の軍隊だ。

「そうだ。そんなことが可能になった理由は、中国軍が、純粋な軍隊ではなく、経済活動まで行なう特殊な軍隊だからだ。格安スマホで業績を伸ばし、通信インフラまで供給する華威《かい》技術が軍と密接な関係を持つ企業であることは日本でも衆知の事実だ。中国軍は、直接、間接に営利活動を行なう上、華威技術を始めとした関係企業も含めて、息のかかった企業には、特別な優遇措置を取る。結果、軍お抱《かか》え企業が、他社と比べて有利な立場を得て利益を稼《かせ》いでいる。以前に、日本のメディアが、米軍と軍事企業を軍産複合体などと言って叩《たた》いていたが、中国の場合、複合体どころか完全に一体の上、軍事産業以外のあらゆる産業にまで手を広げた超巨大企業として、国家内国家に近い存在になった。その結果、党の指導部までが、軍におもねる状況だ」

「軍事クーデターでも起きるんですか？」

「そうではない。共産党も、手をこまねいてはいないということだ。周《しゅう》政権が進める反腐敗キャンペーンくらい聞いたことがあるだろう。あれは、私腹を肥《こ》やす軍関係者を粛清《しゅくせい》して、民衆の不満を和《やわ》らげるだけが目的ではない。軍による便宜《べんぎ》供与と、その見返りとして軍が経済的利益を得る構図の破壊が目的だ」

「つまるところ、共産党中央と軍との権力闘争ということですか」

「そういうことだ。でだ、試験の話に戻る」

やっと本題に入るらしい。荒瀬は、コーヒーを飲み干《ほ》して、カップを置いた。

「政権、軍双方の怪しい動きというのは、軍事行動の可能性だ。軍が経済活動ではなく、なんらかの軍事行動で、政治的な成果を得ようと画策している可能性がある」

「方面は？」

「不明だ。だが陸上ではないらしい。陸軍部隊の動きは目立ちやすい。それらしき動きがあれば観測できる。それに、海洋権益に関する勇ましい発言が増えた」

「となると、南シナ海か尖閣《せんかく》ですか」

「台湾《タイワン》に直接手を出すとは思えないからな。そういうことになる」

「時期は？」

「いや、そこまで確定的な分析はできていない。軍事行動があるかどうかも確かではない」

「しかし、それとそうりゅう型での試験、及び私の異動に、どんな関係が？」

「ナーワルシステムの技術試験、結果はきわめて良好だった」

「そうですか。それは……良かった。橋立も浮かばれます」

荒瀬は肯きながら言った。

「そのため、実用試験に使用する器材を、機能は限定されるものの、実使用に耐える仕様で製作させた。そうりゅう型で試験を行なうのも、それを見越してのことだ」

「つまり、実用試験を行ないながら、〝状況に応じて〟実戦に投入すると？」

「そういうことだ。だから、艦長にも、ナーワルシステムに詳《くわ》しく、かつ過酷な状況でも的確な指揮ができる人間をあてることにした」

「私を評価していただけるのはありがたいですが、他にも任せられる人もいるし、艦もあると思います。『ずいりゅう』の梶《かじ》二佐は、私以上に適任だと思いますし、何より、木村技官から追及されても、語れる情報は持っていません」

「お前は、木村技官に追及されたら口を割るとでも言うのか？」

楢山は、それまでの親しげな口調を一転させ、ドスのきいた声を響かせた。

「そんなことはありません。ですが、木村技官からすれば、私ほど追及したい人間は、他にいないでしょう。それだけ、追及も厳《きび》しいものになるはずです」

「以前も言ったな。同じことを言うぞ」

楢山は、一呼吸置いて、身を乗り出した。

「しらを切り通せ」

荒瀬は、その言葉よりも、楢山の眼光を見て悟った。楢山は、説明をするつもりはあっても、荒瀬の主張を聞き入れるつもりなど、はなからないのだと。

荒瀬は、背筋を伸ばして答えた。

「了解しました」

荒瀬の言葉を聞いて、楢山の顔は、もとの柔和《にゅうわ》な表情に戻った。

「たのむぞ」

「用件はそれだけですか？」

「なんだ、もう帰るつもりか？」

楢山の用件は、これだけだったらしい。

「いえ、私からも聞きたいことがあります」

「なんだ？」

「先月報告した私のレポートは見ていただけましたか？」

「いや、見ていない。例の潜水艦のヤツだな？」

「はい」

楢山は、レポートの存在自体は知っていた。

「荒唐無稽《こうとうむけい》だと聞いたぞ」

楢山は、立ち上がると、窓際に歩《あゆ》みを進めながら、肩越しに言った。その声には、わずかながら非難の響きがある。

「あの艦が、ただの参考品とは思えません。ましてや、スクラップにするつもりなら、あんなことにはならなかったはずです」

「確かにな。だが、あんな鬼っ子、いやお前の言葉で言えば恐竜だったか……、それを今さらどうにかできるものではないだろう。しょせん、環境に適応できなかった絶滅種だ」

「そう判断するのは早計《そうけい》です。環境は常に変わっています。あの当時の環境に適応できなかったとしても、今の環境なら適応できるかもしれません。それに何より、当時のままの恐竜ではないはずです。遺伝子操作を受けた怪物かもしれないんです」

「荒唐無稽か……」

楢山は、喉《のど》を鳴らして笑った。

「幕長！」

「すまん。バカにはしていない。荒唐無稽だと聞かされた理由が分かった気がしただけだ。遺伝子操作された怪物だと推測する根拠はあるのか？」

荒瀬は、音響測定艦が収集した音響情報について話そうとした。

「あります。『ひびき』が……」

楢山は、左手を上げて遮《さえぎ》った。

「レポートに書いてあるんだな？」

「はい」

「分かった。見ておこう」

「お願いします」

荒瀬は、海幕長室を辞して、エレベーターに乗り込んだ。美奏乃と顔を合わせることは気が重かった。しかし、橋立が残したナーワルシステムを、自分の手で仕上げることは喜びだった。しかも、もし実戦に投入されることになるのであれば、楢山にはああ言ったものの、本音《ほんね》では、自分がナーワルシステムを、最も効果的に使えると思っていた。

荒瀬は、エレベーターのケージの中で、拳《こぶし》を握りしめた。

＊

杉井《すぎい》一等陸尉は、東本願寺《ひがしほんがんじ》監視記録とファイルネームを付けられたエクセルファイルを開いた。東本願寺は、京都にある真宗大谷派《しんしゅうおおたに》の本山だ。神戸《こうべ》で育った杉井にとっては、小学校の修学旅行で訪れた際、女子トイレの行列に我慢ができず、男子児童を追い出して男子トイレを使った場所として記憶されていた。コードネームとして名所旧跡の名前を使用しているだけなので、この名前が外部に漏れたとしても、実害はないはずではある。しかし、情報保全隊の監視対象が寺社に及ぶと思われたら、別の意味で問題になりそうだった。

杉井は、一枚目のシートを眺《なが》め、電話番号、名乗るべき偽名《ぎめい》、偽《にせ》の所属をチェックした。そして、声色《こわいろ》と口調を適当に思い描き、ICレコーダーの繋《つな》がれた携帯電話を取った。プッシュした番号は、海幕人事教育部の補任課だ。

「SF《エスエフ》（自衛艦隊）の渡辺《わたなべ》二曹です。豊橋《とよはし》二佐をお願いします」

自衛艦隊司令部に異動予定の幹部補任について、という偽の用件も思い描いてあった。しかし、それを口にすることなく、豊橋二佐に取り次いでもらえた。

「情報保全隊の杉井一尉です。通報をいただいた件ですが、潜水艦隊所属幹部の異動情報は、データを渡してください。細工は不要です」

「了解。安心したよ。他意はなかったんだな」

「いえ、今後、兵頭《ひょうどう》一佐との接触の一切《いっさい》は、我々に通報してください。そちらの電話は、この電話も含めて、全て保全監査隊がモニターします。個人での電話等、その他の接触は極力録音をお願いします。また、直接接触の際は、必ず我々に事前通報の上、我々の指示を受けるようにお願いします。当然ですが、今回の件を我々に通報したことは、兵頭一佐に限らず、一切他言無用に願います。よろしいですか？」

「それはつまり……」

「これ以上のことは、お話しできません」

「了解した。で、どうやって渡したらいい？」

「それはお任せします。内容自体は、さほど秘匿《ひとく》性の高い情報ではありませんので、軽い感じで渡していただいてかまいません。ただし、事後で結構ですので、渡した日時と状況は通報してください。ファイルのコピーもお願いします」

「分かった」

「よろしくお願いいたします」

杉井は、電話を切り、エクセルファイルに現在時刻と会話内容を書き込むと上書き保存した。

兵頭一佐は、情報保全隊が、以前からスパイとして取り込まれた可能性を察知して、動向を探ってきていた海自の高級幹部だった。潜水艦『ふゆしお』の艦長時代に、一人娘が難病を発症している。保険でまかなうことができそうにない高度医療を受けたことが確認されていた。その治療費を、誰が出したのかが問題だった。

その兵頭一佐が、潜水艦隊に所属する幹部の異動情報を欲しがっているという通報を受けたのが、二日ほど前だ。潜水艦乗りであれば、潜水艦隊の幹部異動情報など、時間が経てば、いずれ手に入る。海幕装備部に補職された者が、内示段階の情報を欲しがる必要性はないはずだった。

すでに、兵頭一佐には二四時間監視を付けた。警察庁を通じ、ネットで情報を渡した際に、確認する準備も完了した。渡された情報を、誰に渡すかを確認できれば、誰がその情報を欲しがっているか確認できるはずだった。

「確認するまでもないんだろうけどね」

昨今の情勢を見れば、可能性が高い国は一つしかなかった。中国は、南シナ海と東シナ海において、力による現状変更をゆっくりと、だが確実に押し進めている。南シナ海の岩《がん》礁《しょう》を埋め立てて作った人工島を、テレビのニュースが、航空写真や衛星画像を使って報じることも珍しくない。滑走路を備《そな》えた軍事基地を三つも作った事実は、それほど安全保障に興味を持たない人にも認識されるようになっていた。

「新たな工作対象者を探してるのか、それとも……」

杉井は、独《ひと》り言《ごと》を呟きながら、デスクから小銭入れを取り出した。そして腰を浮かせようとした時、支給された携帯電話が鳴った。ディスプレイには、「まきしお荒瀬」と表示されている。懐《なつ》かしい名前だった。四年、いや五年ぶりだろうか。杉井は、ＩＣレコーダーのスイッチを入れると、通話ボタンを押した。

「はい、杉井一尉です」

「『まきしお』にいた荒瀬だ。今は情報本部にいる。例の件で、話がある」

杉井が、「どうぞ」と返すと、荒瀬は『こくりゅう』艦長への異動内示と、そこでナーワルシステムの試験を行なうこと、自《おの》ずと美奏乃と会わざるを得ないだろうということを告げてきた。

「普通であれば、練習潜水艦で行なうべき試験だ。木村技官が細工した可能性もある」

「荒瀬……」

久しぶりの会話なので、階級が変わっているかもしれなかった。上位階級なので失礼はできない。

「二佐になった」

「荒瀬二佐の異動もでしょうか？」

「それはさすがに無理だ。恐らく、『まきしお』と同型艦のおやしお型か、艦型が近いそうりゅう型で試験が行なわれることを狙ったんだろう。練習潜水艦は、はるしお型が一隻、おやしお型が一隻だからな」

「なるほど、分かりました。具体的な接触機会が判明しましたら、また連絡をお願いします」

杉井は、終話ボタンを押すと、デスクの上に携帯を放り投げた。

「やっぱり、諦《あきら》めてなかったみたいね」

小銭入れを引き出しに戻すと、代わりにアラベスク柄のポーチを取り出し、席を立った。化粧品を入れたポーチは別にある。中身は、キャスター・マイルドとジッポーだった。

「ちょっと厚生棟に行ってきます」

＊

艦艇装備研究所から恵比寿ガーデンプレイスまで、直線距離なら六〇〇メートルもない。不動産の案内なら徒歩八分という距離。しかし、通常の出入りに使用できる正門を通ると、倍近い距離を歩かなければならなかった。その上、結構な急坂を上り、上った分を下らなければならない。ジーンズにスニーカー履《ば》きなのが幸いだった。

「香苗さん！」

残暑は落ち着き始めていたが、緑の多い防衛省目黒《めぐろ》地区では、いまだにヒグラシの鳴き声を耳にする。約束の時間に三分以上遅れてカフェについた美奏乃は、Ｔシャツの背に汗染みを作り、息を切らせていた。

「ゴメンなさい。部長がなかなか解放してくれなくて」

「いいわよ、別に。遅れるのはね。何だか楽しそうなのが癪《しやく》だけど」

「そんなこと……」

美奏乃は、肩で息をしていた。否定しかけたものの、自分のテンションが高いことは自覚していた。

「何かあったの？」

春木香苗は、美奏乃と同じ敷地から来たとは思えない華やかな柄《がら》のワンピースを着ていた。

「例の目論見が当たったんです。それも大当たり、どストライク！」

「どう当たったの？」

春木は、少しばかり呆《あき》れた顔を見せていた。

「今度の試験を、最新型でやれることになったんです。黒いやつです。しかもしかも、今度の人事異動で、トップが替わるそうなんです。アレに詳しい者を配置するということで、あの荒瀬氏が着任するらしいです」

美奏乃は、一気にまくし立てた。それでも、他人の耳がある場所であることへの配慮は忘れなかった。

「あの荒瀬氏が？」

春木は、美奏乃が本音で話をできる唯一の防衛省関係者だった。『まきしお』事故の疑念についても話してある。美奏乃は、笑顔で肯いた。

「そう」

春木は、目を落として呟いた。

「あのさ、舞い上がってるみたいだから言うわよ。あんたは確信を持ってるんだろうけどさ、あれはやっぱり……、事故だったんじゃないの？」

美奏乃は、メニューに伸ばしかけていた手を止めた。

「そんなこと……」

「だって、そうじゃなきゃ、荒瀬氏がトップの部署に、あんたを行かせることはしないでしょ」

「そう思わせることが狙いかもしれないじゃないですか」

「荒瀬氏ってのが、クヒオ大佐みたいな人ならそうかもね」

「クヒオ大佐？」

「有名な結婚詐欺《さぎ》師よ。知らないかな？」

「知らない……けど、少なくとも詐欺ができるほど口はうまくないです」

「そんな感じみたいね。だったら、やっぱり事故なんじゃない？」

「そんなことありません！」

春木は、如何《いか》にも呆れたという顔で「まあ、いいわ」と言ってカップを手に取った。

「でも、本当に事故だった可能性は、考えておきなさいよ」

春木は、そう言うと口を噤《つぐ》んだ。それ以上は、事故説に拘らないという意思表示に見えた。

美奏乃は、ウエイトレスを呼び止めて、ミルクティーを注文した。

「決めたわ。あんたの意向を聞くつもりだったんだけど、もう決定。今度の金曜、時間空《あ》けときなさいね」

「なんですか？」

「合コン」

「行きません。合コンなんて、私」

「もう決定したの。メンツも足りてないし、浩介《こうすけ》からの頼みだしさ」

浩介というのは、春木の彼氏だった。河崎《かわさき》造船の設計者らしい。

「ホントは、私を引っ張り出そうとしてるだけじゃないんですか？」

「確かに引っ張り出そうとは思ってるわよ。五年も前に死んだ男の死因を追っかけてるなんて、不健全この上ないわ。それに……」

「それに？」

春木は、美奏乃を睨《ね》め付けた。

「もし単なる事故じゃなければ……、あんた技術者として終わるわよ」

美奏乃は、言葉を返せなかった。

「うちの会社だから消されるなんてことはないだろうけど、研究なんて無縁のところに配置転換されるかもしれないし、悪くすればクビよ。外に出たって、うちをクビになった人間を関連企業が雇《やと》うわけない。あんた、魚探《ぎょたん》が作りたいの？」

魚群探知機もソナーの一種だから、今までの経験が役立たないわけではない。しかし、芸術写真と通販カタログ用写真ほどの差がある。軍事用機器でもコストは無視できない。しかし、常に敵とのイタチごっこを繰り返し、ほんの少しの差が勝負を決めかねない世界では、極限性能の追求が必要となる。限界の追求は、技術者冥利《みょうり》に尽きることだった。

「でも……止められません」

春木は、カップの底に手を添えたまま、無言だった。

「真樹夫さんは、酸素中毒、それも急性の酸素中毒でした。異常な高圧環境に置かれたに違いないんです。真樹夫さん一人が、魚雷発射管室に置き去りにされ、恐らく浸水を防ぐために高圧にされたんです」

美奏乃は、話をぼかすことを忘れてしまっていた。

「初耳ね」

美奏乃は、無言のまま首肯《しゅこう》した。

春木には、『まきしお』事故について疑いがあることは話してあった。しかし、詳細にではない。春木まで、巻き込みたくはなかった。

「私が聞いた説明では、事故後に緊急浮上を開始したけれど、浮上には時間がかかってしまったそうです。事故発生から、真樹夫さんの収容まで一一分かかったと聞きました。でも、多少古い基準ですが、特別潜水と呼ばれる危険度の高い潜水では、一〇気圧、水深九〇メートル相当で三〇分までは許容範囲となっていました。事故発生時の水深は教えてもらえていません。でも、一一分の間に、一〇気圧以上まで上げた上、また一気圧まで下げたなんて考えられません。真樹夫さんは、一〇気圧を超える超高圧環境にさらされたか、さもなければ高圧環境下に長時間閉じ込められたんです。緊急浮上したなんて、間違いなく嘘《うそ》なんです。殺されたんです。任務に殺されたんです！」

「声が大きいよ」

春木が慌てて周囲を見回していた。幸い、人のまばらなオープンカフェで美奏乃たちに注目する人はいなかった。

美奏乃は、ハンカチを握りしめた拳を膝に押しつけ、叫びたい想いを抑えつけた。

「分かったわよ」

春木は、諦念を込めたため息を吐《つ》いた。

「でも、合コンは来なさいよ。あなたを捉えているのは過去の亡霊。いつまでもそんなのに付き合ってちゃダメ。事故原因の追及をするのはいいわ。でも、それを吹っ切る努力も必要よ」

美奏乃は、黙って俯《うつむ》いていた。しかし、無言のまま見つめる春木の圧力に負けた。俯いたままの顔をさらに下げるようにして、不承不承の同意を示した。

「よしよし、いい子ね」

春木は、新しい恋人ができれば、自分の身を危険にさらすことは止めるだろうと思っていたのかもしれない。しかし、原因追及を止めさせることは無理だろうと判断してくれたようだった。

春木の気遣いは、素直に嬉《うれ》しかった。

しかし、追及を止めるつもりは欠片《かけら》もなかった。これまで、五年も待ったのだ。目の前にやって来たチャンスを、みすみす見逃《みのが》すつもりはなかった。

＊

荒瀬が三つ目のビスを外しにかかると、ドアをノックする音が響いた。

「古田《ふるた》です。持ってきましたよ」

「開いてる。入れ」

ドアが開き、古田が手を伸ばして消臭スプレーを机の上に置いた。艦長室は、わざわざ踏み込む必要があるほど広くなかった。耐圧船殻《せんかく》が円筒形のため、壁も傾斜している。それでも、潜水艦内で唯一の個室だ。ベッドの他、作業机と一体となったロッカー、椅子、洗面台があり、艦の現況を把握するための情報表示装置と指揮用の艦内交話装置、無電池電話が備えられている。

「消臭スプレーが本当に必要になるのは、木村技官が退艦してからじゃないですか。大体において、艦から男臭さを消そうと思ったら、こんな小さなスプレー缶じゃなくて、ドラム缶が必要ですよ」

「そうかもしれんが、この部屋に入った途端に吐かれても困るからな」

「それもそうですね」

古田は、鼻を鳴らしながら答えた。そしてドア枠《わく》に手をかけたまま、荒瀬の作業を見ていた。

「ところで……何でしょうか。一曹に、ただの使いっ走りをさせるのは酷《ひど》いですよ」

荒瀬は、「ん」という同意とも不同意とも取れる曖昧《あいまい》な返事をした。そして「ちょっと待ってくれ」と言って、壁面にパネルを留めていた最後のビスを外しにかかった。

「そいつに関係することですか？」

荒瀬が四つ目のビスを外し終えたパネルには、『まきしお』の事故を伝える『夕雲《ゆうぐも》新聞』のスクラップが入っていた。

「木村技官が乗艦した際、最も話をすることになるのは古田一曹だろう。『まきしお』の事故について、あれこれと探《さぐ》りを入れてくるはずだ。くれぐれも不用意なことは言わないよう気をつけてくれ」

古田一曹は、潜水艦隊でも十指に入る技量を持つベテランソナーマンだった。試験が始まれば、美奏乃とともにナーワルシステムの操作をしてもらうことになる。

「了解しました。しかし、私も幕《ばく》の発表以上のことは知りません」

事故について、外部には海上幕僚監部が公式発表を行なっている。部内に対しては、再発防止策の徹底が通達されている。通達には事故の状況や原因も書かれていたものの、詳細なだけで、公式発表と大差なかった。

「それはそうだろう。しかし、五味さんと親しかったんじゃないか？」

「そりゃ、五味さんには鍛《きた》えられましたからね。定規で殴られた回数はイチローの安打並みですよ。でも、何も聞いてませんよ。『荒瀬三佐は優秀な指揮官だ』って話以外は」

「そうか……ならいい」

荒瀬は、取り外したパネルを、替えの作業服の上に置いた。

「疑いを持たれてるんですか？」

「そのようだ。致し方ないがな。何せ、発表された情報は少ない」

「それだけじゃないんでしょうね」

荒瀬は答えなかった。

「仮に……ですが、それだけじゃなかったとしても、あの五味さんが誉《ほ》めるんですから、艦長は十分にやったんだと思いますよ。木村技官だって、この艦に乗り込んで、艦長をはじめ、我々を見ていたら理解してくれるんじゃないですかね」

荒瀬は、「『まきしお』海溝壁衝突事故」と書かれたスクラップを見ながら答えた。

「だといいが……」

＊

対岸には、ヴェルニー公園のバラが、色とりどりの花を咲かせている。バラを目当てにした多くの観光客の姿も見えた。開催中の秋のローズフェスタに寄りたいくらいだったが、横須賀に来た理由は、残念ながら仕事だった。潜水艦桟橋《さんばし》の先には、漆黒《しっこく》の船体が横付けされている。セイルの先、艦尾ではためく自衛艦旗の後方に斜めに付き出たX舵《だ》が、そうりゅう型潜水艦である証拠だった。本物の鯨であれば、生臭い息の匂いが漂《ただよ》って来る距離、鉄の鯨は、かすかなディーゼル排気の匂いを漂わせていた。何度見ても、これが海中を自由に泳ぎ回るとは思えなかった。

甲板《かんぱん》上では、何人かの自衛官が作業を行なっている。一人だけ、バインダーを持って、こちらを凝視している幹部自衛官がいた。メガネを外すと、美奏乃の視力は、車の運転にも支障があるほどだ。まだ顔までは分からなかった。体格が細身なので、荒瀬ではないことは間違いなかった。それに階級も尉官、二等海尉だ。

美奏乃が桟橋から船体に渡されたタラップに近づくと、その二等海尉は、タラップの先で笑顔を浮かべていた。同時に、美奏乃はその人物が、何度も言葉を交わした相手であることを認識した。

「ようこそ、『こくりゅう』へ。美奏乃さん」

「嗣夫《つぐお》君！」

見かけは細いものの、意外にしっかりしたタラップを渡ると、橋立嗣夫二尉が、人差し指の先を帽子のつばに付けるようにして敬礼していた。

「この艦に乗ってるなんて知らなかったわ」

美奏乃は、慌《あわ》てて会釈《えしやく》を返して言った。

「三月に異動してきました」

五年前の事故当時、遠洋航海に出ていたため葬儀にも戻れなかった真樹夫の弟、嗣夫だった。

「そうだったんだ。よかった、ちょっと不安だったから」

実際には、ちょっとどころではなかった。内心は、叫びたいほど歓喜していた。しかし、誰が見ているか分からない。美奏乃は、興奮を顔に出さないように努めた。

「それにしても、もう少しまともな格好はなかったんですか？」

美奏乃は、廃棄前に員数外となった作業服と作業帽を着込んでいた。廃品であることを表示するため、丸の中に転の文字が描かれたこぶし大の赤い判があちこちに押されている。靴は市販の運動靴だった。

「潜水艦に乗り込むって言ったら、補給が出してくれたのよ。艦を降りたら、そのまま捨てればいいからって」

「さほど長い航海じゃないから、そこまでしなくても大丈夫だと思いますが……」

「潜水艦というと、やっぱり危険、汚い、きついというイメージみたいね」

「汚い、臭い、かゆいかもしれませんよ」

「え？」

「冗談です」

美奏乃が少し脅《おび》えた声を出すと、嗣夫は白い歯を見せた。こういう悪戯《いたずら》好きなところは、やはり兄弟だった。

「昔は洒落《しやれ》にならなかったみたいですけどね。汚水タンクに汚水を流し入れるつど、その分だけタンク内にあった空気を艦内に流れ込ませてたくらいですから。今は昔ほどじゃありません」

まわりで作業中の隊員は、ちらちらと好奇の視線を送ってきていた。女性の技官が珍しいのか、あるいは嗣夫が言うように、よほど格好が変なのかもしれなかった。

「では、艦内にどうぞ。ラッタルは大丈夫ですか？」

そう言いながら、嗣夫は美奏乃の荷物に手を伸ばした。

「ええ、初めてじゃないから。でも荷物はお願いするわね」

美奏乃は、荷物を嗣夫に預けると、三つあるハッチの中央、中部昇降筒を慎重に降りた。垂直に延びるラッタルは、足を踏み外せば大けがをすることになる。艦内、第三防水区画にある士官居住区に降り立つと、体臭よりも、塗料のほうが鼻についた。

狭い通路を艦首方向に進み、頭を屈めて水密扉をくぐると、第二防水区画に入る。左右には士官室と艦長室があった。その先は発令所だ。

「聞いていると思いますが、こちらを空けてありますから、使ってください」

美奏乃は、艦長室に案内された。

「潜水艦隊司令や自衛艦隊司令官が乗り込んでも艦長室は艦長が使うのに、なんだか申し訳ないわ」

「木村技官……乗艦中は、こう呼びます……のためというだけではなく、艦内の規律維持のためでもあります。サメ用の檻《おり》みたいなもんです」

サメを観察するためには、人間が檻に入って海に潜る。なるほど、言い得て妙と言えた。

「まずは艦内を案内します、どうせ荷物は少ないでしょうし、整理するための時間はいくらでもあります」

そう言うと、嗣夫は狭い通路を先に立って歩き始めた。

嗣夫と会うのは、四年半ぶりだった。最後に会ったのは、遠洋航海から帰ってきた嗣夫が、真樹夫の墓参りをした時だった。

「おかしな点だらけなのよ。だから、真相は別にあると思うの。私は真相を追及するつもり。嗣夫君にも手伝ってほしいの」

真樹夫の両親と妹の萌衣《もえ》は、先に祖父の家に戻っていた。墓前で話があると告げた美奏乃が、嗣夫に何を語るのか、分かっていたのだろう。手向《たむ》けた花が、日本海から吹き上げる初冬の寒風に揺れていた。

嗣夫は、苔《こけ》むした累代《るいだい》の墓を見つめながら、長いこと沈黙していた。

「確かに、不自然な点が多いと思います。聞かされた内容は、真実ではないのかもしれません。ぼくも、気にはなります」

やっと賛同者が現われた。美奏乃は、小躍《こおど》りしたい気持ちを抑えて、次の言葉を待った。

「でも、真実が別にあるとしても、それにはそれなりの事情があるんだと思います」

「そんな！」

美奏乃は、思わず声を荒らげ、嗣夫に詰め寄っていた。

「真樹夫さんが、お兄さんが殺されたのよ」

「真相が隠されているとしても、殺されたとは限りません」

「同じことじゃないの」

嗣夫は、頭を振った。

「自衛官という職業に就《つ》いていれば、任務を帯びていれば、死ななければならない時が来るかもしれない。僕も死は覚悟しています。兄の場合も、そうだったのかもしれません。そうだとすれば、いずれ真実が明かされる日も来るはずです。その日まで待ちましょう」

「任務ね……真実を知りたくはないの？　あなたは本当にそれでいいの？」

「知りたいですよ。でも、多くの人が努力して、その真実を隠しているんでしょう。それは多分、隠さなければならないだけの必要性があるからだと思うんです。都合が悪いからと言って、むやみに隠しただけじゃないと思うんです」

美奏乃は、ずいぶんと食い下がった。だが、嗣夫を翻意《ほんい》させることはできなかった。嗣夫も真実は別のところにあるのだろうと思いながら、真相を探《さぐ》ることに同意してはくれなかった。

あれから四年半の月日が流れた。目の前を歩く嗣夫は、やはり変わっていないのだろうか。美奏乃は、真樹夫によく似た後ろ姿を見つめた。

装備されたナーワルシステムの動作確認が必要なため、出港は三日後の予定だった。それまでは、陸上の基地内に泊まることもできた。しかし、美奏乃は船内に泊まることを選んだ。真実を探るまたとない機会を、最大限活用したかった。

乗員のほとんどは、まだ乗り込んではおらず、艦内の人影はまばらだった。艦の中枢である発令所にも、一人しかいなかった。

「古田一曹、新しい相棒を連れてきましたよ」

発令所の右舷側前方にあるソナー操作卓《コンソール》に、頭を抱えるようにしてついていた壮年の男が、ゆっくりと立ち上がった。卓上に広げられたドキュメントには見覚えがあった。美奏乃が書いたナーワルシステムのマニュアルだった。

「古田一曹です。こいつを作られたと聞きました。古びた脳みそに、こんなごっついシステムを扱わせるなんて、拷問《ごうもん》に等しいですよ」

古田は、広くなりかけた額をなで上げると、右手を差し出した。

「システムとしてはでき上がっています。ですが、正直言って、マンマシンインターフェイスについては、まだまだこれからなんです。意見をいただいて作り込みます」

微妙な嘘だった。美奏乃は、わざとマンマシンインターフェイスを後回しにしていた。作ってしまえば、自分が乗り込む必要がなくなってしまうからだ。

古田は、さっそく質問を繰り出してきた。嗣夫が適当なところで中断させてくれなければ、終業時間までつかまっていただろう。

「先に艦内を案内させてくださいよ」

そう言うと、嗣夫は発令所からいったん艦尾側に移動し、デッキを下ると、再び艦首方向に向かった。発令所の下を通り抜け、魚雷発射管室に続く隔壁に足を向けた。

美奏乃は、開け放たれたままのドアを見ながら、両手を握りしめた。そうりゅう型の艦内レイアウトは、『まきしお』とさほど違わない。真樹夫は、たった一人で、この発令所と目と鼻の先にある魚雷発射管室で殺されたのだ。任務なんていう得体《えたい》の知れないものに殺されたのだ。それを思うと、内臓の奥底から熱いものが込み上げてきた。

「大丈夫ですか？」

いつの間にか、嗣夫が傍《かたわ》らに立っていた。美奏乃が何を思っているのか察していたのだろう。

「大丈夫」

美奏乃が告げると、嗣夫は先に隔壁を潜っていった。美奏乃は、大きく深呼吸をすると、意を決して、後に続いた。

かがめた身を起こすと、嗣夫が、ラックに載《の》せられた89式魚雷に手を添《そ》えて立っていた。嗣夫は、顔立ちが父親似で、母親似だった真樹夫とは、面影《おもかげ》こそ違っていたが、背格好はそっくりだった。一瞬、美奏乃は、真樹夫がそこにいるのかと見まがった。

「ここが、ぼくの持ち場です」

「ここが？」

思わず、オウム返しに聞いてしまっていた。ここ、魚雷発射管室が持ち場ということは、嗣夫は、真樹夫と同じ水雷長ということになる。

「ええ、何かの縁……というわけではなく、単に階級、年齢的に、兄に追いついたというだけですけどね」

「そう……」

美奏乃は、呟くように言ったものの、何か因縁《いんねん》めいたものを感じざるを得なかった。

室内には、大型の護衛艦でさえ一撃で轟沈《ごうちん》させる威力を持つ魚雷が何本も横たわっている。その魚雷の隙間《すきま》が、かろうじて人間の動ける空間になっていた。

魚雷発射管室には、他に誰もいなかった。艦内を一通り案内するつもりなのだろう、嗣夫は、元来た隔壁に向かおうとしていた。

「待って！」

ゆっくりと振り向いた嗣夫の顔には、困惑が浮かんでいた。

「なんでしょう？　木村技官」

艦内とはいえ、二人しかいない部屋で、木村技官と呼ぶ必要はない。嗣夫の言い方は、二人の関係が、あくまで一人の自衛官と技官であり、真樹夫の弟と、兄の元婚約者という関係であることを拒否していた。しかし、美奏乃はあえて嗣夫の意思に逆らった。

「嗣夫君。協力してほしいの」

嗣夫は、顔を合わせることが分かった時から予想していたのだろう。驚いた様子は見せず、困惑の色を濃くした。ゆっくりとラックに載せられた魚雷に歩み寄る。

「美奏乃さん」

嗣夫は、緑色の魚雷を見つめながら、整備用においてあった布切れ《ウエス》を手に取った。

「ナーワルシステムは……兄の生きた証《あかし》です」

冷たい魚雷を、右手でやさしく磨きはじめた。

「この試験に携《たずさ》わることは、自分から希望しました。『こくりゅう』への異動は、特別に配慮してもらった結果だと思います」

美奏乃は、両の手を握りしめ、無言で立っていた。

「ぼくは、兄の残したナーワルシステムを完成させたい。兄が生きていた意味があったんだと証明したい」

そう言うと、嗣夫は、ゆっくりと美奏乃に向き直った。

「でも、兄の死の真相を明かしたいとは思っていません。過去を見つめるのではなく、未来を見つめて、生きたいんです」

嗣夫の困惑は、整理しようとしている兄への思いを、美奏乃がかき乱そうとするからなのだろう。

「ぼくは、この実用試験が成功すれば、交際中の女性と結婚したいと思っています」

そう言った嗣夫の顔には、困惑の色は残っていたが、困惑以上に、明確な決意が浮かんでいた。

「兄のことを忘れるつもりはありません。でも、兄の死を引きずり続けるつもりもないんです。そして、それは、美奏乃さんも同じであってほしい。兄のことは忘れないでください。でも、兄の思い出は、あくまで思い出にしてほしいんです。思い出に縛《しば》られないで、幸せになってほしいんです。兄だって、同じ思いのはずです」

美奏乃は、嗣夫の言葉を振り払うように頭を振った。

「違うの。思い出に縛られているわけじゃないの」

嗣夫は、怪訝《けげん》そうな視線を送ってきた。

「もうあれから五年が経つわ。今では、真樹夫さんを思い出すこともめったにないの」

美奏乃は、嗣夫の視線を真っ直《す》ぐに見つめ返す。

「真樹夫さんの死の真相を探るのは、私が真実に納得をしたいから。そして真樹夫さんを死に追いやった人がいるなら、その人に報《むく》いを受けさせたいからよ」

「兄の死を整理したいってことですか？」

「整理……そうかもしれない。でも、ちょっと違う気がする。何て言うか……自衛隊っぽく言うなら……ケリを付けたいのかな」

「ケリですか？」

「そう。嗣夫君は、ケリを付けられたの？」

嗣夫の視線は、美奏乃の内心を探ろうとしていた。

「男女の差なのか、それとも別の何かなのか分かりません。ですが、ケリを付けるっていうのは、それもまた違うと思います。むしろ、ぼくは兄を受け継ぎたいんです」

美奏乃は、嗣夫の言葉が理解できなかった。

「真相を知っているの？」

嗣夫は、ゆっくりと頭を振った。

「防衛省発表が真実でないなら、真実は知りません。でも、兄の思いは、多分分かっていると思います」

美奏乃は、謎かけにも思える言葉に、小馬鹿にされたように感じた。そして、嗣夫に詰め寄ろうとして、足を踏み出した。しかし、掲《かか》げられた右手に制止された。

「分かりました。美奏乃さんが、この艦にいるうちは協力します。その代わり」

嗣夫は、真樹夫にそっくりな悪戯っぽい笑顔を浮かべた。

「けっして無茶はしないこと。そして何か行動を起こす時は、必ずぼくに相談してください。いいですか？」

美奏乃は、釈然《しゃくぜん》としなかった。しかし、嗣夫の協力を得られるならば、この提案を呑《の》まない手はなかった。嗣夫は、協力を拒《こば》んだ結果、美奏乃が無茶をするよりも、協力することでコントロールしようと思ったのかもしれなかった。たとえそうだとしても、この条件を呑めば、美奏乃は、得難《えがた》い協力者を手に入れることができる。

「いいわ。分かった」

そう言って肯くと、嗣夫は、「では」と言って、艦内の案内に戻るため、手に持ったままだったウエスを、ポケットにねじ込んだ。

＊

大連《ダイレン》にほど近い小平島《しょうへいとう》海軍基地の一角に、大型の双胴船《そうどうせん》が停泊していた。人民解放軍海軍に所属する林霞《りんしん》中校は、桟橋からその双胴船にかけられたタラップを渡っていた。中校は、各国の海軍で言えば、中佐にあたる階級だ。旧ソ連及びロシア暮らしで身につけた物腰が、制服姿に似合っていた。彼の後には、老齢の外国人がついている。

大連は、渤海《ぼっかい》と黄海《こうかい》に囲まれ、仙台《せんだい》よりも少し北にあるにもかかわらず、一年を通して気候は温暖だった。ロシアの冬に慣れた二人にとって、氷峪溝《ひょうこくこう》が紅葉に染まるこの季節は、快適以外のなにものでもなかった。

「ミーシャ、改めて感謝する。あなたの協力がなければ、この艦は完成しなかった」

林は、二メートル近い長身の老外国人に、ロシア語で話しかけた。外国人のファーストネームはミハイルといった。ミーシャは、その愛称だ。

「私のほうこそ感謝している。この国のおかげで、この艦は真の完成をみることができた。この艦を欠陥艦と言って正しく評価しなかった馬鹿ども、私を低能技師と言ってソ連海軍から追放した馬鹿どもに、この艦の真の能力を見せつけることができる」

林は、タラップを渡りきると、船腹に開いたドアから中に入った。そこは、ただのがらんどうの空間だった。細長い二隻の台船上に鉄骨で櫓《やぐら》が組まれ、その外側に繊維強化プラスチック《FRP》が貼り付けられている。双胴船は、衛星やスパイによる偵察を欺瞞《ぎまん》するためのダミーだった。

二隻の台船は、ダミー双胴船の船体であるとともに、浮桟橋《うきさんばし》としても機能していた。台船の間には、漆黒の船体が浮かんでいる。八人ほどの作業員が、台船から潜水艦への積み込み作業を行なっていた。

「五年前の事故は、むしろ幸いだったのかもしれないな」

林は、過去を思い出しながら、感傷を込めて言った。

「うむ、最大の難関が金を出させることだったからな。船体に大したダメージを与えることなく、機関部を壊してくれた日本の潜水艦には感謝しなければならんな」

「ミハイル・ゲオルギエヴィッチ・ルサノフ。この艦は座礁《ざしょう》したのであって、衝突事故など起こしていない」

「おっと、そうだったな。この艦は座礁、日本の潜水艦は海溝壁にぶつかったのだったかな？」

「そう。公式には。もっとも、この艦の座礁、いやこの艦の存在自体が、中国海軍内だけの話だが」

「海溝壁にぶつかったことになった日本の潜水艦は、君が追っておったのだろ？」

「尻尾はつかんだ。だが、逃げられたよ」

「しかし、君以外の艦長は、みな見当外れのことをしておったそうじゃないか」

「相手の指揮官が優秀な人物なら、何をするか考えただけだ。青山とかいう艦長かと思ったが、その時、実際に指揮を執っていたのは副艦長だったようだ」

「ほう。別の視点から言えば、それができなかった他の艦長連中が無能だったということだな」

「その事実には感謝している。おかげで、私がこの艦に乗ることができた」

「ふむ。君が乗ってくれることはありがたいが……中央の覚えめでたくない君が、この艦に乗れるのは、ロシア語に堪能《たんのう》だからだろう」

「その通りではあるが……、中央の覚えがめでたくない理由も、あなたの祖国のおかげだ」

「それは違うな。わが祖国に問題があるのではない。君が共産党にとって都合の悪いものを見てしまった……共産党が倒れても、国が倒れるわけではないということを見てしまったからではないのかな？」

「確かに、私はソビエト連邦の崩壊をこの目で見た。当時、私はレニングラードの海軍大学に留学していたからな。しかし、見てはならないものを見たという点では、私はソ連邦の崩壊よりも都合の悪いものを見てしまった」

「なるほど。天安門《てんあんもん》も見てしまったのだな」

一九八九年六月四日に起きた天安門事件は、中国の大衆のみならず、軍内においても存在しなかったことになっている。情報は、当時から徹底的に統制されていたが、ソ連に留学していた林は、天安門で何が起きたのかを、主に西側の報道を通して見てしまっていた。

「そう。しかし、それだけではない」

林にとって、天安門事件は辛《つら》く苦い思い出だった。

「その事件では、多くの学生が死んでいる。その中に、私の幼なじみだった女性もいた」

「付き合っていたのかね？」

「いや。付き合っていたのなら、私は今ここに立ててはいない。だが、彼女は私の初恋の相手だった。そして、留学から帰ったら、私の思いを告げようと思っていた。しかし、それは叶《かな》わなかった」

林は、手すりに添《そ》えていた右手を強く握りしめた。

「帰国後、家に帰るよりも先に寄った彼女の家で、彼女が亡くなっていたことを聞かされた。しかも、昔は優しくしてくれた彼女の母親からも罵声《ばせい》を浴びせられた。しかし、当然だ。彼女を殺したのは、私と同じ軍人だったのだから」

「なるほど、君の軍に対するシニカルな発言は、そのせいだな」

同じように、祖国の軍に対してシニカルな想いを抱《いだ》くルサノフは、人の悪い笑顔を浮かべた。

「母国語を話す私は、模範的海軍軍人であり、模範的共産党員だ。その点はお忘れなく」

「承知しているよ。共産党も軍も、私にとってはどうでもよいものだ。しかし、彼らがいなければ、いまだに私は冷蔵庫の設計をしていただろう」

ルサノフは、ソ連海軍から追放され、倉庫用の冷蔵設備設計をしていた。中国海軍は、その彼を見つけ出し、潜水艦設計技師として迎え入れていた。

「お互いに、運命の岐路《きろ》にいるようだな」

「確かに分かれ道だ。しかし、この艦がある限り、敗北することはない。日本海軍の水上艦も潜水艦も、おごり高ぶった米海軍も、この……なんだったかな？」

「『長征《ちょうせい》十三号』」

「うむ。この『長征十三号』がある限り、恐れるに足りんわい」

「油断は禁物だ。いくら優《すぐ》れたシステムでも、使いこなせなければ、思わぬ弱点を曝《さら》すことになる」

「心配性だの」

「真の船乗りとは、そうしたものだよ」

「私は、心がはやって仕方がないのう。共に出撃する水上艦の準備はできておるのか？」

「『石家荘《せつかそう》』は、一昨日出港し、大連周辺海域の警戒に当たりながら、行動の欺瞞《ぎまん》を実施中だ。この艦も、予定通り出撃する」

＊

横須賀を出港して三日、『こくりゅう』は、日本海溝上に設定された試験海域に向かっていた。海溝上は、試験にとって邪魔な音響源である船舶が少なく、水深も深い。ボトムバウンス（海底からの反射音）もなく、環境が単純で、試験が行ないやすかった。

嗣夫は、零《れい》時から朝六時までの当直の後、食事をして士官居室で休んでいた。居室には他に誰もいない。通常の航海であれば、午前中の訓練が行なわれる時間帯だった。今回はミッションが実用試験のため、その準備が行なわれている。まだ試験海域にも到達していないため、当直の他に、試験器材の確認で活動している人間は、美奏乃や水測員長である古田などのソナー員だけだ。

荒瀬は、出港後、初めてのシャワーを浴びに行っていた。原子力潜水艦は、無尽蔵とも言えるエネルギーを使って海水を淡水化できるため、潜水艦といえども豊富な水を使うことができる。しかし、通常動力型潜水艦が使える真水は、出港前に積み込んだ分だけだ。当然、毎日シャワーを浴びることはできない。嗣夫は、出港から三日間、このタイミングを待っていた。チャンスは、艦長室を美奏乃に明け渡した荒瀬が、士官居室に戻ってくる時だった。荒瀬が戻ってきたことを知らせれば、美奏乃が偽のトラブルを発生させる手はずになっている。

「寝ないのか？」

荒瀬は、タオルで短い髪を拭《ふ》きながら戻ってきた。嗣夫は、ベッドに横になったまま広げていた『水中音響学』の教本を閉じると、三段になった蚕棚《かいこだな》の中段ベッドから這《は》い出した。

「試験が始まる前に、基本をおさらいしとこうと思いまして」

荒瀬は、着替えた服を入れるため、私物を入れたロッカーのカギを開けた。嗣夫は、荒瀬に見つからないようにしながら、通話状態を維持していた無電池電話のマイク部分を指先でコツコツと叩いた。その音は耳をそばだてる美奏乃への合図だった。

「中核技術は、水中音響よりも、反射源となる船体のモデリング技術だという話だぞ」

「はい。承知しています。しかし、モデリング技術が必要なのはシステムの作り込み段階です。現実に使いこなすには、むしろ水中音響に関する知識のほうが役に立つはずです」

荒瀬は、作業服を畳む手を止めて振り返った。目尻に皺《しわ》が寄っていた。

「いい推察だ。システムが機能する、いや機能しうる環境を理解し、その限界を把握しておくことで、システム限界を突こうとする敵の行動を予期することが可能となる。それによって、裏の裏を読むこともできるように……」

荒瀬の語りを、無電池電話のブザーが遮《さえぎ》った。嗣夫よりも先に、荒瀬が手を伸ばした。

「艦長だ」

「ソナー古田です。曳航《えいこう》していたナーワルシステムのスターンコンポーネントが出す信号が消えました。信号が途切れただけなのか、曳航索《さく》が切れたのかは不明です」

「すぐに行く」

曳航中の試験器材が切れてしまったのでは、試験を行なうことは不可能だ。嗣夫は、畳みかけの作業服に手を伸ばそうとする荒瀬にすかさず声をかけた。

「やっておきます」

「すまん」

荒瀬は、タオルをベッドの上に放り投げると、水密扉をくぐって発令所に向かった。潜水艦乗員には、見られて恥ずかしいものを持ち込む者もいなければ、貴重品を盗む者もいない。緊急のトラブルとなれば、一も二もなく駆けつけるのが常だ。荒瀬のロッカーは、解錠されたままだった。

嗣夫は、すぐさま確認を始めた。見つけるべき何かの目星は付けてある。それでも、一応片っ端から確認することにしていた。情報と呼べるものが含まれるとしたら、可能性は多くない。考えられるものとしては、一冊のノートがあった。荒瀬が、何か考えごとをする時にメモ代わりに使うものだった。

最初のページを開いて絶句した。まれに見る悪筆だったからだ。これなら、暗号で書かれたノートのほうがマシに思えた。ひらがなの〝あ〟とアルファベットの〝a〟を識別することも困難なレベルだった。書かれた情報が、『まきしお』事故の真実なのか、今日の食事メニューなのかも判断できなかった。

「なんてこった」

仕方なく、魚雷を預かる一分隊割り当てのデジタルカメラで、書き込みのあるすべてのページを撮影しはじめた。判読が可能なら、無関係のページを撮影する必要はない。一ページごとの撮影は、意外に手間がかかったものの、なんとか荒瀬が戻ってくる前に撮影を終えた。

それでも荒瀬が戻ってくる様子はなかった。荒瀬がこちらに向かえば、無電池電話を使い、先ほどと同じ要領で、今度は美奏乃が知らせてくれることになっている。今のところは、美奏乃が、うまく引き留《と》めているのだろう。嗣夫は、その他にも、何か隠されたものがないかと思って、ロッカーを漁《あさ》った。

デジタル機器の持ち込みには、点検を受ける必要がある。だが、艦長にそんな制限はない。嗣夫は、データを抜き取るため、USBメモリとノートパソコンも用意していた。荒瀬がタブレットを持っていることは確認してある。そのタブレットが、最大のターゲットだった。しかし、それは、ノートや文具の類《たぐい》と同じ場所には置かれていなかった。

嗣夫は、思い当たって、畳まれた着替え用衣類に手を伸ばした。タブレットは、それなりに重量がある上に硬質だ。潜航や浮上の際、艦の水平状態が変わると、動いてロッカー内部に当たって大きな音を立てる可能性がある。潜水艦は、音を頼りに戦闘を行なう。余計な音を出さないよう、艦内のあらゆる可動物は固縛《こばく》される。タブレットは、音を立てないように衣類に挟まれている可能性があった。

予想通り、それはそこにあった。急いでノートと接続し、ドキュメントをコピーする。一分もかからずに終了した。

タブレットを服の間に戻そうとして、タブレットといっしょに置かれていたパネルが気になった。『まきしお』事故を報じた『夕雲新聞』の切り抜きが入っていた。パネルを取り上げると、その切り抜きも、一応デジカメで撮影した。

古風すぎるなとは思った。しかし、もしかするとという思いから、パネルの背面に手をかけた。つまみを回し、背板を外す。

嗣夫は、目を見張った。そこに入っていたのは、ノートから破り取られた三枚の紙だった。冒頭に〝副長へ〟と書かれている。書き出しは、まるで遺書のようにも見えた。

唐突に、無電池電話のスピーカーが、コツコツと音を立てた。荒瀬が戻るという合図だった。士官居室は、途中で水密扉をくぐらなければならないにせよ、発令所から一〇メートルも離れていない。おまけに、同じ階層《デッキ》にあるため、荒瀬が戻ろうとすればあっという間だ。美奏乃が、極力引き留めてくれることになっているものの、時間はないはずだ。嗣夫は、慌てて最後の紙を見た。署名が書かれていた。

〝橋立真樹夫二等海尉〟

嗣夫は、その三枚の紙を、急いでデジカメに収めると、背板を戻してパネルも衣類の間に収めた。何食わぬ顔を取り繕《つくろ》って、衣類を畳み始める。荒瀬が戻ってくると、途中で本が気になって読んでしまったと嘘をつき、残りの衣類を畳んでごまかした。幸い、荒瀬が疑っている様子はなかった。背中は、冷や汗で湿っていた。

第二章　事故　二〇一一

診療時間が終わった自衛隊佐世保《させぼ》病院の待合室には、美奏乃一人のために灯《あかり》が点《つ》けられていた。がらんとした広い空間が、無機質な光で煌々《こうこう》と照らされている。夜になってエアコンが切られた室内は、梅雨《つゆ》が明けたばかりの空気が入り込み、粘性を帯びていた。

美奏乃は、午後の実験準備中に、潜水艦隊司令部の総務担当者から、『まきしお』が事故に遭《あ》ったと連絡を受けた。しかし同時に、事故については他言無用であると釘も刺された。

技術研究本部内においても他言無用の事故を連絡してもらえた理由は、緊急連絡先に美奏乃を指定した人間が、死傷したからに他ならなかった。美奏乃は、詳細を聞きたかった。しかし、総務担当者は、潜水艦救難艦『ちはや』が救難活動を行なっており、婚約者の真樹夫が、佐世保病院に搬送される予定だとしか言わなかった。

美奏乃は、急いで真樹夫の母親である蒔枝《まきえ》と連絡を取ると、羽田《はねだ》から長崎《ながさき》空港に飛び、バスで佐世保にやって来た。真樹夫の家族は、実家のある出雲《いずも》市から、父親である勝夫《かつお》の車でやって来ることになっている。高校生の妹がつかまらなかったために出発が遅れ、まだ到着していない。

美奏乃が到着した時点で、真樹夫はすでに佐世保病院に収容され、集中治療室《ICU》で治療を受けていた。美奏乃は、すぐさま状況の説明と立ち会いを求めた。しかし、看護師はスタッフの不足を理由に、説明は後で、立ち会いは不可、としか言わなかった。

状況が分からない不安と何もできない無力感にさいなまれ、美奏乃は放心したように、ただ床を見つめていた。

美奏乃は、蒔枝たちの到着を、焦燥《しょうそう》とともに待ち望んでいた。不安を共有できる人が近くにいてほしかった。しかし、誰もいない待合室には、自動販売機の機械音が、微《かす》かに響くだけだった。時折通りかかる看護師に真樹夫の状態を尋《たず》ねても、分からないとしか答えてもらえない。

膝の上で握りしめたハンカチが、汗で湿っぽく感じられるほどになったころ、玄関の自動ドアが開く音と共に、慌ただしい靴音が響いた。

「美奏乃さん！」

「お姉さん」

美奏乃は、立ち上がると三人に駆け寄った。妹の萌衣は、学校帰りにそのまま駆けつけたのかセーラー服姿だ。

「まき兄《に》ぃは？」

萌衣を安心させてやりたかったが、そのための材料はなかった。首を振り「まだ何も」と答えることしかできなかった。

「真樹夫はどこにいるの？」

蒔枝も、普段の姿からは想像できない悲痛な顔をしていた。

「集中治療室だそうです。立ち会わせてほしいとお願いしたんですが、スタッフが足りないからと言って断わられました」

「血は足りてるのかね？」

真樹夫の父、勝夫の言葉に、美奏乃は、輸血の必要性に気が回っていなかった自分に気づかされ、愕然《がくぜん》とした。

「私ら全員、真樹夫と同じＡ型だ」

美奏乃は、ＡＢ型だったとはいえ、自《みずか》らの不明を恥じた。

「聞いてみます」

美奏乃は、慌てて受付横にある当直室のドアを叩いた。何度か状況を尋ねても「集中治療室内の状況は分かりません」としか答えなかった看護師は、輸血の必要性についても、やはり分からないとしか答えなかった。

「聞いてください。いくらでも献血しますから」

蒔枝は、看護師の腕に取り付いて言った。

「必要なら、ＩＣＵから連絡があるはずですけどね」

看護師は、しぶしぶながら、受話器をとった。四人は固唾《かたず》をのんで見守った。しかし、看護師は、「必要ないそうです」と言うだけだった。

「大丈夫なんですか？」

受話器を置こうとする看護師に、萌衣はすかさず言葉をかけた。看護師は、問い合わせることもせず、受話器を置いた。彼女は、立ち上がって四人に向き直ると、静かに言った。

「治療は、専門のスタッフが全力で行なっています。できる限りのことは行なっていますす。ですから、お待ちください。お伝えするべき状況の変化があれば、こちらからお知らせします」

「事故って、どんな事故だったんですか？」

待合室に戻ると、涙の跡を頬に付けた萌衣が、震えながら言った。美奏乃は、「それも、まだ……」と答えながら、内心で、どの程度教えてもらえるのか怪しいと考えていた。技官である美奏乃は、制服を着る自衛官ではない。それでも、組織の性格は、肌身で感じている。

ましてや、潜水艦部隊は、自衛隊の中でも、最も秘密保全・部隊保全に厳しい。その存在を隠し、敵に、この海域にもいるかもしれないという不安を与えることが重要な潜水艦にとって、行動能力を測《はか》る重要な鍵になりかねない事故の情報は、何にもまして秘匿《ひとく》すべきものだからだ。まだ公表されていない事故の連絡をもらえただけでも、驚くべきことだった。

「嗣夫君は？」

真樹夫には、萌衣の他にも兄弟がいた。

「部隊で連絡してくれたんだけど、今大西洋にいて、戻れそうにないって」

弟の嗣夫は、真樹夫と同じように海上自衛官となっており、今は遠洋航海の途上だと聞いていた。

「そうですか……」

日付が変わった。蒔枝と肩を寄せ合う萌衣の顔には、疲れが浮かんでいる。

この時間になっても、構内道路を頻繁《ひんぱん》に通る車の数から、『まきしお』の事故に対して、病院以外の部署も対応を余儀《よぎ》なくされていることが分かった。

「お姉さん」

不安そうな瞳が、美奏乃を見つめていた。

二時間ほど前、午後一〇時をまわったころに、潜水艦隊の総務担当者だという三佐の自衛官がやって来て、ようやく事故の概要だけは教えてくれていた。

それによると、『まきしお』は、沖縄《おきなわ》トラフ内を深深度潜航中に、海溝壁に衝突したということだった。衝突による船体の損傷で浸水が発生し、真樹夫は浸水した区画で作業をしていたため、溺《おぼ》れたらしい。

「目の前に海溝壁があっても、分からないの？」

「アクティブソナーといって、音を出して、反射してくる音で調べる装置はあるわ。でも、アクティブソナーで捜索を行なうと、他の方角に伝わる音で、潜水艦の存在が周《まわ》りに知られてしまうから、普段は海図を頼りに航行するの」

「まき兄ぃは、そんな怖い乗り物に乗ってたんだ。自分じゃ安全だなんて言ってたのに……」

美奏乃は、萌衣に説明しながら疑問を反芻《はんすう》していた。

本当に海溝壁にぶつかるなどという事故が起こりえるのだろうか？

事故原因は、まだ説明してもらえていない。何らかの航法ミスがあったか、さもなくば米原潜『サンフランシスコ』が二〇〇五年に起こした海山との衝突事故のように、海底地形の変化を、乗員が認識していなかったかだ。

沖縄トラフは、熱水鉱床の存在が確認されるなど、火山活動も観測される海域ではある。しかし、南西《なんせい》諸島に近く、漁船や商船の往来も多い海域なため、海上保安庁はもとより、海自も常時監視・観測態勢をとっている。未確認の海山が、いつの間にかできていたとは考えにくい。

それに、航法ミスの可能性も考えにくかった。潜望鏡深度まで上がれば、GPSで正確な位置がつかめるし、潜航しての慣性航法でも、高精度な機器を搭載した潜水艦が大きく位置を誤るとは考えにくい。スマートフォンでさえジャイロや加速度計が組み込まれる時代だ。

美奏乃が、膝の上に視線を落としていると、廊下の奥から、リノリウムの床を軋《きし》ませて、重い足音が響いてきた。美奏乃が目を向けると、襟元に汗を滲《にじ》ませた手術衣を着た医師が、マスクを外しながら近寄ってきていた。

「橋立真樹夫二尉のご家族の方でしょうか?」

その医師は、勝夫に目を向けて、疲れた声を出した。

「はい。真樹夫の状態はどうですか?」

蒔枝と萌衣は、腰を上げると、肩を寄せ、互いに支え合うようにして立っていた。声を出すことなく、恐る恐る医師を見つめている。

「可能な限りの治療をさせていただきました。ですが、残念ながら亡くなられました。力及ばず、申し訳ありません」

そう言うと、医師は深々と頭を下げた。

美奏乃は、唐突に体の感覚を失った。意識はあったが、自分の体が把握できない。しばらくして感覚が戻ってくると、その医師に支えられて、椅子に座らされたところだった。横には、泣き崩れた蒔枝と萌衣が抱き合っていた。勝夫だけが、気丈《きじょう》に立っていた。

「真樹夫に会わせてください」

医師は肯くと、「こちらにどうぞ」と言って美奏乃に手を差し伸べてきた。勝夫は妻と娘に手を貸している。美奏乃は、汗ばんだ手を取って立ち上がると、何とか足を踏み出した。

エレベーターで二階に上がり、クリーンウエアを着て集中治療室に通された。本来なら行なわれる消毒は省略された。もうその必要もないからなのだろう。今さらながら、胸が痛くなった。

集中治療室に入ると、看護師が、モニター装置や人工呼吸器などを片付けていた。

真樹夫は、中央のベッドに横たわっていた。いつも下らない冗談を飛ばしていた顔が、無表情に目を閉じていた。実感は湧《わ》かなかった。今にも、「冗談だよ」と言って立ち上がりそうにも思えた。

三人の肉親は、嗚咽《おえつ》を漏らしながら真樹夫の亡骸《なきがら》にすがっていた。一人、美奏乃だけは足を踏み出せなかった。遺体に触れれば、その冷たさで真樹夫の死を受け入れなければならないだろう。萌衣が激しくすがりついても、真樹夫はピクリともしなかった。萌衣の叫びは、いくら美奏乃が拒否しても、真樹夫の死を認識させるものだった。

突然、怒りが湧いてきた。なぜ死ななければならなかったのか、誰に責任があるのか、それを知らなければ、真樹夫が報《むく》われないと思えた。

「あの、溺れたと伺《うかが》ったのですが」

美奏乃は、先ほどの医師に尋ねた。

「潜水艦から救助された時点で、心肺停止状態だったそうです。肺の中にまで海水が入り込んでいたため、潜水艦救難艦に収容し、水を吐かせて蘇生《そせい》措置を行ないました。救難艦では、高度な治療ができないため、蘇生措置を行ないながら当病院に搬送されてきました。以後、こちらで心臓マッサージなどの蘇生措置を続けてきたのですが、心肺停止状態が長すぎたのでしょう、中枢神経のダメージが大きく、心拍、呼吸とも回復させることができませんでした」

「真樹夫は、苦しかったんでしょうか？」

蒔枝が、真樹夫の手を握りしめながら聞いた。

「これは推測ですが、深深度で浸水したそうなので、急激な気圧上昇が起こった可能性がありえます。そうだとすると、短時間で気を失ったと思われます。その後に溺水《できすい》したようですから、苦しみは感じなかったと思います」

「そうですか」と弱々しく答えた蒔枝は、いとおしむように真樹夫の手を擦《さす》った。

その手を見つめていた美奏乃は、甲に三センチくらいの長さの傷を見つけた。何か鋭いモノにぶつけて皮膚が裂けたように見える。

「手を怪我しているようですが？」

「事故の前に、何か作業をしていたそうなので、その時に付いた傷じゃないでしょうか」

そう言った医師は、それまでと異《こと》なって、妙に早口だった。

美奏乃は、自衛官ではない。それでも、防衛省の技官として、自衛官とは何度も接触している。基本動作の徹底を耳にタコができるほど叩き込まれる自衛官が、手に怪我を負う可能性がある作業を、手袋なしに行なうだろうか。自衛隊は、安全管理には非常に厳しい。武器を扱うのだから当然といえば当然だった。建設現場などよりも、はるかに厳密な安全管理を行なっている。

可能性の低い海溝壁への衝突に加え、違和感のある怪我、どちらも小さな疑念だった。しかし、どうしても、拭い去ることはできなかった。

考えてみれば、潜水艦救難艦に救助されたというのも、不自然といえば不自然だった。事故概要を説明した自衛官は、『まきしお』は沈没していないと言っていた。救難艦は、潜水艦の事故、それも主として浮上が不可能になり、海底に沈んだ潜水艦から乗員を救助するための船だ。潜水艦が沈没したのでなければ、普通は、付近を航行する護衛艦などが救助をする。なにせ、真樹夫を救助した『ちはや』にせよ、もう一隻の『ちよだ』にせよ、最大速力は二〇ノット程度しかない。今のところ、真樹夫の救助が、事故から何時間後になったのかは教えられていない。偶然『ちはや』が近傍《きんぼう》にいたか、『ちはや』と連携した特殊な行動を取っていたことになる。

美奏乃は、改めて真樹夫の亡骸を見つめた。すると、萌衣がなでつけている髪の隙間《すきま》から、額の左横に打撲によるらしい内出血痕《こん》を見つけた。医師は、これも作業中にぶつけた傷と言うのだろうか。目に見える範囲では、他に傷らしきものがないことを確認してから、美奏乃は問いかけた。

「ここにも、打撲の内出血痕がありますが」

「それも作業中の傷かもしれませんが、私には分かりかねます」

美奏乃は、足を踏み出すと、ためらいながら真樹夫の左腕に触れた。先ほどまで治療で保温もされていたせいだろう。まだ、ぬくもりが感じられた。

そして、その左腕を持ち上げて、肘や二の腕の下側を見つめる。

「あまり遺体に触れないでください」

医師は、遠慮がちに言った。美奏乃は止めなかった。左腕の肘の少し上と、右腕の手首付近にも、打撲の内出血痕を見つけた。

「美奏乃さん？」

蒔枝だけでなく、勝夫や萌衣も、美奏乃の様子に怪訝な目を向けていた。

「ここにも、それにここにも打撲の内出血痕があります。これ全部、事故前の作業でできた傷ですか？」

「そ、そうかもしれませんが、別の可能性もあります。衝突の衝撃で、ぶつかった可能性がありますし、艦の揺れのせいかもしれません」

医師は、明らかな動揺を見せながら言った。

「潜水艦は、水上艦とは異なります。浮上・潜航の際にトリムは付きますが、浮上しない限り揺れません。それに、海溝壁への衝突時の傷なら、こんな小さな傷があちこちに付くのは不自然じゃないですか？」

潜水艦を知らないのかもしれないが、医師はおかしなことを言っていた。衝突の衝撃による怪我は、当然可能性として考えられる。『サンフランシスコ』の海山衝突事故では、衝撃で六メートルも吹き飛ばされた乗員が頭部を打って死亡し、乗員の半数近くが怪我をしている。『まきしお』が海溝壁に衝突した際の速度にもよるものの、衝突による怪我は、最初に疑われて然《しか》るべきものだし、逆に衝突によるものなら、負傷箇所が不自然だった。

「気圧上昇で気を失う前後に、痙攣《けいれん》を起こすことがあるんです。その時にぶつけたのかもしれません」

「それなら、何で最初に聞いた時は、事故前の傷だって言ったんですか?」

何かおかしい。美奏乃の疑念は、確信に変わりつつあった。

「あ、いえ、それも可能性の一つでして……」

美奏乃が医師に疑いの目を向けると、医師は集中治療室を出て行こうとした。

「待ってください。ちゃんと説明をしてください」

美奏乃が引き留めても、その医師は、看護師に後はよろしく頼みますと言って出て行ってしまった。美奏乃は、医師の名前を聞き忘れていたことに気付いた。思い返してみると、名札も付けていなかった。機器類の片付けを続けていた看護師は、「佐病　園田《そのだ》」と書かれた名札を付けている。意図的に外していたのかもしれなかった。

園田という看護師に問い質《ただ》した。

「中村《なかむら》二佐というそうです」

同じ病院に勤める医師の名前を、まるで最近聞いたように言ったことが気になった。

「中村……お名前は?」

「あ、ええと、何だったかしら。すみません。忘れてしまいました」

看護師は、三十代半《なか》ばに見えた。中堅どころといえる年齢のはずだ。その看護師が、医師の名前を知らないなんてことがあるだろうか。

「中村二佐は、ここの病院の先生なんですよね。何科の先生ですか？」

「外科です」と答えたものの、その看護師は、美奏乃と目を合わさないつもりなのか、さも忙しそうに片付けを続けていた。

「専門は何ですか？」

「潜水医学と聞いています」

「聞いている？」

「私たちも、先生の専門まで詳《くわ》しく知っているわけじゃありませんから！」

看護師は、明らかに焦《あせ》った様子を見せ、手元で大きな音を立てた。美奏乃がそれ以上問いかけても、看護師は、先生に聞いてくださいとしか答えない。

美奏乃は、勝夫に声を潜めて言った。

「お父さん、何か変です。ちゃんと確認したほうがいいと思います」

「美奏乃さん、確認するって言ったって、何をだね？」

美奏乃にも、何を確認するべきかは分かっていなかった。しかし、心の内に芽生《めば》えた感覚が、単なる事故ではないと叫んでいた。

「事故の状況なんて、説明を聞くしかできないよ」

「それなら、死因を調べてもらうのはどうでしょうか？」

「解剖するってことかい？　真樹夫を切り刻むなんて嫌だよ。あんたは平気なのかね？」

美奏乃は、言葉に詰まってしまった。美奏乃だって、愛していた人の遺体が切り刻まれるのは忍びない。しかし、単なる事故ではないなら、故意か過失かは分からないものの、誰か責任を取るべき人物がいるはずだった。そうだとしたら、美奏乃は、口を噤みたくはなかった。

「ご遺体を霊安室に移しますので、ご家族の方は、待合室でお待ちください」

体に付けられたチューブやセンサーを片付け終わると、看護師は、美奏乃たちを集中治療室から追い立てるようにして退出させた。

待合室に戻ると、そこには先ほど事故の概要を教えてくれた潜水艦隊の総務担当者がいた。

「このたびは、誠に申し訳ありませんでした。安全には万全の配慮をいたしておりますが、事故を発生させてしまったこと、それによりご子息の命を失わせる結果になってしまったこと、重ね重ねおわび申し上げます」

担当者は、大きく腰を折って頭を下げた。蒔枝と萌衣は、ただただ泣き崩れている。勝夫だけが、肩を震わせながら気丈に言葉を返した。

「事故原因は分かっているのですか」

「まだ調査中です。正確な事故調査は、恐らく数カ月かかるでしょう。しかし、概要は数週間のうちにご説明できるようになると思います」

「真樹夫の他に、怪我をされた人は？」

「衝突の衝撃で、怪我をした者は何人かいるようです。ですが、艦内での治療で済む程度だと報告を受けています」

「真樹夫は、いつ引き渡していただけるんでしょうか？」

「検視が終われば、お引き渡しできます。恐らく、明日の午前中には検視が終わると思いますので、午後には可能だと思います」

「解剖はされないいんですか？」

美奏乃が問い質すと、蒔枝と萌衣は驚いた顔をして目を上げた。

「事故ですので、解剖は行なわれません。橋立二尉が事故原因に関わっていれば、話は別ですが、事故当時、橋立二尉は魚雷発射管室で航法とは関係のない作業を行なっていたそうです」

「でも、何故《なぜ》あなたが解剖されないって断言できるんですか？　解剖が必要かどうか判断するのは警察じゃないんですか？」

「検視を行ない、解剖が必要かどうか判断するのは、検察官ということになっています。しかし、司法警察員、普通は警察官が代行することができるので、警察官が行なうことが普通です。ただし、検視の結果、解剖が行なわれるのは犯罪性が疑われる場合のみと決まっています。事件性のない事故では、検視だけで解剖は行なわれません」

「まき兄ぃは、誰のせいで死んだの？」

　突然、萌衣が立ち上がって叫んだ。

「事故原因も、誰の責任かも、まだ分かっていません。誰の責任とも言えない不慮《ふりよ》の事故かもしれません」

「責任がある人は、ちゃんと罰を受けるんだよね？」

「はい。自衛隊の中では、懲戒《ちようかい》処分が行なわれますし、刑事責任があれば、裁判にかけられる可能性もあります」

　まぶたを腫《は》らした萌衣は、胸の前で両手を握りしめていた。

「私……そいつが許せない。誰も悪くなかったんだったら仕方ないけど、誰かが悪いんだったら、絶対、絶対、許せない！」

　誰も、声をかけられなかった。蒔枝が萌衣の肩を抱いて、椅子に座らせた。

「車の入門許可は、こちらで手配いたしますので、予定が決まりましたら、ご連絡ください。市内のホテルに予約を入れてありますので、そちらまで先導します。今夜は、そちらでお休みください」

　総務担当者は、再度深々と頭を下げると、送りの車を手配するために、病院の事務室に消えていった。

「やだ。私、まき兄ぃの近くにいたい」

萌衣は、そう言って駄々《だだ》をこねていた。勝夫は、自衛隊の人にも迷惑がかかるからと言って萌衣に言い聞かせた。

美奏乃も、萌衣と同じように、立ち去りがたい想いだった。だから、先導の車が来ても、ぐずぐずしていた。勝夫に急《せ》かされ、仕方なく、車に乗り込む。

車窓から見える五島《ごとう》列島行きのフェリーが、夜空に船体を浮かび上がらせていた。

美奏乃は、萌衣のためにも、真樹夫の死に納得ができるまで、調べてみようと心に決めた。

*

事故原因究明のため、美奏乃が勤務する技本艦艇装備研究所にも協力要請があるかもしれなかった。そのため、真樹夫の葬儀翌日から、重い足どりで出勤した。しかし、協力要請どころか、技本には事故があったことさえ伝えられず、箝口令《かんこうれい》を申し渡された美奏乃は、無為《むい》に二日間を過ごさなければならなかった。

葬儀から三日目になって、防衛省は、やっと事故の存在を公表した。その内容は、佐世保病院で聞かされていたものと変わりなかった。

その後の二日間、美奏乃は、知り合いのいる部隊やメーカーに電話で話を聞こうとしたものの、めぼしい情報はなかった。

あるとすれば、情報がないという事実くらいだった。それも、探知技術研究部だけではなく、システム研究部でも、情報は得られなかった。

探知技術研究部は、ソナー技術を研究している。海溝壁に衝突したという情報が事実だったとしても、ソナーが事故原因である可能性は低い。だから、探知技術研究部に情報が入りにくくても不思議はなかった。しかし、海溝壁に衝突したのなら、航法システムに不具合があった可能性が高いことになる。当然、その技術的サポートができるはずのシステム研究部にも、情報が入ってこなかった。

システム研究部に情報が入らないという事実は、事故原因が、航法システムの不具合にあるという推測も、妥当《だとう》ではない可能性を示していた。

佐世保病院で会った中村医師の説明や遺体の状況にも不審な点があった。美奏乃の疑念は、徐々に、かつ確実に深まっていた。

その疑念に、今日、一つのデータが示されるはずだった。昨夜遅くに電話があり、事故原因について、マスコミ報道に先んじて、担当者が説明のために家まで来るというのだ。

美奏乃は、人通りの少なくなり始めた商店街を通り、家への道を急いでいた。東急東《とうきゅうとう》横《よこ》線を白楽《はくらく》駅で降り、激しい雨を避け、普段はあまり通らない細いアーケード、六角橋《ろっかくばし》の仲見世《なかみせ》を抜けて、大きな通り、横浜上麻生道路《よこはまかみあさおどうろ》を渡った。

激しい雨が、赤と白の幾何学模様が描かれた傘に打ち付けている。レインブーツは、傘と同じ赤と白の模様が描かれたものを選んでいた。美奏乃は、そのレインブーツで、ところどころにできた水たまりの水をはじき飛ばしながら、小走りに歩いていた。

美奏乃は、実家住まいだった。今も両親と共に住んでいる。家は、商店街から歩いて五分もかからない住宅地の中にあった。家から一番近い交差点の角を曲がると、家の前に停《と》まる黒のライトバンが目に入った。運転席には、制服を着た女性自衛官が座っている。目が合うと、軽く会釈してきたので、美奏乃も会釈を返す。

玄関先にも、白い制服姿の自衛官が立っていた。顔が見える距離になると、美奏乃は、目を見張った。美奏乃にも見覚えのある人物だった。

「『まきしお』副長の荒瀬です。このたびは、誠に申し訳ありませんでした」

海幕からの連絡では、担当者を行かせると言っていた。てっきり事故後に病院を訪れた総務や広報の担当者だと思い込んでいた。しかし、現実に現われたのは、真樹夫をよく知り、そして事故の当事者でもあったはずの荒瀬だった。

荒瀬は、帽子を取ると、頭を下げた。

美奏乃が荒瀬と顔を合わせたのは、二回しかない。それでも、はっきりと覚えていた。美奏乃が研究、開発を始めたナーワルシステムは、真樹夫の発案だった。二人が出会い、付き合い始めたのも、研究を始めるにあたり、考案者の意見を聞くために所内で行なわれた何回かの会議を通じてだった。その会議に、荒瀬も参加していた。真樹夫の発案を海幕に取り上げさせるため、その戦術的価値について、補足説明をしたのが荒瀬だった。

真樹夫は、技術には自信があっても、その戦術的価値を正しく人に説明できるほどの現場経験は持っていないと言っていた。だから、同じ艦の先輩である荒瀬に頼んだらしい。今回の航海でも、当然副長として同乗していたはずだった。

美奏乃の鼓動《こどう》は、一気に高まった。総務の担当者は、全てを知っているとは限らない。だが、事故を起こした艦に同乗し、しかも副長という立場にあった荒瀬は、間違いなく全ての真実を、真相を、知っているはずだった。

美奏乃は、軒先《のきさき》に駆け込むと傘を畳み、玄関のドアを開けた。傘からは、大粒のしずくが滴《したた》っている。

「お入りください」

大柄な荒瀬は、軒先に立っていても、肩先や裾は激しい雨に濡れていた。

「いえ、こちらで結構です。私は、この家の敷居をまたげる人間ではありませんので」

「しかし、そんな簡単に説明していただける話ではないと思います。お入りください」

「残念ながら、お話しできることは、そう多くはないのです。こちらで十分です」

「美奏乃？　どうかした？」

開け放たれたままの玄関から、じめじめとした風が吹き込んでいたせいだろう。美奏乃の母、勝乃《かつの》が、奥から声をかけてきた。荒瀬は、微動だにせず、家に入る様子は見せない。美奏乃は、しかたなく家の奥に声をかけた。

「ごめん。防衛省の人が来てるんだけど、上がらないって言ってるから、外で話してる」

美奏乃は、「ちょっと待ってください」と断わると、玄関をくぐり、傘を傘立てに差す。そしてバッグを上がり框《かまち》に置くと、荒瀬の視界を避けてスマートフォンを取り出した。録音アプリを起動させ、目立たないようにポケットに滑《すべ》り込ませる。雨音が気になるものの、荒瀬の声は大きいため、聞き取れないことはないだろう。

美奏乃は、大きく深呼吸すると、軒先に出て、静かに玄関のドアを閉める。そして、荒瀬に向き直ると、「お願いします」と覚悟を込めた声で告げた。

荒瀬は、軽く肯くと、重々しい声で話し始めた。

「事故の状況は、当初の防衛省発表のとおり、沖縄トラフ内を潜航中、海溝壁へ衝突したというものです。衝突時の速度、深度、詳細な位置などはお話しできません。詳しい分析はこれからです。おそらく相当固い岩盤に衝突したのだろうと思われます。事故の原因は、航法ミスにより、自艦の位置を見誤ったためです。航法ミスは、慣性航法装置の不具合によって発生したことが判明しました。しかし、航法ミスが機器の不良なのか、あるいは故障なのか、それとも操作不良によるものなのかは、まだ分かっておりません」

美奏乃が最も知りたいと思っていたのは、真樹夫の死亡時の状況だった。荒瀬の言葉に嘘《うそ》があったとしても、事故原因などは、情報が真実なのか嘘なのか知る由《よし》もない。だが、説明される事故の経過と遺体の状況に矛盾《むじゅん》があれば、荒瀬の言葉に嘘があることだけは判断できる。

話を急《せ》かしては、何か重要なカギを聞きそびれてしまうかもしれない。美奏乃は、はやる気持ちを抑えて、無言のまま次の言葉を待った。

「防衛省として、マスコミに発表する内容は、今お話しした内容に留《とど》まります。これからお話しする事項は、マスコミには発表されないものです。ご遺族と木村技官にだけお伝えします。くれぐれも口外されないようにお願いします」

「分かりました」

美奏乃は、握りしめた右手を、心臓の鼓動を抑えるように、胸元に当てた。

「事故により、艦首内殻の外にあったソナーと魚雷発射管が大きく損傷しました。そして、魚雷発射管に大きな応力がかかった結果、魚雷発射管そのものだけでなく、影響が内殻にも及び、複数の箇所から魚雷発射管室内に浸水が発生しました」

美奏乃は、おやしお型潜水艦の構造をイメージしながら、頭の中に状況を刻み込んでいった。

おやしお型潜水艦は、部分単殻式構造になっており、艦首部分は、耐圧構造の内殻の外側にソナーと魚雷発射管がある複殻構造だった。ソナーは、衝突の際に損傷することで、内殻を守る緩衝材《かんしょう》の役目を果たしたのだろう。しかし、魚雷発射管は、再装塡《そうてん》を魚雷発射管室内から行なうため、内殻に直接つながっている。魚雷発射管自体に大きな力がかかれば、内殻に影響が出ても不自然ではなかった。

「事故当時、魚雷発射管室にいた隊員は、橋立二尉を含め三名で、艦の補修作業を行なっていました。生き残った隊員によると、発射管とラックの間の狭い空間での作業だったため、体の細い橋立が……橋立二尉が、作業を買って出て、潜《もぐ》り込むようにして作業を行なっていたとのことです」

美奏乃は、心臓が縮み上がった気がした。潜水艦内は、ただでさえ狭い。その中でも狭い空間に潜り込んだ結果、逃げ遅れる結果になったのだろうか。

「衝突の瞬間、魚雷発射管室は、霧状の水が噴《ふ》き出し、照明は点灯していたものの、全く視界が利《き》かない状態で、息をするのも苦しいほどだったそうです。橋立二尉以外の二名の隊員は、手探《てさぐ》りで後方の第二防水区画に避難しながら、橋立二尉に呼びかけたものの応答はなかったと報告を受けました。衝突の衝撃で気を失っていたのかもしれません。他の区画でも、頭を打ち付けた結果、二名の隊員が気を失っています」

「浸水は、どの程度だったんですか？」

美奏乃は、思わず問いかけていた。中村医師は、橋立の死因が溺死だと言っていた。

「それも解析《かいせき》はこれからです。ただ、避難した隊員が第二防水区画に到達する時、すでにくるぶしあたりまでは浸水していたとのことでしたので、相当の浸水があったことは間違いありません。それに、ご存じだと思いますが、深深度での浸水は、非常に危険です。三名とも、直接に浸水を浴びてはおらず、水による怪我はしていません。浮上しなければ、浸水防止措置を取れる状況でもありませんでした」

一〇〇メートル潜航しただけでも、水圧は一〇気圧にもなる。その水流は、打撲傷を負わせるほどだ。五〇〇メートルも潜航していれば、噴出する水流は、肉を割《さ》き、骨を砕《くだ》く。

「そのため、魚雷発射管区画を閉鎖し、艦を急速浮上させる命令を、私が下しました」

美奏乃は、息を飲んだ。真樹夫が溺死したということから、当然区画が閉鎖されたことは予想していた。しかし、真樹夫だけが取り残され、その区画が閉鎖されたという事実は、覚悟をしていたにもかかわらず、美奏乃に大きな衝撃を与えた。

それでも、まだ美奏乃には、荒瀬の言葉に疑問を感じ取るだけの鋭敏さがあった。

「あの、艦長ではなかったのですか？」

「気を失っていた隊員の一人が、青山艦長でした。事故当時、艦長は発令所の中央に立っていました。衝撃で、前方のソナーコンソールに飛ばされ、頭を打ったようです。私は、発令所の後方、海図台にいたため、海図台に体をぶつける結果にはなりましたが、特に怪我はせずにすみました。そのため、事故発生後の指揮は私が執っていました」

本当だとしたら、真樹夫を見捨てた、いや切り捨てたのは、目の前にいる荒瀬だということになる。区画を閉鎖し、逃げることが不可能な状況に追い込んだのは、目の前にいる男だということになるのだ。

美奏乃は、荒瀬の言葉に疑問を感じながらも、湧き上がってくる怒りを抑えることはできなかった。

「あなたが、真樹夫さんを殺したんですね！」

「そうかもしれません。申し訳ありません」

荒瀬は、それだけ言って頭を下げると、唇を噛《か》みながら、押し黙った。

美奏乃は、頭を下げたままの荒瀬を見ながら、深呼吸をした。動悸《どうき》が収まると、言葉を継いだ。

「頭を上げてください。そして、その後のことを聞かせてください」

美奏乃の声は、ひどく冷たかったが、改めようとは思わなかった。

荒瀬は、ゆるゆると頭を上げると、静かに言った。

「緊急浮上を命じたものの、浮上には時間がかかりました。艦の損傷が、艦首に留まっていなかったためです。前部バラストタンクが損傷しており、魚雷発射管室の浸水による影響もあって、ツリムが下がっていました」

潜水艦を浮上させるためには、二つの方法がある。一つは、海自用語ではツリムと呼ぶ艦のトリム、つまり艦首と艦尾の上下関係をアップトリム、艦首が上がった状態で前進する方法。もう一つは、バラストタンクと呼ぶ浮き袋に空気を満たし、艦の重量よりも浮力を大きくする方法だ。

潜水艦は、通常、水中で浮きも沈みもしない中性浮力と呼ばれる状態で行動している。浮上する際は、中性浮力のまま、潜舵《せんだ》と昇降舵を使い、艦首を上げるアップトリム状態として推進力で浮上する。

緊急時は、バラストタンクと呼ばれる浮力調整用のタンクに圧縮空気を放出し、海水を排水することで浮力を増加させ浮上する。

深深度でタンクをブロー、つまり圧縮空気をタンク内に放出して浮上すると、浮上による水圧低下で空気が膨張する。その結果、バラストタンク内の排水が進むため、浮力が強くなりすぎ、船体が海面から飛び出してしまう可能性もある。そうなると頑丈に作られた潜水艦といえども船体が損傷する可能性もあるし、乗員が負傷する可能性も生じる。そのため、バラストタンクをブローして浮上するのは、緊急時と、海面に到達した後だ。

『まきしお』は、艦首が下がるダウントリム状態となってしまっていたため、浮上に移ることが困難だったらしい。

「また、バッテリーの一部もショートし、推力も低下した状態でした。そのため、タンクをブローするとともに、上げ舵《かじ》で浮上したのですが、海面到達までに五分以上かかってしまいました。橋立二尉の救助活動は、海面到達前から始めました。ですが、発見して収容できたのは、事故から約一一分後です」

荒瀬の説明では、『まきしお』は、二つの方法を併用して浮上しようとした。しかし、艦の姿勢をアップトリムとすることが難しい上、推力も不足し、さらに浮力も不足するという三重苦状態だったことになる。

それは、浮上に時間を要した理由としては妥当《だとう》だった。美奏乃にとって、追及の足がかりになるものではなかった。

「発見時の状況は？」

「作業を行なっていた場所に潜り込んだまま、海水に沈んでいたそうです。すでに心肺停止状態だったため、すぐに蘇生措置を行ないました。浮上と同時に救助を要請し、合同で任務を行なっていた『ちはや』が、至近に居たため、橋立二尉を『ちはや』に移送し、後の治療は任せています。その後、『ちはや』にはヘリが搭載されていなかったため、付近を航行していた護衛艦から発艦したヘリが、『ちはや』からピックアップして、途中での給油を行なった上で、一気に佐世保まで搬送しています。その間も治療を続けましたが、救助まで時間がかかってしまった結果、死亡に至ってしまいました」

荒瀬の説明は、それだけを聞けば、違和感のないものだった。しかし、美奏乃は素直に信じることはできなかった。佐世保病院での中村医師の説明に、不可解な点があったからだ。

そして、美奏乃がその不可解な点を追及していたという事実は、真実が発表と異なっているならば、真実を隠す人々に、今日までさらなる隠蔽《いんぺい》の準備をさせたことだろう。荒瀬の説明は、なされた周到な準備を、ただなぞっているだけかもしれなかった。だから、美奏乃は誤謬《ごびゅう》を突きたかった。

「お話ししていただける内容は、それだけですか？」

「申し訳ありません。調査が進めば、お伝えできる情報が増えるかもしれませんが、現時点でお話しできることは以上です」

「分かりました。ですが、若干《じゃっかん》質問があります。よろしいでしょうか？」

「お答えできるか分かりませんが、どうぞ」

「真樹夫さんが作業をしていて、救出時に発見された場所は、魚雷発射管室だったんですよね？」

「ええ、その通りです」

「具体的に、魚雷発射管室内のどの辺《あた》りだったんでしょうか？」

美奏乃は、荒瀬の目を真っ直《す》ぐに見据《みす》えながら、その質問を発した。

荒瀬は、言葉に詰まっていた。流石《さすが》に焦った様子は見せなかったものの、明らかに返答に窮《きゅう》していた。

「すみません。お答えしにくい質問だったかもしれません。聞き方を変えます。真樹夫さんが作業していた場所は、床からどの程度上だったんでしょうか？」

普通であれば、わざわざ隠さなければならない重要な質問ではないはずだ。

しかし、やはり荒瀬は、こめかみに汗を浮かべていた。

「申し訳ありませんが、お伝えできる情報は限られています。魚雷発射管室で作業していたことはお話しできます。しかし、詳しい位置までお伝えできることにはなっていません。これは、肉親の方々でも同じです」

この質問は、荒瀬を追い込むためのものだった。

魚雷発射管室の下には、乗員の居住区がある。どちらも第一防水区画であり、二段の階層構造になっている。閉鎖された第一防水区画において、魚雷発射管室から浸水したとしても、まずは一階にあたる乗員の居住区が沈み、その後に、魚雷発射管室が水没することになる。魚雷発射管室で溺死するためには、遺体の発見場所が、たとえ床付近だったとしても、相当の浸水がなければ不自然なのだ。

もし、本当に居住区まで水没していたのであれば、他にもさまざまな影響があったはずだった。

「話していただける情報が限られることは、私も関係業務に就いていますから、理解しています。ですが、やはり疑問があります」

美奏乃は、荒瀬の顔が、わずかに強《こわ》ばったのを見て取った。

「魚雷発射管室、つまり第一防水区画が水没したとおっしゃいました。先ほどのお話では、前部バラストタンクも損傷していたとおっしゃいました。それほど浸水していたのなら、沈没の危険性だってあったんじゃないんですか？」

「はい。ですから、緊急浮上しました。浮力がほとんどなかったため、時間がかかってしまいましたが、衝突直後に浮上を始めています」

日米の潜水艦は、予備浮力と呼ばれる浮力の余裕があまり大きくはない。ソ連・ロシアの潜水艦などは、三〇パーセント以上の予備浮力を持つよう設計されており、中には四〇パーセントに迫る予備浮力を持つ潜水艦さえある。しかし、自衛隊の潜水艦は、一〇パーセント強しかないことが普通だ。

その理由は、動力源の違いもあるものの、一言で言えば設計思想の違いが大きい。事故及び攻撃による被害発生の可能性自体を減らすのか、事故・被害発生時に沈没する可能性を減らすのか、という違いだ。

日米の潜水艦は、大きな余裕を持たせる設計をしなくても、各機器が常に正常に働くことで事故の発生を防いでいるし、静粛性を追い求めることで、敵に発見され、攻撃を受けること自体を回避することが、設計のコンセプトとなっている。

三〇パーセント以上も予備浮力があれば、艦内に複数作られた防水区画のうち、いくつかが水没しても浮き上がることができる。しかし、自衛隊の潜水艦の場合、一区画が水没しただけでも、余裕はほとんどなくなってしまう。

荒瀬の言葉は、魚雷発射管室とその下の居住区を合わせた第一防水区画が、ほとんど水没したという意味に他ならない。そして、そこから類推できる状況は、浮力だけではなかった。

「本当にそうなんですか?」

美奏乃は、意図的に眉間《みけん》に皺を寄せ、あえて、疑念を見せつけた。

「佐世保病院で、医官の先生から説明を受けました。彼は、高温にさらされたなんて言っていませんでした」

荒瀬の顔には、隠しきれない緊張が走った。

空気は、圧縮され体積が小さくなると、温度が上昇する。潜水艦が潜航可能深度を超え、圧力で押しつぶされる場合では、コンマ一秒ほどしかない圧壊の瞬間、圧縮される空気の温度は、一気に可燃物が燃え上がる数百度にもなる。『まきしお』の場合、真樹夫が魚雷発射管室の上部に居たのなら、浸水してきた水が空気を押し縮め、気温は優に一〇〇度を超えていたはずだった。荒瀬の言葉どおりであれば、真樹夫は高温にさらされたはずなのだ。

「浸水した海水が霧状になっていたとのことですから、それで気温が下がったのかもしれません」

「水に接触していた空気は、確かにその可能性もあります。でも、もしそうなら真樹夫さんの体は、水流で損傷していてもおかしくないはずじゃないですか！」

美奏乃の追及に、荒瀬は、一瞬逡巡する表情を見せた。それでも、すぐにそのいかつい鉄面皮《てつめんぴ》で覆い隠した。そして、声を潜めて言った。

「橋立二尉は、魚雷発射管室の床付近で、ショートした配線の交換作業を行なっていました。そのため、比較的早い時期に溺れたのだと推定されています」

荒瀬の言葉は、理にかなってはいた。その言葉は、不自然だとは言えない。しかし、美奏乃は、高鳴る鼓動が抑えられなかった。これまでの会話は、全てこれから話すことに追い込むための布石だったからだ。

美奏乃は、静かに頭を振りながら言った。

「荒瀬三佐、あなたの言葉は、筋が通っているように聞こえます。ですが、真樹夫さんの遺体の状況と、病院で伺った先生の言葉とが矛盾しています」

荒瀬は、身構えるようにして、美奏乃の次の言葉を待っていた。

「真樹夫さんの体には、何カ所も打撲の内出血痕がありました。先生は、その打撲傷を気圧上昇によって痙攣を起こしたための傷だとおっしゃいました。私は、潜水医学は知らないので、調べたんです。そうしたら痙攣は、急性の脳酸素中毒による症状でした」

美奏乃は、息を継ぐと、最後は一気にまくし立てた。

「でも、おかしいんです。配線の交換作業をしていた真樹夫さんは、通常の空気を呼吸していたはずです。そうだとすると、浸水で真樹夫さんが溺れるまでに、気圧は、数倍になっていたはずです。しかし、それでも、今荒瀬三佐から説明されたほどの短時間では、急性酸素中毒を起こすことはないんです」

潜水などの高圧力環境下で人体に生じる障害には、さまざまな種類がある。

酸素中毒は、レジャーでの潜水では、発生する可能性が少なく、ダイビングの教本などでも、さほど紙数は使われない。しかし、高圧環境下に長時間さらされる軍用潜水では、危険性の高い障害となる。そのため、軍関係の機関では、潜水医学の重要なテーマとして研究され、安全基準が設《もう》けられている。

美奏乃は、米軍のダイビングマニュアルを入手して、急性の脳酸素中毒が発生する状況を調べていた。それによれば、六・五気圧までは、特に危険なしとして、時間制限はかけられていなかった。

「しかも、今あなたは、真樹夫さんが魚雷発射管室の低い位置で作業をしていたと言いました。そうであれば、真樹夫さんが溺れる前の気圧は、せいぜい三気圧程度だったはずです。酸素分圧は一気圧にも達していません。地上で純酸素を吸った時よりも安全だということです。それに、そもそも痙攣の直後に溺死したのなら、打撲による内出血が、目に見える状態なのは、おかしいじゃないですか！」

荒瀬は、無言だった。美奏乃の視線を受け止めたまま、長い間無言だった。

そして、美奏乃の荒らげた息が落ち着き始めた時、ようやく口を開いた。

「事故はまだ調査中です。詳細が判明すれば、また報告させていただきます」

そう言うと、荒瀬は軒先から激しい雨の中に踏み出した。そして、帽子を取ると美奏乃に向かって深々と腰を折った。

「失礼します」

「待ってください！　本当のことを教えてください！」

美奏乃の言葉には耳を貸さず、荒瀬は待っていたライトバンに雨を気にするそぶりも見せずに向かった。そして、大きな音を立てて車に乗り込むと、軽く会釈をした。

車は、雨霧の中を、美奏乃を残して走り去っていった。

＊

「どうでした？」

杉井二等陸尉は、横浜上麻生道路に出ると、今では非常に珍しくなったマニュアルコラムシフトのレバーをサードに入れ、車を加速させた。陸上自衛官にもかかわらず、白の海上自衛隊制服を着込んでいる。靴だけは、白のパンプスを、ランニングシューズに履き替えていた。パンプスでは運転しにくかったし、パンプスをペダルに当てると、後の靴磨きが面倒だったからだ。

「どうもこうも、聞いていただろ」

荒瀬は憮然《ぶぜん》とした表情で答えた。杉井は、コードを軽く引き、右耳に入れていたイヤホンを抜き取る。

「かなり苦しそうなのは分かりました。ですが、技術的なことは今ひとつです」

「中村二佐が、喋《しゃべ》りすぎている。それに、話したことを報告してない。おかげで、逆に彼女の疑念を強めてしまった」

荒瀬が、制服の内ポケットからレコーダー兼用の送信機を取り出して、ダッシュボードに置いた。

「そのようですね」

車内には、エンジン音の他にも、打ち付ける雨音とせわしなく動き続けるワイパーのモーター音が響いている。

「今度会ったら、文句を言ってやる！」

「会う機会はあるんですか？」

「俺は当分SBF《エスビーエフ》（潜水艦隊）の司令部で缶詰だ。青山艦長があんな状態だから、俺がメインで聴取を受けなきゃならん。会う機会どころか、毎日顔を合わせることになる」

杉井は、前方を見つめたまま「そうですか」とつぶやいた。

「説明は、指示どおりに行なった。しかし、はっきり言って失敗だ。そもそも、俺にやらせたのが間違ってる」

「すみません。木村技官と面識がある人間に説明させたほうが、信じ込ませやすいと判断したんですが……、彼女があれだけ明確な疑念を持って追及するつもりだったのであれば、もっと言葉に長《た》けた人間にすべきでした」

「今さらだな。で、どうするつもりだ？」

「正式には、上司の判断を仰いでからとなります。基本的に、今後は私たちがモニター監視することになっています。マスコミにリークしたり、法廷に持ち出すことがなければ、彼女が独自に調べようとしてもブロックできるはずです」

「彼女は、潜水医学なんかも調べてるぞ。本当に、この筋書きでいけるのか？」

「決定された以上、これで押し通すしかありません。海幕の公式発表もこの方向なんですから、変えることはできません」

「そうだな」

怒りにまかせてまくし立てていた荒瀬も、自衛隊という組織の中では、トップの決定には従わざるを得ないことを理解しているはずだ。やっと落ち着きを取り戻したように見えた。

「この筋書きは、そもそも荒瀬三佐が作った秘密が発端です。今後も、ご協力をお願いすることがあるかもしれません」

「分かっている」

「職務上、木村技官と接触する機会があるかもしれません。ですが、積極的には接触しないでください。そして、接触の際は、事前に通知をお願いします。必要があれば、指示しますし、サポートも行ないます」

「了解した。担当は……君でいいのか？」

「はい。何かあれば私、杉井二尉までご連絡ください。情報保全隊は人手不足な上、異動もほとんどありません。変わることはないでしょう。もっとも、木村技官の動き次第ではありますが……」

車は、横浜を抜け、国道十六号を横須賀基地に向けて走っていた。

杉井は、表面的には平静を装《よそお》っていた。とはいえ、面倒な仕事が増えたことで気が重かった。場合によっては、強圧的に出たり、脅《おど》しをかけることも必要になりそうに思えた。情保隊という嫌われ役である以上、仕方がないとは理解していた。それでも、やはりやりきれない思いが抑えられなかった。

　ふと、情保隊の先輩たちが、一様に冷たい印象を纏《まと》う理由が理解できた気がした。相手に与える印象として、必要だというだけではなく、そう振る舞わないと、自分の精神も保《も》たないのかもしれない。

　杉井は、ワイパーの速度を上げた。雨といっしょに、そんな暗澹《あんたん》たる思いも、吹き飛ばしたかった。

＊

　広島《ひろしま》駅で新幹線を降り、駅前で花束を買うと、呉《くれ》線広《ひろ》行きの列車に乗り込んだ。美奏乃は、普段の通勤着よりも派手めのスーツに身を包んでいた。髪も、今日は下ろしていたし、派手なマスカラを付け、雰囲気まで変えていた。見舞いを偽装し、身元も分かりにくくするためだった。

　広島駅を出ると、車窓はすぐさま緑に覆われる。ほどなくして海も見えてきた。のどかな風景だった。

　呉に近づくにつれて、景色とは裏腹に、美奏乃は、緊張と胸を締め付ける思いに苦しんでいた。

美奏乃は、事故の公表後、自衛隊内、防衛関係企業からの情報収集をしつこいほど続けた。

しかし、電話をかけた相手は、雑談には気軽に応じてくれるものの、『まきしお』事故については、何も知らないという者がほとんどだった。『まきしお』の名前を出した途端、不自然なほど、貝になる人間もいた。

その理由は、誰も話してくれなかった。ここでダメなら諦めるしかないと迫った草加《そうか》電業の技術者は、美奏乃が実験用ソナーの改修を他に発注しようと思えばできる立場にいることを理解していた。美奏乃が不満げな声を上げると、渋々、『まきしお』の事故、修理については、一切口外無用とする通達を受け、防衛省関係者であっても同様に対応するよう厳命されたと漏らしてくれた。

これ以上は勘弁してくださいという技術者に、修理に関係しない情報はないかと尋ねると、艦長の青山二佐が呉病院に入院したままらしい、と漏らしてくれた。

呉病院は、佐世保病院と同様に防衛省が設置、運営する自衛隊地区病院の一つだ。海自呉基地の中にあり、医師も看護師もすべて自衛官が務める。一部の自衛隊病院は、一般にも開放され、防衛省関係者以外でも治療を受けることができる。しかし、佐世保病院や呉病院は別だ。そのため、職員だけでなく、患者もすべて自衛隊関係者だ。

自衛隊基地の中にあるため、関係者以外は見舞いに行くことにもハードルが高い。幸い、技官である美奏乃は、基地のゲートも身分証を見せるだけで通過できる。見舞いと称して話を聞きに行くことは難しくないように思えた。

荒瀬の話では、事故の際、青山は、頭を打って気を失っていたということだった。急を要するとして搬送されたのは真樹夫だけだった。だから、青山の怪我は、当時はそれほど深刻ではないと判断されたはずだった。にもかかわらず、いまだに入院しているというのが本当であれば、そこには隠したい何かが、あるのかもしれなかった。

呉駅で列車を降りると、観光用ループバスに乗った。呉病院がある呉基地昭和《しょうわ》地区に行こうとすると、広電《ひろでん》バスは、少しばかり遠回りで、料金も少しばかり高い。

呉基地昭和地区には、第一潜水隊群司令部や潜水艦教育訓練隊などの潜水艦関連部隊がある。仕事で何度も訪れていたし、最近では、仕事よりもプライベートで訪れることが多かった。呉は、『まきしお』の定係港《ていけいこう》だった。定係港は、昔の母港にあたる。補給は定係港で受けることが多いし、乗員の家族の多くは定係港に居住する。

真樹夫の生前、美奏乃は、できることなら『まきしお』の入港を待ち構えていたいと思っていた。しかし、潜水艦乗りは、恋人にも帰港が何日になるかを伝えることは許されない。そもそも、海中に潜ってしまえば、連絡手段さえない。いつも入港後に連絡をもらい、新幹線で駆けつけ、呉か広島でデートをしていた。そして、『アレイからすこじま』

という長たらしい名前の公園から、何度も『まきしお』の姿を眺めた。

『アレイからすこじま』は、一応公園ではあるものの、実際には少々綺麗《きれい》に整備された遊歩道だった。それでも、昭和地区のゲート前という立地から、横須賀にあるヴェルニー公園とならび、現役潜水艦を見ることのできる数少ない場所として観光地にもなっている。

美奏乃は、潜水隊前というあまりにも分かりやすいバス停でバスを降り、昭和地区の門を見つめた。第一潜水隊群、潜水艦教育訓練隊と書かれた真鍮《しんちゆう》のプレートが輝いている。青山は、この門を越えた先の病院にいるはずだった。早く会って確かめたかった。しかし、美奏乃は、まず門の前から道路を渡り、『アレイからすこじま』から、潜水艦栈橋を見つめた。

過去に美奏乃が見た栈橋には、ほとんどいつも『まきしお』が停泊していた。今は、目の前に『まきしお』はない。はるしお型潜水艦が一隻と、『まきしお』の同型艦であるおやしお型潜水艦が一隻係留《けいりゆう》されていた。水上艦と異なり艦番号が消されているため、『まきしお』と区別がつかないその葉巻型の船体を見ると、自然と涙がこぼれてきた。今までは、真樹夫と並んで、その船体を見ていたのだ。

五分ほど、漆黒の船体とたなびく自衛艦旗を見ていた。だが、長居するわけにはいかなかった。面識のある人間と鉢合わせしないとも限らないからだ。美奏乃は、ベンチに置いたハンドバッグと広島で買った花束を手に取ると、門に向けて歩き出した。

　ここが自衛隊の基地内でなければ、呉病院は、外見上は、なんの変哲もない病院だった。規模が大きくないため、建物は一つだけだ。内部には、普通に受付があり、医師も看護師も、至って普通の白衣だった。違いがあるとすれば、患者が皆、頑強そうな体つきであること、受付で提示する保険証が防衛省共済組合のものだということ、それに身元の不確かな人間はゲートを通過できないため、セキュリティやプライバシー配慮が、多少異なる程度だった。

　土曜のため、外来は休診で、待合室は閑散としていた。美奏乃が、ロビーに掲示してあったフロア案内を確認すると、入院患者用の病室は三階と四階にあった。ナースステーションも両階にある。青山がどちらにいるか分からなかった。外傷が原因なのだから外科だろうと当たりを付け、美奏乃は、エレベーターで外科病室がある四階に上がった。

　病室のある四階は、休日で見舞い客が多いせいか、待合室と打って変わって賑《にぎ》やかだった。外科病室のため、患者自身も車椅子だったり、松葉杖《まつばづえ》を突いていたりするものの、基本的に元気だ。美奏乃は、少し安心した。これなら、目立たずにすむだろう。

　エレベーターは、棟の南端にあった。ナースステーションは、フロアの中央部に位置している。ナースステーションに近づきながら、何気ない様子で中を窺う。二人の看護師が、せわしなく動いていた。一人は、如何にも新米ナースという雰囲気で、顔もまだあどけなかった。もう一人は、三十前後と見える。

美奏乃は、二人の動きを目で追い、新米ナースがカウンターに近づいた時を見計らって声をかけた。

「すみません。こちらに青山二佐が入院中と聞いています。何号室でしょうか。お見舞いに来たんですが、お部屋の番号を聞いてくるのを忘れてしまって……」

「青山……二佐ですか？」

新米ナースの名札には、諸星《もろぼし》と書かれていた。彼女は、青山の名前に聞き覚えがないのか、慌てた様子で、置いてあったバインダー上の名簿らしき書類をめくった。

「外科の患者さんですよね？」

「ええ、だと思うんですが……頭を打ったと聞いてましたので」

「頭……ですか、脳外《のうげ》かなあ？」

新米ナースがもたもたとしているので、美奏乃は焦ってきた。極力注目されることは避けたかった。防衛省は、『まきしお』事故の真実を隠したがっている。青山が入院中であるのなら、この呉病院にも手を回してある可能性があったし、他に移した可能性も考えられた。

「分からなければ、三階で聞いてみます。お手間を取らせてしまってごめんなさい」

美奏乃は、奥で座っていた別の看護師がこちらを見上げているのに気が付き、退散することにした。

「三階にはいらっしゃらないと思いますよ。私、本来は内科の担当で、今日は応援でこちらに来ただけなんです。三階の患者さんは覚えてます。別のフロアだとすると……」

新米ナースは、そう言うと別のバインダーを手に取った。

「あ、あった。特別病室、五階五〇一号室です。精神科みたいですね」

美奏乃は訝《いぶか》しんだ。頭部を打ち、脳に損傷が発生したとしたら、担当科は脳外科だろう。もし青山二佐が、以前から脳に病気、例《たと》えばてんかんなどを持っていたとしたら、神経科の可能性はあるかもしれない。しかし、精神科は、脳に器質的な障害がなくても発症する精神病を治療する科だ。

美奏乃は、日航機逆噴射事故のように、青山艦長が、精神的な異常を来《きた》して海溝壁にぶつかったのだろうかと考えた。

だが、潜水艦は、飛行機と違って一人で操艦することは無理だ。潜水艦の艦長は、飛行機の機長が操縦桿《かん》を握るように、自ら舵を握ったりはしない。操舵手は別にいる。だが、意図的に誤った針路を命じれば、海溝壁にぶつけることも可能だろう。

美奏乃は、背筋に冷たいものを感じた。しかし、予断は禁物だ。今は、調べることに専念しようと、怪しい想像を追い払った。

「五階には、どうやって行けばいいのかしら?」

美奏乃が乗ったエレベーターは、四階までしかボタンがなかった。

「奥のBエレベーターです。五階は病院長の許可がない方の立ち入りは禁止されています。許可証はお持ちですか？」

美奏乃は、自分の甘さを呪った。防衛省は、『まきしお』事故の真実を隠すつもりだ。その程度の配慮は考慮すべきだった。お役所の堅さは、自分でも身にしみている。ここで粘ってゴリ押ししても、通してもらえるはずなどない。早々に退散すべきだった。

「そうなんですか。許可が必要とは知りませんでした。許可をいただいて出直してきます」

美奏乃が、引き下がるために軽く頭を下げると、奥から「諸星さん、どうかしたの？」という声が響いた。

「あ、こちらの方が、特別病室の患者さんのお見舞いに来られたそうです。でも、許可証を持ってらっしゃらなくて」

三十前後の看護師が、立ち上がって近づいてきた。その足どりは、小走りに近かった。表情には、警戒が見て取れた。

「申し訳ありません。どちら様でしょうか。特別病室に入院されている患者様のお見舞いには、許可が必要です。臨時の許可申請は、一階の総合受付で承《うけたまわ》っております。そちらで申請をお願いします。こちらからは、連絡を入れておきますので」

物言いは親切だったが、その看護師は、探るような視線で見つめてきた。

「すみません。青山二佐には、いろいろお世話になっていたので、お見舞いしようと思っただけなんです。許可が必要だなんて知らなかったものですから、今日は失礼します」

美奏乃は、早口にそう言うと、エレベーターに足を向けた。心臓は、早鐘のように打っている。あの看護師が追いかけてくるのではないかと気が気ではなかった。幸い、声をかけられることはなく、エレベーターに乗り込めた。

ドアが閉まると、少しだけ安堵《あんど》できた。それでも、病院のロビーを小走りに抜け、素知らぬふうを装って基地のゲートをくぐるまでは、振り向きたい思いを我慢することに必死だった。ゲート前でバスを待つのも恐ろしく、次のバス停である昭和埠頭前まで歩いた。そこでも、まだ目の前に海自呉造修補給所の施設が見えた。基地の外に出た以上、もう防衛省関係者に声をかけられたところで、無視しても構わない。それでも不安だった。美奏乃は、もう一つ先のＩＨＩ前バス停まで歩いた。バスに乗り込み、やっと一息つくと、冷や汗で、額と背中がびっしょりと湿っていた。この時になって、美奏乃は、花束を持ったままだったことに気が付いた。預けてくるべきだったかもしれなかった。しかし、逃げ出すことに夢中で、そんな余裕はなかった。

青山は、頭部の外傷を負ったはずだ。外傷なのに、精神科の患者として入院させられていた。しかも、面会には特別な許可が必要な状態だった。どう考えても不自然だった。

青山が、以前からメンタルを患《わずら》っていた可能性、そしてそれが事故原因となった可能性がないとは言えなかった。

潜水艦乗員の選抜は、ストレス耐性も重要な選考要素とはいえ、閉鎖空間である潜水艦は、どうしてもストレスのかかりやすい環境だ。艦長には個室があるとはいえ、狭い潜水艦の中ではプライバシーなどないに等しいし、潜航してしまえば、上級部隊との通信もできず、艦長は、強烈なストレスに曝《さら》される。

しかし、メンタルを患い、意図的に誤った針路を命じるほどであれば、周りが気付かないことなど考えられなかった。

美奏乃は、自衛隊が薬物を使用し、青山を事実上の軟禁状態においているのではないかと訝しんだ。あるいは、逆に外部から青山を守るために、保護しているのかもしれない。その理由や青山の状態は、推《お》し量《はか》れるものではなかったが、ここでも荒瀬の言葉に欺瞞《ぎまん》がある可能性が裏付けられた。

美奏乃は、誰にぶつけるでもない怒りで、両の拳を握りしめていた。

呉から広島まで、四〇分ほど電車に揺られた。その間に落ち着いてくると、先ほどの看護師が、どこかに報告をして、自分のことが調べられる可能性を考えた。外見は変えたとはいえ、身分証の偽造まではしていない。ゲートの立哨《りつしょう》が、〝休日に技本の技官が来た〟ことを覚えていれば、美奏乃であることが疑われる可能性は、十分に考えられた。

美奏乃は、定期入れを取り出し、そこに入れられた真樹夫の写真を見つめた。

怖かった。しかし、真樹夫の死に不審な点がある以上、追及を止めることはできない。

両手で定期入れを握りしめた。

＊

昨夜は終電で帰ったため、ブランチを食べ、洗濯機を回して掃除機をかけ終わると、もう昼をまわっていた。レースカーテンを透かして外を見ると、休日で出かけている人が多いのか、車の少なくなった駐車場で、小学校一年生くらいの男の子が、一人でサッカーボールを蹴っていた。

杉井は、タバコとライターを手に取ると、ベランダに出た。吸い始めたのは、半年ほど前からだ。アルコールの量が日に日に増えたことを自覚して、アルコールを断《た》ち、口寂《さび》しさを紛らわすために吸い始めた。酒は宴会の時にしか飲まなくなった。代わりに日中でも時折タバコを手にしている。

ベランダに肘を乗せ、紫煙をくゆらせながら空を見つめていると、ポケットに入れていた携帯が振動した。当直の直通番号からだった。呉病院から通報があり、折り返し電話が欲しいという。杉井は、すぐさま伝えられた番号に電話をかけた。

「はい、呉病院です」

「以前、そちらに入院させていただいていました水村《みずむら》二曹です。第二ナースステーションの笹島《ささじま》さんをお願いします」

いくつか持っている自衛官の偽名を使い、四階のナースステーションに電話を繋《つな》いでもらう。

「お電話代わりました。笹島です」

「情保隊の杉井二尉です。通報をいただいたそうですが」

笹島は、潜めながらも緊張した声で、話し始めた。

「先ほど、指示のあった方と思われる方が、青山二佐の見舞いと言って、こちらに来ました」

「身元は確認しましたか？」

「一応聞きましたが、答えずに帰りました。無理に確認する必要はないとのことでしたので、追及はしていません」

「了解です。応対時の詳しい状況を教えてください」

看護師の笹島二曹は、美奏乃が訪れた時の様子を、諸星三曹の対応状況を中心に、硬い声で話した。

「分かりました。その対応で問題ありません。またその女性が訪れても、許可がなければ面会させられない、で貫き通してください。身元を確認したりなど、強硬な対応は必要ありません。対応時の録音データ、及びその女性が映った病院内の監視カメラ映像があれば、データをコピーして、お伝えしてあるアドレスまで送ってください。よろしいですか？」

笹島は、録音データを取り損《そこ》ねたことをしきりに詫《わ》びていた。だが、青山と接触さえしていなければ、特に問題はない。杉井は電話を切って、独りごちた。

「やっぱり、諦めてなかったか」

艦の修理は、民間業者が行なっている。官側から厳重な情報統制を要請すれば、彼らの口は堅い。情報を漏らしたりすれば、仕事を断たれるのは明らかだからだ。美奏乃も、それを認識して、別の方向からのアプローチを考えたのだろう。病院もダメとなれば……。

杉井は、病院とは別の場所に電話をかけた。

＊

呉病院を訪れた翌日の日曜、美奏乃は出勤したい心を抑えて、月曜を待った。

そして、月曜は普段よりも二〇分ほど早めに出勤すると、普段と同じように同僚のデスクを拭いてまわった。自衛官と同様に、技本で勤務する研究者の世界も、まだまだ男性優位だ。女性らしい細やかさを示したほうが、うまく立ち回りやすかった。

技術研究本部艦艇装備研究所探知技術研究部には制服自衛官も勤務している。多くは技術海上幹部として採用された自衛官なので、現場経験は多くないものの、制服自衛官であることに変わりはなく、技官である美奏乃より現場とも接触は多い。

まだ美奏乃の他に誰も出勤していないオフィスで、その技術幹部の一人、柿本《かきもと》三佐の机を拭きながら、一番上の引き出しを開けた。文房具の入った引き出しで、ロックもかかっていない。美奏乃は、そこに潜水艦職域幹部の名簿があることを知っていた。

幹部の場合、職域別の集まりが多くあり、会報などを出すところもある。幹部自衛官は異動が多く、誰がどこにいるのか確認しやすいように、名簿を作ることが普通だった。

名簿は、二年前のものだった。二年も前では、まだ青山が艦長になっていない可能性もある。案《あん》の定《じょう》、『まきしお』のページに青山の名前はなかった。

コピーすれば簡単だ。しかし、防衛省内のデジタルコピー機は、コピーしたデータを記録する。保存期限までに調査が入れば、コピーした日時と内容から、コピーしたのが美奏乃だとばれることは確実だった。携帯も、全域が防秘エリアである研究棟の入り口で置いてこなければならなかった。デジカメも管理物件のため、勝手には使えない。

美奏乃は、名簿を拝借すると、素早く自分のデスクに戻りバインダーの一つに挟み込んだ。その日は一日中、気が気ではなかった。幸い、名簿がないことには気付かれなかった。

実験の際に持ち出し、大型水槽の陰でページをめくると、青山の名前は、やはり海幕のページにあった。

確認したかったのは、住所だった。横浜市金沢《かなざわ》区、官舎ではないので持ち家らしい。家族は今もそこに住んでいる可能性が高かった。メモを取り、残業のふりをして人がいなくなった隙に名簿を戻した。


恵比寿から横浜市金沢区まで五〇分ほどで着く。今からでも、さほど非常識な時間にはならずにすみそうだった。美奏乃は、品川《しながわ》で京浜《けいひん》急行に乗り換《か》え、金沢文庫《かなざわぶんこ》で降りた。青山の自宅は、駅から一〇分ほどの距離だった。

美奏乃は、歩きながら、どう話したものか思案した。もともと対人関係は苦手で、交渉ごととなるとなおさらだ。妙案も浮かばないまま、到着してしまった。

仕方なく、疑念を包み隠さずに話すことにした。

住宅街にある、ごく普通の家だった。建て売りなのだろう、隣の家と外観が似ている。ただし、家主がいないためか、どこか寂しい雰囲気があった。

美奏乃は、七時三〇分に近づいた時計を確認すると、玄関のインターホンを押した。カメラが付いており、家の中で、モニター確認できるタイプだった。

美奏乃の姿を見て、家人が怪しげな勧誘と勘違いして無視される懸念が浮かんだ。しかし、それは杞憂《きゆう》だった。

「はい、どのようなご用でしょうか？」

どこかに脅えたトーンのある女性の声だった。青山の妻だろう。

「夜分遅く失礼致します。私、防衛省に勤めております木村と申します。ご主人のことでお話をさせていただきたくてまいりました。お時間をいただけないでしょうか」

言い終えてからしばらく間があった。美奏乃は、ふと不安になった。この言い方では、男女の関係に聞こえたかもしれない。

「あの、事故のことを伺いたくてまいりました」

インターホンは沈黙していた。あせった美奏乃が「あの……あの……」と繰り返していると、玄関のドアが開いた。

「上がってください」

上品な感じの奥さんだった。玄関には、大きめのスポーツシューズがいくつも並んでいる。息子がいるのだろう。

美奏乃は、すんなりと通されたことにホッとした。

しかし、その一方で、そのことに疑問も抱《いだ》いた。事故に部外者が巻き込まれていないため、マスコミの注目は、大したことはない。だが、艦長である青山は、艦を、そして乗員の命を預かる責任者だ。防衛省の関係者と名乗ってはいるものの、自宅に現われた得体の知れない女性を、すんなり招き入れるものだろうか？

「掛けてお待ちください。お茶を淹《い》れてきます」

大人しい感じの奥さんは、そう言ってリビングから出て行った。美奏乃が室内を見回すと、トロフィーやらカップなどが多い。息子のものかと思ったら、一緒に飾られた写真を見ると、ほとんどは青山のものらしい。その写真で、美奏乃は青山の顔を初めて見た。青山は、身長こそ、けっして高くはないものの、荒瀬以上に筋肉質だった。美奏乃は、細身の真樹夫を見て潜水艦乗りのイメージを持っていたので、ギャップに驚いた。

「どうぞ」

青山の奥さんは、蟹の絵が描かれた湯飲みを茶托《ちやたく》に載せ、美奏乃の前に置いた。

「珍しいですか？」

驚きが、顔に出ていたようだった。

「ええ、蟹の絵もそうですが、紫色の蟹なんて見たことないですから」

「これは越前《えちぜん》ガニです。普通はこういう色なんです。赤いのは茹《ゆ》でた時の色です」

「そうでしたか」

美奏乃は、感心して言った。

「主人が福井《ふくい》の出身なんです。それで、お話のネタになるからと言って、この湯飲みを買ってきました」

「なるほど」

その効果は、確かにあったようだ。美奏乃も、少しは落ち着けた。お茶を一口すると、本題を切り出した。

「私、『まきしお』の事故で死亡した橋立二尉の婚約者でした」

「主人のせいで申し訳ありませんでした」

奥さんは、深々と頭を下げた。驚いた顔は見せなかった。

「事故原因は、防衛省から機器の不具合による航法ミスだったと聞いています。奥様がそれ以外に何かご存じでしたら、教えていただきたいんです」

美奏乃は、機器の不具合が原因と聞いているわけではなかった。青山を追及している印象とならないように配慮した。

「私も、航法ミスとしか聞かされていません。潜水艦のことは、よく分かりません。海に潜った後に、方向や速度を変えたことを記録する装置がおかしくなった可能性もあると聞かされました」

美奏乃は、慣性航法装置のことだろうと思った。

「ご主人は、その時の怪我で入院されてるんですか？」

どんな状態で入院中にせよ、家族まで面会をさせていないとは思えない。青山がどんな状態なのか分かれば、防衛省の嘘を暴くきっかけになるだろうと思えた。

「怪我は、脳震盪《しんとう》だけで、特に治療が必要なほどではなかったそうです。一応、ＭＲＩという機械で、脳内出血がないか調べてもらいましたが、大丈夫だそうです。ただ……その……」

言葉はそこで途切れてしまった。言葉を探しているといった様子だった。美奏乃は、手を握りしめて、次の言葉を待った。

「ただ……、事故のショックで……、少し精神的に参ってしまっております。錯乱状態というのか、意味の通らないことを叫んだりする状態が、ずっと続いてるんです。自衛隊の方も、主人から事情を聞きたがっていたらしいのですが、回復しないかぎり無理だろうと言っていました」

それで精神科に入院しているのだろうか。この言葉が真実なのか、確認することは難しそうだった。筋は通っていた。

「その参っていらっしゃるというのは、事故後、最初にご主人に会われた時からですか？」

弱々しく、「ええ」と答えた奥さんは、怪訝な表情を見せた。

「最初に会われたのは、いつでしたか？」

美奏乃が、佐世保に向かったのは、事故当日の夜だった。その日は、真樹夫以外の誰も搬送されてきてはいない。

「事故から四日ほど経ってからです。救助に行った船に乗せられて、主人は、事故から三日後に呉に到着しました。一晩ほど病院で検査を受けて、私と息子が会わせてもらえたのはその後です」

青山は、『ちはや』で呉まで送られてきたらしい。当初から、精神の異常兆候が見うけられたようだ。しかし、呉で一晩経過した後となれば、意識を混乱させる薬を打たれた可能性も考えられる。

「その後、面会はさせてもらえてますか？」

「ええ、呉まで毎日行くわけにはいきませんが……、それが何か？」

「面会の時は、事前に許可を取るんですよね。時間は決められてたり、限られてたりしませんか？」

「確かに、決められた時間だけです。どうしてそんなことを聞かれるんでしょうか？」

美奏乃は、言ってよいものか迷った。しかし、青山の妻は、防衛省の説明に疑念を持っているようには見えない。伝えないことには、これ以上何かを得られそうになかった。

「ご主人は、薬を打たれて、精神がおかしくなったように見せられているのかもしれません」

「そんなばかな」と言った青山の妻は、信じられないといった表情を見せていた。

「ここから呉は、遠いですよね。横須賀病院や中央病院、あるいは防衛医大病院に移してもらう話はしてないんですか？」

頻繁な見舞いを抑制するために、防衛省がわざと青山を遠方の呉病院に入院させた可能性がある。

横須賀病院は、佐世保病院や呉病院と同じように海自の管轄《かんかつ》だ。移そうと思えば簡単に移せるはずだったし、ここ横浜市金沢区からなら目と鼻の先にある。自衛隊中央病院は東京の世田谷《せたがや》にあり、防衛医大病院は埼玉県の所沢《ところざわ》にある。呉と比べれば、見舞いははるかに容易なはずだった。

「それは、防衛省の方から説明がありました。その三カ所なら、見舞いも簡単なんですが、どこも一般開放しているので、主人のような危険性のある患者は受け入れられないそうなんです。呉よりも近い陸上自衛隊や航空自衛隊の病院もあるそうですが、重い病気の隊員は、それぞれのところで診《み》るのが基本だって言われました」

「危険？」

「はい、あの、暴れてものを投げたりするんです。『俺のせいじゃない』とか『沈めろ』とか言って……。だから、入院させずに家で治療することもできなくて……」

「そうですか」

防衛省は、一応は筋の通る説明をしており、青山の妻は、それを信じているようだった。これ以上は無理だろうと思えたし、時間も遅くなってきていた。

玄関の外まで送ってきた妻は、最後に再び頭を下げると、申し訳なさそうに言った。

「婚約者の方のこと、本当に申し訳ありません。主人の責任かもしれないのに、何もできなくて」

「いえ、機器の不具合なら、ご主人のせいとは言えないと思ってます。もう気にしないでください」

「ありがとうございます」

軽く会釈をして立ち去ろうとする美奏乃に、彼女は最後に言葉をかけてきた。

「あの、でも……、もうこれ以上は来ないでください」

「どうしてですか?」

美奏乃は、再訪に釘を刺す物言いが気になった。

「私も、あんな姿になってしまった主人の姿は、できればあまり思い出したくないんです」

その言葉を聞いて、美奏乃は唇を嚙みしめた。確かに、重度の錯乱《さくらん》で人が変わったようであれば、家族としてはそんな姿は見たくないのだろう。

美奏乃は、言葉を掛けることはせずに、頭を下げると駅に向けて歩き出した。

＊

杉井は、ふと空腹を感じてパソコンのモニターから視線を上げ、時計を見た。針は、二〇時を若干まわっていた。

外に出る者が多いため、日中は人が多いとは言えない職場だ。それが、この時間になると、逆に報告などのために人が増える。周りを見回しても、おにぎりを片手にキーボードを叩く者もいた。

「やっちゃうか」

杉井がまとめているレポートは、あと一時間も粘《ねば》れば終わりそうだった。

背筋を伸ばすために立ち上がって、伸びをすると、外線からの直通電話が鳴った。オフィスの中央に置いてあり、誰が出るとは決まっていない。立っていた杉井は、周りからの「お前が出ろ」という視線を認めて、電話に近づいた。

ナンバーディスプレイ画面の表示は、「青山二佐自宅」となっていた。自分への電話と認識して、嘆息《たんそく》した。録音機のスイッチを入れて受話器を取る。

「はい、中央情報保全隊、杉井二尉です」

「ああ、よかった。青山の妻です」

「どうされましたか？」

杉井は、何があったか予想はできていた。しかし、誘導になりかねない言い方は避けた。

「木村さんという方が、いらっしゃいました」

「今もそちらに？」

「いえ、先ほど帰りました」

「了解です。では、どのように対応されたか簡単でけっこうですから、教えてください」

青山の妻は、簡単とは言われたものの、美奏乃とのやりとりを、記憶の限り、細かく話した。

「了解しました」

「言われたとおりにしたつもりです。これで大丈夫だったでしょうか？」

「ええ。録音はしてもらってますね？」

「はい、できてます」

「後ほど、それを電子メールで送ってください。詳しくは、録音した音声を確認しますが、今伺ったとおりであれば、対応はおおむね問題なかったと思います」

杉井は、釘を刺したい点も感じていたものの、いったんは誉《ほ》めた。

「よかった」

青山の妻は、安堵の声を上げた。

「ですが、以前お伝えした通り、ご主人が口走った言葉は、言わないでください」

「すみません。分かりました。気をつけます」

青山の妻は、杉井が恐縮するほどの焦りを見せていた。

「大丈夫。この程度でしたら大丈夫です。もしまた木村さんが訪れることがあっても、この点だけ注意していただければ、大丈夫です」

「はい」

杉井は、必要な報告は受けたので、会話を打ち切ろうと思った。しかし、青山の妻が、言葉を継いできた。

「すみません。あの、木村さんは、防衛省にお勤めの方なんですよね？」

「ええ、そうです」

「それなら、私みたいに、本当のことをお話しして、黙っていただくわけにはいかないんですか？」

「方法としては、当然考慮しました。ですが、木村さんは事故で婚約者が亡くなっています。誰の責任とも言えない不慮の事故であれば、木村さんも誰かを責めることはできないと思います。でも、彼女が誰か個人や組織の責任だと感じれば、法廷やマスコミに訴える可能性も考えられます。もしそうなれば、我々としても、それなりの対応をせざるをえなくなります」

杉井は、ここで言葉を切った。そして、嫌な思いを押し留め、声のトーンを落とした。

「青山二佐にとっても都合の悪いことになります」

「すみません。言われたとおりにいたします」

青山の妻は、何度も謝罪を繰り返した。

「よろしくお願いします。大丈夫、木村さんがまた行くことはないでしょう。なんでしたら、居留守を使っていただいてもけっこうですよ」

杉井は、極力優しく伝えて電話を切った。

実際、多分大丈夫だろうと思った。筋は通っているし、美奏乃が別ルートで何かの情報を得ない限り、これ以上の追及手段はないだろうと思えたからだ。しかし、もし諦めずにマスコミに憶測《おくそく》を交《まじ》えた情報を流しでもするなら、取るべき手段を思い描いて、気持ちが沈んだ。

杉井は、もう一度時計を見た。デスクに戻ると、机に放り込んでいたプリペイドカードを手に取って、オフィスの出口に向かう。

「下のコンビニに行ってきます」

録音データも送られてくるはずだし、報告する事項が増えてしまった。杉井は、今日も終電か、さもなければ泊まりだなと思いながら、煌々《こうこう》と照らされたオフィスを出た。

＊

京浜急行から横浜で東横線に乗り換え、白楽についた。電車に揺られながら、そして家までの道を歩きながらも、美奏乃はこれからどうすべきか考えた。

海自、そして防衛省の対応には、明らかに不自然な点が多かった。

ドック入りした艦の状態に関して、部内者、それも海自関係者というだけでなく、潜水艦用装備の開発者である美奏乃にまで、これほどの情報統制がされることが、まずもって不自然だった。美奏乃の専門はソナーだ。海溝壁にぶつかったというのが本当であれば、情報統制されるのとは逆に、衝突前のパッシブソナーのデータ解析が依頼されてもいいくらいだった。

パッシブソナーは、基本的に潜水艦や海洋生物など、自ら音を発する物体しか捉えることができない。当然、海溝壁の存在を直接的に把握することはできない。しかし、海溝壁で反射するノイズを解析すれば、衝突前の海溝壁との位置関係を検討するためのデータになるはずだった。

自衛隊病院の青山の扱いも異例だ。精神に異常を来しているとしても、面会を許可制にする必要があるとは思えなかった。しかし、拘束するなど、虐待《ぎやくたい》と思えるほどの対応をしているのであれば、虐待を認めるかどうかは別として、配慮としては理解できる。青山の妻が言っていたように、危険性のある状態なら、致し方なくもある。

青山の妻にも違和感を覚えた。美奏乃は、自身が招かれざる客だと認識していた。にもかかわらず、あっさりと家に上げてもらえたことが、そもそも疑問だった。死亡した真樹夫の婚約者となれば、責任者として詰《なじ》られることを予想したとしても不思議ではない。むしろそのほうが自然なくらいだ。

また、彼女は、海自、防衛省の対応に疑問を持っていないように見えたが、夫に対する扱いを目にして、素直に受け入れられるものだろうか。

佐世保病院で真樹夫を治療した医官、中村二佐についても、不自然な点があった。所属を調べることはできなかったものの、佐世保病院の医官でないことだけは確かだった。

家に帰り着くまでに、疑問は頭の中で整理できた。しかし、これからどうすべきか、妙案は浮かばなかった。風呂に入り、母親が作ってくれた鯖《さば》の味噌煮を食べながら考えても、状況は変わらなかった。情報が決定的に少なく、さらなる情報を集めるための取っかかりがないのだった。

しかし、諦めるつもりもなかった。美奏乃は、ベッドに入り、暗闇の中で少し染みの浮いた天井を見上げて決意を固めた。

それなら、取っかかりが摑めるまで、息を潜めて待つしかない。幸い、美奏乃は、ソナーの研究者だ。真樹夫が残してくれたソナー用の特殊装置、ナーワルシステムをものにし、実用試験に漕《こ》ぎ着ければ、潜水艦の現場関係者とも自《おの》ずと直接接触する機会があるはずだった。潜水艦の世界は狭い。『まきしお』事故の真相を防衛省が隠そうとしていても、真相を知る人物と接触することは必ずできるはずだ。

それに、ナーワルシステムは、真樹夫が発案したものだ。真樹夫が導《みちび》いてくれるように思えたし、システムをものにできれば、弔《とむら》いにもなるように思えた。

そのためには、開発を急がなければならない。何とか予算として、概算要求に技術試験を盛り込めるまで、理論を実現できる証拠を摑まなければならない。事故の真相追及は一旦《いったん》止め、明日からは実験の日々に戻ろう。

そう決意して、美奏乃はまぶたを閉じた。

第三章　恐竜　二〇一六

嗣夫は、閉められた艦長室のドアに作業服の背をもたせかけていた。彼の目は充血しているように見えたものの、どの程度なのかは、よく分からない。昼夜の別を感じさせるため、夜間は、赤色灯になるからだ。

時計は零時四〇分を回っている。二人で一芝居打った後、一八時までの間、二時間ほどの訓練の時間を除けば、彼は眠ることもできたはずだった。しかし、ほとんど寝ていないようだった。そのまま一八時から零時まで当直勤務に就いていたのだから、普通なら相当に眠いはずだった。

昼食の後、嗣夫は、次の当直明けに部屋を訪れると耳打ちしてきた。美奏乃が何を見つけたのか聞いても、後で説明するとしか言わなかった。何か重要なものを見つけたのだろうということは理解できた。

それは今、美奏乃の手の中にあった。美奏乃は、デジカメのモニター画面に映った真樹夫の手紙を拡大していた。

副長へ

これを読まれているということは、私はすでに死亡したか、さもなければ、会話もままならない状態なのでしょう。でも、副長がこれを読めているとしたら、追ってきていた原潜から、逃げ切れたはずですすよね。

もしそうだとしたら、私は役に立てたってことなんですから、こんな嬉しいことはありません。捕捉《ほそく》されていれば、最悪のケースでは、撃沈されて全員死亡でしょうし、マシなケースでも拿捕《だほ》されて日本に帰れるかどうかも怪しい状態のはず。

ここでは、することがほとんどないので、あの〝恐竜〟潜水艦を、中国がどうするつもりなのか、考えてみました。

ここに籠《こ》もる時に、情報資料を持ち込んで読みました。少なくとも、原子炉は、安定性が高く、効率も高い現代のものに載せ替えるでしょうね。ですが、炉の交換だけじゃ、やっぱり現代でも通用しないと思います。動力性能は上がるでしょう。しかし、中国の技術では、うるさいことには変わりなく、せいぜい商級《しょう》潜水艦よりも多少戦闘能力が高い程度にしかならないはずです。

その程度の艦を作るために、中国もわざわざあそこまで苦労して、あの艦を回航しては来ないはず。副長が言っていた、あの艦のコンセプトを踏襲《とうしゅう》した艦で、現代でも通用する艦に改造するつもりではないでしょうか。材質と構造からして、改造すれば船体はまだまだ使用可能なはずです。その船体を利用して、高速性なのか、潜航深度の増大なのかは分かりません。小型の船体であることを含め、高強度を利用した性能強化を図った改造艦を作ることが目的ではないでしょうか。

それができれば、環境に適応できずに絶滅した恐竜ではなく、遺伝子操作を受けた怪物になるかもしれません。

もし私が死んでしまったのなら、その怪物が現われた時、何もできないことが悔しいです。でも、その時に、私が発案したシステムが、その怪物に対抗するために役立てれば、私がこの世界にいた価値があったんだと思います。

私が死んでも、美奏乃、木村技官は研究を続けてくれると思います。

彼女を、見守ってやってください。

お願いします。

橋立真樹夫二等海尉

「どういうことなの?」

美奏乃は、混乱していた。『まきしお』の海溝壁衝突事故には、隠された真相があると思っていた。海幕の発表は、誰かの責任を隠すため、事故に関する事実の一部を隠蔽《いんぺい》したものだろうと想像していた。

　しかし、この遺書とも呼ぶべき真樹夫の手紙は、美奏乃の想像を大きく超えたものだった。

「ぼくも、ビックリしました。『まきしお』は、どこか、恐らくロシアから回航されてきた潜水艦をキャッチして、中国の原潜に追われていたみたいですね」

「攻撃を受けたの？」

「分かりません」

「追ってきていたのは、回航されていた潜水艦なの？」

「分かりません」

「その恐竜潜水艦というのは、何なの、今どうなっているの？」

　美奏乃は、いても立ってもいられなくなって、嗣夫にたたみかけた。

「美奏乃さん、落ち着いてください」

「でも……」

「中国が外国から買った潜水艦としては、通常動力型のキロ級があります。ですが、真樹夫兄さんの手紙に書かれた艦は、おそらく違うものです。極秘に購入して回航されていたんでしょう。可能性として考えられる艦は、調べてみれば、ある程度は絞り込めるはずです。それは調べます。だから、今はまず落ち着いてください。そして、美奏乃さんは、これ以上の追及は止めてください」

「どうして？」

「この件は、間違いなく特定防衛秘密に当たるはずです、特定秘密保護法で懲役《ちょうえき》刑まで科される犯罪です。この手紙を見てしまっただけで、ぼくも美奏乃さんも、すでに法律を犯しているんです。これ以上は危険です」

法を犯しているという一言に、美奏乃の背は凍りついた。しかし、この手紙に書かれた状況は、美奏乃が受けてきた説明と大きく、いや、まったく異なっていた。美奏乃が防衛省から聞かされた説明では、事故によって魚雷発射管のある第一防水区画を封鎖せざるをえなくなり、真樹夫がそこに取り残されたということだった。しかし、この手紙では、自らの意志で、区画に入っていったと読めた。

「ぼくは、この手紙を見ることができて、嬉しかったですよ」

「嬉しかった？」

「ええ。だって、兄の死は、ちゃんと意味のある死だったんですよ。事実関係はよく分かりませんが、兄は他の乗員を助けるため、何か危険な任務を負っていたみたいです。理不尽に襲いかかってきた死に押しつぶされたのではなく、納得ずくで死に臨《のぞ》んだんです」

確かに、その通りなのだろう。しかし、美奏乃は納得できなかった。頭を激しく振って答えた。

「真樹夫さんの死が、納得ずくのものだったとしても、だからといって、私は納得できないわ。死ななければならない任務ってなに。任務がそんなに大切なの？」

「美奏乃さん！」

「だって、この手紙が真実なら、荒瀬二佐や防衛省は、五年もの間、ずっと私を騙《だま》してきたのよ。私は、何よりも真実が知りたい、真樹夫さんがどんな思いで死んでいったのか知りたいのに、まったくの嘘を教えられてきたのよ」

　嗣夫は答えようとしなかった。嗣夫の思いも、美奏乃と同じはずだった。

「この手紙のおかげで、誰かが悪かったんじゃないみたいだってことは分かったわ。復讐をしたいとかじゃないの。だって、何をしたって、もう真樹夫さんは戻ってこないんだから。でも、真実だけは知りたいの」

　美奏乃は、嗣夫の瞳を見つめた。

「約束してください。真実さえはっきりすれば、それ以上無茶はしないって。美奏乃さんの幸せが、兄が何よりも望んだことであるはずですから」

　美奏乃は、口を開くことなく、静かに肯いた。

＊

一九時二一分、楢山海幕長がA棟の地下二〇メートルにある中央指揮所に着くと、大間《おお ま》繁雄《しげ お》統幕長は、すでに自分の席について、正面にある大型スクリーンを睨《にら》んでいた。

「かなり近づいてきましたよ」

部隊のオペレーションは統幕が仕切る。海上幕僚長である楢山が、細かい状況を聞くのは初めてだった。

「単艦ですか」

画面には、東シナ海のほぼ全域が表示されている。尖閣の西に、尖閣方面に向かう一つの赤い舟形のシンボルが描かれていた。地図を見ながら、楢山は、自分の席に腰を落ち着けた。

「ええ、そのようです」

楢山に続いて、北川敏也《きたがわとし や》陸幕長と吉森 学《よしもりまなぶ》空幕長が連れ立って入ってきた。

「八ノット……ずいぶんとゆっくりですな」

シンボルの横には、航跡番号の他に、方位と速度が記《しる》されている。

「対応の時間を、わざと与えてくれているのかもしれません」

尖閣の東北東では、青い舟形シンボルが尖閣方面に向かっている。護衛艦『あきづき』は、二五ノットで、現場に急行していた。

「首相は？」

「官邸の危機管理センターです。同じ画面を見ています。状況の進展次第では、NSC（国家安全保障会議）の招集も視野にあるようです」

「海洋局ではなく、海軍艦艇がここまで接近するのは、いつ以来ですか？」

部下を尖閣に送り込まなくてはならない可能性のある北川が、緊張した面持《おもも》ちで尋ねてきた。

「漢《かん》級原潜の領海侵犯事件以来です。あの時は、我々が相当に突出しましたから、対抗策として当然ではありました。しかしそういった要素のない今回の接近は、明らかに異常といえます」

　楢山の言葉を、大間が補足した。

「あれ以降は、接近するとしても海警局の船でした。そのため、対処の基本は海保でした。今回は、海軍艦艇が出てきた以上、海保だけで対処させるのは無理がある。首相に早期に判断していただけたので、この点は助かりました」

「『あきづき』は、領海に入れるんですか？」

　中央指揮所を立ち上げる前に、御厨《みくりや》首相と大間は大筋で方針を固めていた。楢山は、海自艦艇がどう使われるのか、気になっていた。

「御厨首相は、ぎりぎりまで待てと言っています。ですが、中国艦が侵入する構えを見せるなら、必ず先に領海に入れろとの命令です」

「なるほど、主権の主張は、絶対というわけですか」

「そういうことです。初の女性首相になるには、並みの気の強さではダメだということなんでしょう」

楢山は、主権の主張はありがたいと思った。しかし、同時に、中国側が、御厨首相を見くびっている可能性も懸念《けねん》した。歴史上、女性がトップについている際に、紛争を仕掛けられるケースは多かった。サッチャー英首相の際にフォークランド紛争が起き、ゴルダ・メイア＝イスラエル首相の際に第四次中東戦争が勃発している。

「接近中の艦艇をOP―3が捕捉、確認完了。旅洲《りよしゆう》型駆逐艦、『石家荘』です」

＊

杉井は、六〇三講堂の中ほどで、目を閉じて極力頭を休めていた。

一九時すぎ、急遽《きゆうきよ》、情保隊の全体会議を行なうから集合せよと言われながら、開始時間がなかなか示されなかった。オフィスで通常業務を続けながら待っていた。結局、集合を指示されたのは、二二時を回ってからだった。

　同種の経験は、何度かしてきた。長丁場になると予想して、少しでも休憩を取ろうと考えていた。同時に、顔を洗い、よれよれだった制服は着替えてある。こういう時こそ、身だしなみを整えることに意味がある。

　雛壇《ひなだん》のメンバーがぞろぞろと講堂入りすると、自衛隊情報保全隊の全体会議が始められた。最初の三〇秒こそ隊司令の武田《たけだ》が話した。しかし、その後は、情報保全官で副司令を兼ねる高屋《たかや》が、武田を押しのけるようにして場を仕切った。情保隊は、非常事態となれば、肩書上の指揮官よりも、プロパーで実力のある情報保全官が実質的に指揮を執れる体制になっている。

「……以上のとおり、かねてから軍事行動の可能性が予見されていた中国軍が、水上艦艇一隻を尖閣諸島に接近させている。情報保全隊としても、これと呼応した情報収集活動に備《そな》え、情報保全に万全を期すとともに、工作の状況から情報見積もりに寄与が可能な分析を行なってもらいたい」

　最後の一言に眉を顰めた隊員を見回して、高屋情報保全官は、雛壇の端に座る唯一の内局部員に水を向けた。

「最後に述《の》べた点については、若山《わかやま》調査課長から説明していただく」

　若山は、立ち上がって中央の演台についた。杉井にとっては、前の調査課長から交代後、初めて顔を見る機会だった。青白い顔が貧弱なイメージを醸《かも》しているものの、切れ者だという評判は聞いていた。

「調査課長の若山です。私の顔を初めて見る人も多いと思います。よろしくお願いします。現在、中央指揮所及び官邸の危機管理センターでは、情報本部の情報見積もりに基づいてオペレーションを行なおうとしています。しかし、中国が多くのリソースを持ち、可能行動が多いこともあって、情勢を読みにくいのが実情です。そこで、情報保全隊の本来任務は、その名の通り情報保全ではありますが、現情勢下で、中国が入手を目論む情報を積み上げることで、可能行動ではなく、企図《きと》する行動の情報が得られるなら、みなさんの力を貸していただきたいということなのです」

周りの情保隊員は、仲間の顔を見回していた。情報保全、昔風の言い方をすれば防諜《ぼうちょう》、つまり対スパイ工作などの情報漏洩《ろうえい》防止を任務とする彼らに、急に情報収集・分析をしろと言われても、簡単にできることではなかった。もちろん、今までも工作内容や工作先を統計的に分析はしてある。それは、敵の意図を、きわめて粗《あら》く推測する手段にはなっても、進行中の事案を占う材料になるものではなかった。

だが、杉井は、情報の漏洩を逆に利用した事例も知っていた。だから、同種の手法が使えないか知恵を巡らせた。そして、静かに手を上げた。

「そこ、杉井一尉か？」

高屋情報保全官が指名する声を聞いて、立ち上がった。

「杉井一等陸尉です。偽装漁民などを含め、尖閣に上陸をしてくる可能性も懸念されていると聞いています。一方で、上陸は意図せず、周辺の海上及び航空の活動に終始する可能性もあるとの認識だと思います。どちらの可能性が高いかというレベルですが、探る方法はあると考えます」

見当違いだから黙っておけと言われることも予想した。しかし、制止はされなかった。

「現在、海幕装備部に、中国からリクルートされた高級幹部がいます。これまで、重要度の高い情報は流していないため、向こうさんとしても取り込みを図《はか》っている途中だと思われます。彼に水陸機動団等、尖閣に上陸された場合の対抗兵力の情報をちらつかせることで、敵の意図を推測できるかもしれません。その情報入手に動くなら、尖閣への上陸企図がある可能性が高いと言えます。逆に、食いつかなければ、海上及び航空活動に限定した作戦を採《と》ってくる可能性が高いと推論できると思われます。情勢が緊迫している現状で、情報を漏洩させることはリスクが高いため、価値の高いスパイは使用しないと思われます。ですが、彼はまださほど高い評価はされていないと思います。やってみる価値はあると考えます」

「面白いプランだね」

若山は、不健康な青白い顔に、精神的には健康そうな笑顔を浮かべた。

「高屋さん、どうですか?」

振られた高屋情報保全官は、杉井に向き直って確認してきた。

「お前が言っているのは、〝東本願寺〟のことか?」

「そうです。この状況では、我々が彼らの収集活動を警戒することは、中国側も認識しています。〝仁和寺《にんなじ》〟を使って、彼を失ってしまうことには躊躇《ためら》うと思います」

高屋情報保全官は、腕を組んで黙考していた。そして、目を開けると若山に向かって言った。

「〝東本願寺〟も、惜しい存在ではあります。が、他に手段がなければ、やってみるべきかと」


全体会議は、その後も続けられた。情保隊員にとって、慣れ親しんだ保全態勢を徹底するための活動については、活発な意見が出るものの、杉井の意見を除けば、中国側の意図を探る方法については低調だった。

結果として、杉井の発案は、〝東《ひがし》作戦〟として、実施が決定された。

＊

潜水艦での勤務は、一回六時間の当直勤務を三交代で回してゆく。当直勤務だけを考えれば、一八時間を一区切りとして生活することになる。しかし、その他に、午前と午後の時間帯に、訓練などをほとんど全員で行なうことが普通のスケジュールだ。

今回の実用試験を目的とした航海では、この午前と午後の訓練時間に試験を行なっていた。今日の嗣夫は、午前六時から一二時まで当直勤務に就き、午後の試験にも参加している。夕食後のこの時間、基本的には自由時間になっていた。幹部自衛官の場合は、書類仕事などは、この時間に行なうしかない。嗣夫が、魚雷員を指揮する水雷長として一分隊の書類仕事をこなしていると、士官室にマグカップを持った荒瀬が入ってきた。

「艦長は、紅茶派ですか？」

荒瀬のマグカップからは、ちょっと変わった紅茶の香りが漂っていた。

「そういうわけじゃない。コーヒーを飲むと寝付きが悪くなる」

荒瀬は、例の判読困難なノートを持っていた。何か書き物のつもりなのだろう。そのノートを撮影した画像は、判読を試みた嗣夫の意志を、三〇分ほどで破壊していた。

「いい匂いですね」

「レディ　グレイだ」

「レディ　グレイですか、アールグレイなら知ってますが……」

「アールグレイがどんなお茶なのか知ってるか？」

「すみません。名前だけです」

「アールグレイは、柑橘《かんきつ》類の一種、ベルガモットの香りを付けたフレーバーティーだ。で、レディ　グレイは、ベルガモットだけじゃなく、オレンジやレモンの皮なんかも加えて香りを付けた紅茶だ。いろいろと入れた結果、こっちのほうが柑橘系の香りが強い。人によって、好き嫌いが激しいみたいだな。俺にはこっちのほうが好みだ。あちこちで作っているアールグレイと違って、トワイニングしか作ってないらしいがな」

「そうなんですか」

「海軍士官たるもの、お茶ぐらい分かるようになったほうがいいぞ」

「勉強します」

士官室には、他には誰も来ていない。荒瀬から『まきしお』事故のヒントを聞き出すためには、絶好のチャンスだった。

「艦長、教えていただきたいことがあるんですが」

「なんだ？」

直接的な聞き方をしたら、話してくれるはずはない。嗣夫は、考えてあった搦《から》め手からの質問を繰り出した。

「ソナー探知した目標を識別する際、音紋だけで識別しきれない場合、どう行動するべきでしょうか。具体的には、日本近海でキロ級らしき音を探知した場合なんかを考えてます」

潜水艦を含む艦艇は、たとえ同型艦であっても、その微妙な違いから、発する音も微妙に異なる。潜水艦は、キャッチした音をデータベースと照らし合わせ、個艦識別を行なう。

荒瀬は、マグカップを机に置いた。

「そうだな。データベースにないキロ級の場合は、やっかいだな。新造艦なのか、既存艦が改造されたのかの判断が難しいだけでなく、ロシア艦なのか中国艦なのかも問題になる」

キロ級は、旧ソ連が開発したディーゼルエンジンとモーターを使用した通常動力型潜水艦だ。日本のおやしお型やドイツの潜水艦にも匹敵する高い静粛性を持つため、中国やインドなどにも輸出され、ベストセラー潜水艦となっている。

「既存艦改造は、ソナーマンが優秀なら、どの船が改造されたか、どこがどう改造されたか分かるケースもある。優秀なソナーマンがいなければ、新造艦の可能性を考慮して行動するしかないいな」

「艦種も不明な場合はどうでしょうか？」

荒瀬は、カップの中の液体を見つめていた。褐色の液体の底に、真実を見つけようとしているかに見えた。

「そいつが何なのか、推測できるまで追うさ」

投げやりにも聞こえる話し方は、嗣夫の言葉を遠ざけているようにも思えた。二人きりになれる時間は、そう多くない。今は食らいつきたかった。

「キロ級以外に、中国がロシアから買うとしたら、やはりラーダ級でしょうか？」

ラーダ級は、ロシアが開発したキロ級の後継艦で、そうりゅう型に匹敵する性能を持つ。

「ラーダは、現に欲しがっているだろう。最新型だけあって、キロよりも能力は確実に上だからな。開発能力は原潜に集中させているし、いずれは買うだろう」

ロシアは、中国には原子力潜水艦を売ろうとはしていない。そのため、中国は原潜を独自開発しているものの、その能力は諸外国の原潜に大きく劣《おと》る。能力を向上させるため、中国は原潜の開発に、多額の資金と優秀な頭脳を集中させている。その分、通常動力型潜水艦には、開発のリソースを回す余裕がなく、ロシアが売ってくれることもあって、輸入により調達している。

「原潜を輸入する可能性はないんでしょうか？」

嗣夫は、少しだけ核心に近づこうとしていた。

「ロシアが売ろうとしない」

「それなら、古い艦はどうですか？」

真樹夫の手紙からすると、『まきしお』が情報を集めたらしい艦は、古い潜水艦であるように思えた。

「古い艦？」

「ええ、退役させた古い艦です。原子炉の処理に金がかかりますし、現にウラジオにも浮いています。中国が買うとなったら、喜んで売るんじゃないでしょうか。日本やドイツには、技術流出の恐れがあっても、金を出せば解体に協力させるじゃないですか。なのに、中国からなら金をもらうことさえできるのに売らないなんてことが、今のロシアにあるでしょうか？」

ソ連の崩壊後、予算不足で放置された原潜からの放射能漏れが懸念された。そのため、日本やドイツに技術だけでなく、資金協力までさせ、それらの遺棄潜水艦の解体を行なっている。

「確かにな」

荒瀬は、急に厳《いか》めしい顔をほころばせた。核心から遠い位置にあるロシア側の事情に触れることで、荒瀬の警戒を緩《ゆる》めることができたようだった。ここが踏み込みどころに見えた。

「中国の原潜は、どれもまともな戦力と呼べる代物《しろもの》じゃありません。攻撃型原潜も弾道ミサイル原潜も、どれもうるさすぎて、我々が簡単に捕捉できてるじゃないですか」

中国が開発・運用する原子力潜水艦は、艦艇を主目標とする攻撃型原潜が、漢級と商級の二種、弾道ミサイルを搭載する原潜も、夏《か》級と晋《しん》級の二種がある。しかし、潜水艦の価値が、その存在の秘匿《ひとく》にあると言われるなか、漢級が石垣《いしがき》島の領海内において領海侵犯事件を起こしたように、静粛性に問題を抱えている。

「通常動力のキロ級や試験艦のはずの清《しん》級のほうが、よっぽど脅威です。ヴィクター級の古い艦でも、中国としては欲しがるんじゃないかと思うんです。少なくとも、建造の参考になるでしょうし、漢級や商級と比べれば、そのまま使ってもいいはずです」

ヴィクター級は、ロシアの攻撃型原子力潜水艦だ。商級は、その技術を導入して作られたといわれている。普通は、技術導入して後から作られた艦のほうが性能が高くなるものだ。しかし、商級の性能は、ヴィクター級に劣るとされており、中国とすれば、技術導入よりも、直接買いたいというのが本音《ほんね》のはずだった。

荒瀬は、カップを置くと、壁に背をもたせかけた。

「間違ってはいない。だが、因果《いんが》が逆だな」

「因果が逆？」

「そう、原因と結果が逆だということだ。ロシアが古い艦であっても売らないから、中国の潜水艦は、いまだにあのレベルなんだよ」

嗣夫は、言葉に詰まってしまった。考えは練ってきたつもりだった。しかし、嗣夫の論理は、バッサリと切り捨てられてしまった。嗣夫は、苦し紛《まぎ》れに言葉を継いだ。

「だとすると、ロシアが売ってもかまわないと考える艦じゃなきゃ、中国が手に入れる可能性はないってことですか……」

荒瀬は、その言葉には無言だった。

「中国が買えるとしたら、ロシアでも欠陥艦とされている艦じゃなきゃ、無理っぽいわけですね」

嗣夫は、荒瀬の追及を諦めて、握っていたボールペンを机の上に放り投げた。

「何が言いたい」

驚くほど冷たい声だった。

「え？」

嗣夫は驚いて荒瀬を見た。そこには、今まで見たことがないほど厳しい目をした荒瀬がいた。

「何が言いたい。いや、何を知っている？」

嗣夫は、自問した。自分は、何か地雷を踏んだのだろうか。苦し紛れに放った言葉が、何か重要なキーワードを含んでいたのかもしれない。急いで、ほんの数瞬前に口にした言葉を反芻《はんすう》してみた。だが、何がキーワードだったのかは分からなかった。

「木村技官か？」

嗣夫が返答できずにいると、追及の言葉が飛んできた。

「木村技官が、どうかしたんですか？」

嗣夫は、すかさずしらばっくれた。嗣夫の何気ない言葉がキーワードだったとしても、真実をダイレクトに言い当てたはずはない。うまく白を切り通せば、追及を躱《かわ》せるだろうと思った。

荒瀬は、探《さぐ》るような目で、嗣夫を見ていた。嗣夫は、何も知らないという態《てい》を装って、笑顔で荒瀬を見つめ返した。背中に冷たいものが流れた。それでも、見つめ返す視線は外さなかった。

「いや、木村技官が何か言ったのかと思ってな」

「潜水艦輸出について何か言っていた記憶はありませんが……ロシア艦には、何か特殊なソナー技術でも使われているんですか？」

荒瀬は、カップをあおると立ち上がった。

「そういうわけじゃない。まあ、いろいろ考えてみるのはいいことだ」

そう言うと、ドアに向けて歩き出した。ふらりと訪れたはずの荒瀬が、足早に歩いていた。

「お疲れ様でした」

鷹揚《おうよう》に「おう」と答えた荒瀬を見送ると、嗣夫は、激しくなっていた動悸を鎮《しず》めるために深呼吸した。椅子の背もたれに体重を預け、低い天井を見上げる。そして、自分が何気なく発した台詞《せりふ》を思い起こす。

「ロシアが売っても構わないと考える艦、欠陥艦……」

嗣夫は、秘文書庫に行くために立ち上がった。各国海軍艦艇が記載された情報資料を見るためだ。

「旧ソ連の欠陥潜水艦。だから絶滅した恐竜なのか！」

＊

林は、狭苦しい発令所内にあっても、常にプレスの効いた制服姿だった。原子炉が膨大《ぼうだい》なエネルギーを供給するため、原潜内では、電力や水を好きなだけ使うことができた。

「受信完了！」

通信員が、衛星からのデータ受信完了を報告すると、林はすぐさま命令を下した。

「マスト降ろせ」

操艦指示の声が響く中、林はプリントアウトされた報告に目を走らせる。林が指揮する潜水艦、『長征十三号』と連携《れんけい》行動をとるため、一時的に、林に統制権が与えられた旅洲型駆逐艦二番艦『石家荘』からの報告だった。

「日本海軍は、狙いどおりに動いてくれておるのか？」

ルサノフは、簡単な中国語は理解しても、漢字はまったく読むことができなかった。

「見込みどおり、日本の駆逐艦『あきづき』は、釣魚島《ちょうぎょとう》の反対側の領海域に入った」

尖閣諸島魚釣島《うおつりしま》は、中国名で釣魚島と呼ばれる。『あきづき』と『長征十三号』は、日中共に領有権を主張するため、互いに領海だと主張する島から半径一二マイルの範囲に、島を挟んで位置していた。

「複数艦が入ってくることも懸念していたが、ありがたいことに一隻のみのようだ。島さえなければ、潜望鏡でも見える距離。ヘリが対潜捜索を始めると厄介《やっかい》ではある。そのために、『石家荘』の飛行甲板にヘリを載せてきた。ヘリはヘリで睨み合ってくれている」

「問題は日本海軍の潜水艦だと思うが……」

「確認はできてない。しかし、おそらく近海にはいないだろう。領海内にいる駆逐艦『あきづき』は、二五ノットで駆けつけた。もともとこの近海にいたのでなければ、間に合わないだろう」

「目標艦プロット完了しました。各部異状ありません」

副長、張于策《ちょううさく》の報告を聞くと、林は静かに命令を発した。

「作戦は予定通り。これより釣魚島の島影を離れ、まずは我々の存在を知らしめてやる。敵は色々と動きをとってくるだろう。だが、敵が爆雷を使うまではプレッシャーを与え続ける。作戦開始は一五一五《ヒトゴーヒトゴー》」

「作戦開始一五一五、了解。『石家荘』に命令下達《かたつ》します」

張の報告に、林は黙って肯いた。

＊

「『あきづき』より報告、魚釣島領海内に国籍不明潜水艦を探知。位置は魚釣島西三マイル、針路355《サンゴーゴー》。アクティブソナーで警告していますが、反応ありません」

もたらされた報告で、中央指揮所に陣取る楢山たち各幕僚長の間に、緊張が高まった。自衛隊や米軍潜水艦の状況は把握できている。国籍不明とはいっても、この状況で領海内に現われる潜水艦は中国艦以外に考えられなかった。

「『あきづき』は『石家荘』と当該潜水艦に挟まれた状態です！」

「大間さん」

楢山海幕長が呼びかけると、大間統幕長は大きく肯いた。二〇〇四年の漢級原潜領海侵犯事件以降、潜没《せんぼつ》潜水艦による領海侵犯に対しては、原則として海上警備行動を発令して行動させることにしていた。

「〝海警《かいけい》行動〟を出してもらいましょう。それから『ちょうかい』を含むバックアップの護衛艦二隻を宮古《みやこ》島北東に、『いせ』は久米《くめ》島北に待機させています。これは、前に出したほうがいいだろうか。御厨首相の意向は、主権は絶対に主張するものの、必要以上に緊張を高めるなというものなんだが」

平時における自衛隊の任務は、航空自衛隊が行なう対領空侵犯措置、一般にはスクランブルとして知られる領空への不法侵入対処以外は、訓練や情報収集にとどまる。武力行使を含む軍事組織としての行動を行なう権限は持っておらず、領海侵犯への対処を行なうためには、政府が海上警備行動を命じる必要がある。

統合任務部隊が編成されていなくても、オペレーションに関しては、主に統幕長が大臣を補佐しなければならない。空自出身の大間は、海上警備行動の発令を具申するにあたり、楢山の助言を求めていた。

「水上艦については、たとえ中国艦が領海内に入ったとしても、無害通航権があるため、必ずしも主権侵害されたことにはなりません。しかし、潜水艦の潜没航行は、無害通航にはあたりません。潜没したまま領海に入っている以上、既に主権侵害されている状態です。座視することは首相の意向に反するはずです。その点は、説明する必要があります。

ただ、対処といっても、相手がどう動くにせよ、撃沈するわけにはいきません。首相の意向が必要以上に緊張を高めるなということであれば、水上艦はあまり前進させないほうがいいと思います。石垣島の北、沖縄トラフ内に『そうりゅう』がいますので、もう少し前進させて、尖閣の周辺の監視を強化しましょう。今回の潜水艦も、『そうりゅう』をもう少し前に出していれば探知していたはずです。潜没潜水艦に対しては、P—3で対処させましょう」

「『あきづき』は大丈夫ですか?」

「位置の判明した潜水艦は脅威ではありません。不意の攻撃に対応できる距離を維持すれば大丈夫です」

「分かりました。そうしましょう」

そう言って大間が、官邸の危機管理センターにつながるホットラインに手を伸ばした時、報告の声が響いた。

「『あきづき』より報告、『石家荘』から無線による警告、『艦載ヘリの発進を含む領空侵犯が行なわれた場合、撃墜する』との内容」

「なに!」

楢山は、思わず気色《けしき》ばんだ。

「P—3を牽制《けんせい》するつもりですね。接近できなくなりますが、意味はありますか?」

「ソノブイと、浮上した際の監視は可能です。ですが、対潜爆弾……一般的には爆雷での警告は、遠すぎてあまり意味をなさなくなります」

「仕方ありません。P―3は領空外での行動に限定しましょう。警告方法は、考えましょう」

大間は、中空で止めていた手で、受話器を取り上げた。

＊

「日本人としては、領空が自分たちの足かせになるとは思っていなかっただろうな」

林は、ロシア語でつぶやいた。

「儂《わし》は、興味もないからよく分からんが、どういう理屈かな？」

「釣魚群島は、中日ともに領有権を主張している。そうなると、海は双方にとって領海、空は双方にとって領空ということになる。日本の駆逐艦は、『石家荘』を領海に入れないという配慮で先に領海に入った。これは我が国にとっては、我が国の領海に勝手に入られたことになる」

「『石家荘』は、抗議をしておるのだろうな」

「している。しかし、水上艦の場合、無害通航権というものが認められているため、国際法上、通過するだけなら問題にはできない」

「潜水艦には、無害通航権とやらがないわけか？」

「潜水艦でも、浮上していれば水上艦と同じ解釈がされる。しかし、潜没したままなら、領海侵犯となる」

「それで儂らは、こうカンカンくらっているわけなのか」

姿を現わすため、『長征十三号』から最初にアクティブソナーのピンガーを発振して以後、『あきづき』からは、しつこいほどにピンガーをぶつけられていた。それが艦内ではカンカンと耳障《ざわ》りな音を響かせていた。

「そういうことだ。だが、空の上は、若干状況が異なる。領空に対しては、無害通航権は認められていないため、中日どちらの航空機が釣魚島の領空に侵入しても、相手にとっては領空侵犯となる」

「こちらも飛べんが、あちらも飛べんということか」

林は、首肯で答えた。

「しかし、飛行機だと領空侵犯になるということが、これからの展開にどう関係する？」

「アクティブソナーをいくらぶつけても応じないとなれば、次の警告は爆雷だ。哨戒機での爆雷投下を行なったところで、警告というには、少々遠すぎる。何せ、領海外にしか落とせないから、投下位置は、一〇マイル以上も離れた地点になる」

林がそう言うと、まさに図ったように、アクティブソナーより低い衝撃音が響いた。

「これか？」

林が肯くと、ソナー員が報告した。

「爆発音、方位255、爆雷だと思われます。推定距離一四マイル」

艦は、魚釣島に近い位置にいる。P—3は領空外でしか爆雷を落とせないため、自ずと距離は遠かった。

「こちらが何もしなければ、これが当面続く。しかし、そんな退屈に付き合う義理はない」

林は、ロシア語で呟《つぶや》くと、中国語で命令を発した。

「機関半速、針路338。距離を詰める。魚雷発射用意」

慌ただしく動き出した乗員を見ながら、林は、再びロシア語で呟いた。

「潜水艦の存在を探知している水上艦が有利とは限らないぞ。距離が詰まれば、むしろ潜水艦が有利にもなる。領海から逃げ出すか、さもなくば、もっと明確な警告が必要だ！」

＊

艦内にカーンという甲高《かんだか》いピンガーが響いた。

「後方よりピンガー、推定距離九〇〇ヤード」

古田の報告に、美奏乃も報告をかぶせた。

「ナーワルシステム正常作動」

「取舵、新針路085《マルハチゴー》」

発令所が緊張に包まれる中、荒瀬が命ずると、操舵手はじりじりするほどゆっくりと舵を切った。二分前にも左に五度の変針をした。真後ろから『こくりゅう』を追いかけてきていた『ずいりゅう』とは、これで針路が一〇度ずれたことになる。

男たちが息をひそめる発令所に、再びアクティブソナーの音が響く。

「後方より探針音、距離変わらず」

「ナーワルシステム正常作動」

艦が変針したにもかかわらず、相手の行動に変化が見えないことは、望ましい結果だった。沈黙の二分がすぎ、再び探針音が響く。観測される結果は、微妙な方位の変化だけだった。

「針路このまま、当面様子を見る」

荒瀬は、発令所の中央で左手を腰に当てて立っている。美奏乃は、時折後ろを振り返って見た。荒瀬は、彫像《ちょうぞう》のように動いていなかった。そしてまた二分が経過する。

「探針音、距離変わらず。方位は後方から若干右舷側《うげんがわ》に遷移《せんい》」

「ナーワルシステム正常作動」

報告した美奏乃の声は、わずかながら上《うわ》ずっていた。

そうりゅう型潜水艦『ずいりゅう』の探針音が右舷側に遷移するということは、『こくりゅう』の針路を摑むことができず、『ずいりゅう』が直進していることを意味していた。そうりゅう型潜水艦の静粛性は、世界でも間違いなくトップクラスだ。そのそうりゅう型潜水艦がアクティブソナーまで使用して、わずか九〇〇ヤードという至近距離で『こくりゅう』を捕捉できないということは、世界中の如何《いか》なるソナーをもってしても、『こくりゅう』の探知は不可能だった。

「針路このまま」

荒瀬は、変わらぬ声色《こわいろ》で命令を発していた。二分間隔で発振されていた次の探針音は、明らかに右舷側に移動していた。美奏乃は、マウスを握る右手が汗ばんでいることに気付いた。隣のコンソールを操作していた古田が、点滅するランプスイッチを見つけて押した。

「艦長、『ずいりゅう』の梶二佐から水中電話です」

そう言って、予備ヘッドセットを荒瀬に渡す。美奏乃も含め、発令所内の全員が、荒瀬を見つめた。話の経過は分からなかった。それでも、荒瀬の厳めしい顔も、若干ほころんでいるように見えた。

「了解。では以上で、この試験項目を終了します。ありがとうございました」

ヘッドセットを古田に返すと、荒瀬は発令所中央のいつもの立ち位置に戻った。そして、まるで柏手《かしわで》を打つ仕草《しぐさ》で手を叩くと、沈黙を破る大きな声で言った。

「ナーワルシステムの作動後、『ずいりゅう』は、本艦を完全に見失ったそうだ。試験は成功だ」

美奏乃は、込み上げてくる歓声を押しとどめることができなかった。慌てて口を押さえる。普段から大きな音を立てないことを習慣付けられた潜水艦乗員は、大声こそ上げなかったものの、ガッツポーズで喜びを表わしていた。美奏乃は、左手で口元を押さえたまま、右手で流れ始めた涙を拭った。

これで、真樹夫の遺志を継ぐことはできた。真樹夫が命を失うに至った潜水艦という狭苦しい空間の中で、美奏乃は、喜びとも悲しみとも言うことのできない、奇妙な感慨に浸《ひた》っていた。後は、真樹夫の死の真相だけは、何としても知りたい。そう思って、後方を見ると、荒瀬は、海図台でペンを走らせていた。そして、艦を潜望鏡深度に付けるよう命じると、通信室に向かうため、発令所を出て行った。

「大丈夫ですか？」

副長の持田《もちだ》が、美奏乃の顔を覗き込んで言った。持田は、細身ではあったが、いかにも自衛官然とした、浅黒い顔をしていた。

艦が浮上してから、まだ十数分しか経過していなかった。しかし、美奏乃は早くも船酔いになりかけていた。現代の潜水艦は、水中航行を前提に設計されているため、浮上した場合は、水上艦よりも安定性に欠ける。穏《おだ》やかな内水海面《ないすいかいめん》であればさほどではなかったものの、外洋では揺れる。天候は、多少の雲がある程度で、さほど悪くはない。しかし、マリアナ方面に発生した台風の影響で、風とうねりは酷《ひど》かった。

持田の質問は、美奏乃の船酔いを心配していたからではなかった。狭い艦橋《セイル》の上には、持田と美奏乃だけでなく荒瀬もいた。試験の経過を衛星通信で報告すると、『こくりゅう』は、行動中の潜水艦に対しては異例といえる命令を受領した。その一つ目は、試験を支援していた『ずいりゅう』と共に、全速力で沖縄本島勝連《かつれん》半島にある沖縄基地に向かえというもの。もう一つは、荒瀬と美奏乃は、迎えのヘリに移乗して、艦に先行して那覇《なは》基地に向かえというものだった。

潜水艦上にヘリコプターは着艦できない。そのため、美奏乃は、自衛官でもほとんど経験することのないレスキュースリングという救助器具を使い、ヘリに乗り込むことになっていた。

「大丈夫です。たぶん……」

そう答えたものの、美奏乃は不安でいっぱいだった。その不安を紛《まぎ》らすため、何か話そうと思ったものの、持田は艦内と通話を始めてしまった。仕方なく、荒瀬に問いかける。

「何があったんでしょうか？」

美奏乃の乗艦以後、絶好の機会とはいいながら、なかなか荒瀬に声をかける気にはなれず、試験を行なう上での最低限の話しかしていなかった。

「分からない」

荒瀬はそう答えたものの、命令を受け取った後は、思い詰めた顔をしていた。思い当たる節《ふし》があるように見える。しかし、技官である美奏乃には話せないことも多いはずだった。緊急事態が起こったのだろうか。

美奏乃が那覇に急行するよう命じられたことも驚きだった。ナーワルシステムを実戦への投入も可能な仕様にしたことが、早くも影響したのだろうかと思いを巡らせた。だが、太平洋上で木の葉のように揺られる身では、できることは憶測のレベルに留まった。

「来ました」

双眼鏡を覗いていた持田が指差す先に、黒い点が見えていた。

＊

ヘリの機内が、これほど騒々しいものだとは思っていなかった。大きな声を上げることが苦手な美奏乃にとって、肉声で会話するためには、声を張り上げ、相手の耳元に叫ばなければならなかった。

「那覇までどれくらいですか？」

「冗談じゃない。那覇までなんて飛べませんよ。とりあえず、当機が搭載されている『おおなみ』まで飛びます。その後どうするかは、私も聞いていません。この機に給油してどこかに送るのか、別の機が迎えに来るかでしょうね」

太平洋上で訓練を行なっていた護衛艦『おおなみ』から、美奏乃たちを迎えに来たＳＨ—60のパイロット、日下部《くさかべ》三佐は、美奏乃が被《かぶ》ったヘルメットから伸びているプラグコードを、近くにあったジャックに繋ぐと、よく通る声で言った。

「何があった？」

コードを自分で繋げた荒瀬は、単刀直入に問いかけていた。

「尖閣に中国海軍艦艇が接近していたため、『あきづき』が警戒にあたっていたそうです。ところが、領海内に国籍不明の潜水艦まで潜没したまま現われたんです。で、〝海警行動〟が出たんですが、行動任務中の『あきづき』と通信途絶したようです。状況までは分かりません。『おおなみ』に着けば、もう少し情報が分かると思います。やつらは無茶しますから心配ですね。この機も、以前にレーダー照射を受けたことがあるんですよ」

潜水艦が関係していると聞いて、美奏乃は身を硬くした。傍らを見ると、荒瀬も同じように見えた。

美奏乃が、揺れで危うく吐きそうになった時、ヘリは、ようやく『おおなみ』に到着した。しかし、結局そこでも詳しい情報は聞けなかった。判明していたのは、突然、全通信が途絶したということだけだった。ただし、付近を飛行していたP―3からの報告では、沈没したらしいという情報も入っていた。

横須賀の自衛艦隊司令部からは、荒瀬と美奏乃を最優先で那覇に運べという命令が来ていたため、二人は、給油が終わるまで休憩したのみで、すぐにまたヘリに乗り込んだ。その後、三時間を超える長時間の飛行で暗くなった那覇に着いた時には、美奏乃の胃袋は空っぽだった。

「お疲れ様です」

残り燃料がギリギリの状態で那覇に降り立ったSH―60を迎えたのは、浮浪者然とした潜水艦乗りと比べたら、エリートビジネスマンにも見える男だった。

「第五航空群司令部N2《エヌツー》の石津《いしづ》二佐です」

N2は、情報を担当する第二幕僚室だ。二佐ということは、おそらく室長だろう。

「とりあえず、食堂に向かいます。時間がないので食事をしていただきながら、状況と任務について説明する予定です」

＊

すでに隊員食堂の灯は落とされていた。幹部食堂だけが、二人のために灯が点けられている。美奏乃と荒瀬の食事は、その一角のＶＩＰが使用するエリアに準備してあった。ＶＩＰ扱いされたわけではなく、秘匿を要する話がしやすいからだろう。石津二佐からは、食べながら聞いてほしいと言われたものの、美奏乃の胃は、とても何かを受け付けられる状態ではなかった。石津の話を聞きながら、美奏乃がお茶で唇を湿らせている横で、荒瀬は、チキンカツをほおばっていた。

石津は、各艦の動きと海警行動の発令など、全般情勢を説明してから、本題に入った。

「通信途絶する前、『あきづき』は魚釣島北西約一一マイルの領海内にいました。『石家荘』は、その北西側一マイル強のギリギリ領海の外側です。両艦は、ほぼ並進する形で南西方向に微速で航行していました。また魚釣島南側から現われた国籍不明潜水艦は、魚釣島の西側約三マイルにいて、『あきづき』に接近中だったことが分かっています」

「中国艦とは断定できなかったのか？」

荒瀬は、ここまでは黙って聞いていた。初めて発した質問は、やはり潜水艦についてだった。

「既知《きち》の中国海軍潜水艦は、港にいるか、航行中のものは追跡できていました」

「既知のものは……か」

「はい。未知のものがないとは限らないため、中国艦である可能性も排除していませんでした」

「むしろ、状況からすれば、中国艦の可能性が濃厚だろう。そうした情報は？」

「当然、あると思います。ですが、こちらにはそうした情報は来ていません。むしろ情報本部にいらした荒瀬二佐のほうが詳しいかと思います」

「先に進めてくれ」

　食べ終わると、荒瀬はお茶を手に取った。

「応援の艦艇は、尖閣海域に接近中でしたが、まだ距離がかなりある状況でした。潜水艦も、直近は、宮古島南東方にいた『くろしお』と石垣の北にいた『そうりゅう』のみです」

「米海軍もだな？」

「はい。ロサンゼルス級が、グアム方面から八重山《やえやま》に接近していた漢級を追跡していました。今から考えれば、囮《おとり》だったんでしょう」

「『くろしお』も、その漢級に備えた配置か。P―3は？」

「『石家荘』の接近を探知して以後、尖閣方面に一機貼り付けていました。ただし、既知の潜水艦をトレースできていたこともあって、ソノブイによる捜索はしておらず、むしろ『石家荘』の後続がいないか警戒していました」

「それで、魚釣島の陰から接近した潜水艦を探知できなかったわけか」

「はい。その潜水艦が姿を現わした後は……」

「待った、現わしたというのはどういうことだ。『あきづき』が探知したんじゃないのか？」

「いえ、向こうからアクティブソナーを打ってきました」

「見つけてくださいというわけか」

現代の潜水艦は、姿を現わさず、攻撃する際も、不意打ちに徹することが常道だ。アクティブソナーを使用するのは、敵が絶対に逃げられない距離にいて、詳細位置を確認したい場合など、きわめてまれなケースでしか使用しない。アクティブソナーを使用することで、自艦の存在を暴露してしまうからだ。

今回のように一〇マイル近くも離れていれば、潜水艦は、存在を察知されると間違いなく不利になる。水上艦は、多種多様の対潜装備と対魚雷防御装置を備え、潜水艦からの攻撃を防ぎつつ、潜水艦に攻撃をかけることができる。

不明潜水艦が、水上艦を攻撃する手段は、魚雷か対艦ミサイルだ。魚雷であれば、攻撃を察知した『あきづき』は、即座にアスロック対潜ミサイルで反撃し、潜水艦からの魚雷が到達するよりもはるかに早く、潜水艦の頭上にMk46魚雷を叩き込むことができる。その上、潜水艦からの有線誘導がなくなるため、放たれた魚雷は、投射型静止式ジャマーと自走式デコイで回避されてしまう。

対艦ミサイルも、不意を突けなければ、対空火器で迎撃されるだろう。

潜水艦にとって、自ら姿を現わすことは、明らかに異常な行動なのだ。にもかかわらず、不明潜水艦が自らの存在を示したのであれば、そこには特殊な理由があるはずだった。

美奏乃は、その異様な行動に、寒気を覚えた。

「その後は、『あきづき』もアクティブソナーを打って捜索しています。ですが、『石家荘』の対処もしなければならないため、急行したP—3がソノブイ投下して追跡しました。ところが、『石家荘』から、領空に入れば攻撃すると警告を受けたため、ソノブイも領海外の遠距離にしか投下できなかった上、魚釣島が近いためにノイズが多く、位置精度は十分ではありませんでした」

そこまで話すと石津は、お茶で喉を潤した。

「問題は、ここからです。政府が〝海警行動〟を出しましたので、『あきづき』は水中電話、アクティブソナーで警告しました。しかし、それでも反応はありませんでした。そのため、領空外飛行で距離があったのですが、P—3が対潜爆弾を投下して警告しました」

石津が、喉《のど》を鳴らして生唾《なまつば》を飲み込んだことは分かった。

「その潜水艦は、速度を上げて『あきづき』に接近を始めました」

「警告しかしないことが分かっている行動だな」

「はい」

「で、『あきづき』は、どうした？」

「アクティブソナーには反応しませんし、爆雷は積んでいないため使えません。そのため、潜水艦の方角、海面に向けて主砲を打ちました。ですが、それでも反応せず、その潜水艦は、『あきづき』への接近を続けました」

　美奏乃は、ソナー以外の水上艦、潜水艦装備については詳しくない。それでも、石津の語る状況が、きわめて緊迫した状況だということは分かった。主砲を撃っても止まらない相手に警告する手段としては、短魚雷とアスロックしかない。どちらも、かなり自律誘導性能が高いため、逆にあきらかな警告用としては使いにくい。もちろん、誘導機能を止めて発射することはできるが、潜水艦がそのことを認識することは難しい。後々《あとあと》になって、攻撃を受けたと主張するかもしれない。中国からすれば、自国の領海内において、他国から一方的に攻撃を受けたなどと言いかねないのだ。

　そして、短魚雷が届く距離まで接近されれば、今度は『あきづき』のほうが危険なくらいだった。

「仕方なく、『あきづき』は命中しないはずの海面に向けて、アスロックを撃ちました。潜水艦から十分に離れた位置に着水させたため、当然これは命中していません」

美奏乃は、両の掌《てのひら》で包んだメラミン製の湯飲みに力を入れた。

「ここから先は、場所を変えて話しましょう。ここまでは、はっきり分かっていることですし、ある程度は情報も開示されています。ここから先は、ここで話せる内容ではありません」

そう言うと、石津が立ち上がった。

「食器はそのままで結構です。後で片付けさせます」

美奏乃は、荒瀬の後に続いて食堂を出た。時刻は二二時を回っていたが、那覇の空気は、まだ十分以上に暑かった。道路の両脇に植えられた熱帯植物の葉が風に揺れている。石津は、歩いて行くつもりらしかった。

海自那覇基地は、空自基地の一角にあり、区切られてもおらず、実質的にはかなり狭い。美奏乃は、一度だけ訪れた経験があった。その時は、その狭さに驚いたほどだった。三〇〇メートルも歩かずに、石津は目的の建物に着いた。建物番号は書かれていたものの、何の建物なのか、どの部隊の使用なのか、表示は何もなかった。総金属製の扉に、ごつい認証装置付の鍵が付いていた。

「どうぞ」

ロックを手早く開けると、石津が二人を招き入れた。美奏乃の背後で、重い音を立ててドアが閉鎖された。

「ASWOC《アズウオック》ですか？」

「はい」

荒瀬の問いに、石津は簡潔に答えた。ASWOCは、航空対潜水艦戦作戦センターと呼ばれる施設で、P－3配備基地に設置されている。作戦指揮を行なう指揮所とも思える名前だが、実態は哨戒機に搭載された貧弱なコンピュータでは処理しきれない複雑な海中音響情報を処理・分析するための施設だ。収められているコンピュータは、潜水艦に搭載されたソナーシステムとは異なる。しかし、ソフトは近いものだ。美奏乃は、那覇のASWOCは初めてだったが、厚木《あつぎ》のASWOCには、何度か足を運んだことがあった。

「お二人には、これを見てほしいのです」

そう言った石津が指し示したのは、マルチモニターに示されたデータだった。当然、P－3から投下されたソノブイが収集したものだろう。

「アスロックの着水後、一定時間が経過して目標を見つけられなかった短魚雷は起爆しました」

アスロック対潜ミサイルの先端には、Mk46魚雷が取り付けられている。アスロックは、目標となる潜水艦の位置にロケットで魚雷を撃ち込み、その魚雷の自律誘導で目標を撃破する方式だ。

「その直後、国籍不明潜水艦から巨大な音響が発せられました。しかも、その音響源は、あり得ない速度で移動しています。そして、水中爆発音が続き、『あきづき』が沈没しています」

あきづき型護衛艦は、大型の艦ではない。それでも二〇〇名もの乗員を乗せている。その艦が、水中爆発、つまり魚雷による攻撃で轟沈《ごうちん》したとなれば、生存者がいるとしても、ごくわずかのはずだった。美奏乃は、ヘリによる乗り物酔いとは別の理由で吐き気を覚えた。

「救助、生存者は？」

荒瀬の問いかけに、石津は首を振った。

「すぐさま中国艦が領海に入り、救助活動を始めています。我がほうは、『ちょうかい』と『さみだれ』が宮古島北東海域から急行しました。しかし、共に生存者の発見には至っていません。中国は、自国領海での救助活動だとして、さかんに宣伝しています。ヘリ、固定翼機の飛行についても、人道的配慮から認めるとか、これ幸いに、宣伝として使っています」

荒瀬は、渋い表情をしていた。しかし、顔を上げて口にした言葉は、もう感情を切り替えていた。

な音を発生させる。

「シクヴァルではないのか？」

シクヴァルは、旧ソ連が開発したスーパーキャビテーションという原理を利用した魚雷だ。水中に放出した泡の中を、通常の魚雷の何倍もの速度で突き進むことができる。泡を発生させる装置と推進力を与えるためのロケットが、通常の魚雷とはレベルの異なる大きな音を発生させる。

「違います。非常に似ていますが、米軍から供与されたシクヴァルの音響データとは一致しませんでした。先ほどもお話ししたように、ソノブイの位置が遠かった上、浅海域《せんかいいき》で島が背後にあったため、解析されたデータは誤差が大きい可能性はあります。しかし、想定される誤差を差し引いても、明らかに異常なデータです。その上、シクヴァルで狙うには、『あきづき』は遠すぎる状態でした」

荒瀬は、解析された推定航跡を睨んでいた。シクヴァルは、スーパーキャビテーションでの推進中は、目標を確認することができないため、事前にインプットされたデータで慣性誘導される。目標に接近すると、速度を落としてアクティブソナーでの目標追尾を行なうことができるとする情報もあるが、アクティブソナーでの捜索以前に、回避行動を取られてしまえば目標を掴むこと自体が不可能で、高速ではあっても有効射程は短かった。

「これを報告したところ、海幕から荒瀬二佐をこちらに向かわせるので、分析させろと指示が来ました。こちらの機材は自由に使っていただいてかまいません。機材操作のサポートを一人付けます」

潜水艦の艦長である荒瀬に、わざわざ不明潜水艦の分析をさせることは奇妙だった。海幕は、荒瀬の知る何かが、この不明潜水艦の分析に役立つと考えているに違いなかった。もしかして、その荒瀬が知る何かは、『まきしお』の事故にも関わりがあることなのではないか？

美奏乃は、何とかして、荒瀬の分析に関わりたいと思った。

「私はどうしたら？」

美奏乃が質問すると、石津は隣にあった小型の端末を指し示した。

「荒瀬二佐に分析をお願いした大きな音響ですが、『あきづき』が沈む前に、ほんの少し停止します。その時、これも少々変わったピンガーをソノブイが捉えています。おそらくその不明潜水艦がアクティブソナーを使用したのだと思われます。木村技官には、これを分析していただきたいとのことです」

美奏乃が端末を確認すると、普段から使い込んでいる解析ソフトがインストールされていた。

「分かりました。やってみます」

石津は、大任を果たしたと思ったのか、安堵の表情を見せた。

「ですが」

美奏乃が、自分でも緊張の分かる声を上げると、石津は驚いた表情を見せた。

「効果的な分析を行なうためには、当たりを付けることが重要です。科学的な言い方をすれば、仮説とその検証が重要だということです。仮説構築に役立つ情報があるなら、教えてください」

美奏乃は、石津ではなく、荒瀬を見据えて言った。荒瀬は、右手を握りしめていた。

「分かった。確認する」

荒瀬は、美奏乃を見つめ返しながら答えると、石津に向き直った。

「秘匿回線の電話は？」

「分かりました。こちらへどうぞ」

そう答えると、石津は、荒瀬と連れ立って出て行った。美奏乃は、端末の前に腰掛けた。キーボードを叩こうとすると、不意に腹が鳴った。ドリンクだけでも、腹に入れておくべきだったと後悔した。

＊

中央指揮所では、大間統幕長を始めとした各幕僚長が、大型スクリーンに映る中国国旗を見つめていた。間もなく始まる予定の中国政府による公式発表を確認するためだ。御厨首相、須佐《すさ》防衛大臣は、官邸の危機管理センターにいるため、中央にある二人の席は空いている。

楢山海幕長の隣に席のある北川陸幕長も外していた。尖閣周辺での衝突では、海空は戦域が読めるものの、国内でのテロや特殊部隊による破壊活動に対処しなければならない陸自は、もっとも関係がないように見えながら、もっとも神経をすり減らす対処をしなければならなかった。その結果、画面の中に、真っ赤なネクタイをした報道官が現われるのと、真っ赤な顔をした北川が部屋に駆け込んで来るのが同時だった。

「間に合ったか」

腰を下ろした北川は、机の上に置かれていたミネラルウォーターをボトルのままあおって言った。

「準備はできましたか？」

北川がひと息つくのを確認して、大間統幕長が問いかけた。中国は、二〇一〇年に国防動員法を施行している。命令一つで、日本国内に居留する中国人に、破壊工作の実行を命じることが可能だった。

「日本全国、どこで何が起きても一時間以内に駆けつけさせます」

それを聞いて、大間統幕長は満足げに肯いた。スクリーンの中では、袁《えん》報道官が、会見を始めるところだった。北川は、同時通訳用のイヤホンを慌てて耳にねじ込んだ。

「昨日、釣魚島周辺の我が国領海内において、北海艦隊所属の我が国潜水艦が、日本の海上自衛隊によって魚雷攻撃を受けました。当該潜水艦は、海上自衛隊による度重《たびかさ》なる挑発行為に対しても、冷静な対処をしてまいりました。しかしながら、誘導能力のある魚雷によって攻撃を受け、やむなくこれに反撃し、攻撃を行なってきた海上自衛隊の駆逐艦を撃沈したものであります。付近で警戒にあたっておりました駆逐艦『石家荘』が、生存者の救助にあたりましたが、五名の遺体を収容した他は、生存者の発見には至りませんでした。我が国は、日本による暴挙に対し、断固として我が国土を守ることを宣言します。そのため、明日零時をもって、釣魚島周辺から沖縄トラフまでの海域及びその上空を封鎖海域、封鎖空域として指定し、我が国は、許可を得ることなくこのエリアに入る艦船及び航空機を撃墜する権利を持つことを宣言します。さらに、我が国の主権を守るため、空母『遼寧《りようねい》』を中核とした機動部隊を釣魚島周辺に派遣し、日本の武力による侵略行為に備えるものであります」

その後は、質疑応答が行なわれた。袁報道官は、終始自信に溢《あふ》れた様子で、尖閣領有の正当性と中国海軍の勝算について語っていた。

会見が終了すると、画面が切り替わり、中央のスクリーンには、弔意のつもりなのか黒のスーツを着た御厨小百合《さゆり》首相と須佐防衛大臣が映された。

「制服サイドとしては、どう見ますか？」

御厨は、幾分《いくぶん》硬い面持ちで尋ねた。

「ものは言い様と申しますが、見事なものですね」

「大間さん」

須佐が、余裕のない声で、大間統幕長をたしなめた。

「申し訳ありません」

若い須佐からすれば一回り年上にあたる大間統幕長は、余裕綽々《しやくしやく》に答えた。御厨首相が本来聞きたかった話題に入っていった。

「情報本部の分析として報告していた通り、中国軍が軍事的行動を行ない、政治的な成果を得ようとしていることは読んでいました。しかし、尖閣方面での行動があるにせよ、今まで海警局の船で行なっていたレベルの行為、具体的には、一時的な領海侵入を繰り返す行為を、軍の艦艇が行なってくる程度に見ていました。この点については、分析に甘さがあったことを痛感しております」

「なぜ甘い分析になったのですか？」

御厨は、核心に触れた。楢山は、大間統幕長が耳が痛い言葉を語ることを覚悟した。

「詳細は現在分析中ですが、中国軍がゲームチェンジャーを手に入れたと考えた可能性があります」

「ゲームチェンジャーとはなんだ？」

須佐の質問は、言葉の意味を聞きたがったようだった。

「パワーバランスを決定的に変化させる革新的存在です」

「そのゲームチェンジャーとやらが、今回使用されたと？」

「その可能性があります」

大間統幕長は、肯きながら答えた。

「では、『あきづき』に対して使用されたのは、対艦弾道ミサイルだったのですか？」

対艦弾道ミサイルも、ゲームチェンジャーになりうるのではないかといわれている。御厨は、中国が接近拒否戦略の切り札として、対艦弾道ミサイルを開発中、とする報告を覚えていたようだ。

「いえ。対艦弾道ミサイルが使用されたのであれば、尖閣海域に着弾する場合でも、イージス艦『ちょうかい』と与座岳《よざだけ》のFPS―5弾道ミサイル監視レーダーで捕捉できたはずです。『あきづき』を攻撃したのは、例の国籍不明潜水艦だと思われます」

「今まで、存在が確認されていなかった艦だということですか？」

大間統幕長は、苦い顔をしていた。楢山は、自分もやはり同じく苦い顔をしているのだろうと思った。荒唐無稽《こうとうむけい》などと言われていても、もっと早く報告を読み、対処を考えておくべきだったのだ。大間統幕長が、視線を送ってきていた。

「五年前に発生した潜水艦『まきしお』海溝壁衝突事故を覚えてらっしゃいますか」

「もちろんです。事故としか聞いていませんが？」

「後ほど詳細を報告しますが、公表された内容は事実ではありません。あの事故に関係した、ロシアから輸入された艦が改造されたものが、今回の不明艦ではないかと思われます」

「どのような潜水艦ですか？」

「それについては、もうしばらくお待ちください。『あきづき』が攻撃された際、哨戒機P―3が収集した音響情報を解析中です」

「音の情報だけで、分かるのですか？」

「潜水艦の性能を分析するためには、衛星画像等、外形の写真があることが理想です。しかし、残念ながら、今回の艦は、衛星での撮影もできない場所で改造されていました。画像が入手できなければ、音響情報が基本になります。分析には、その艦にもっとも詳しい人間を当たらせています。以前に収集されていた音響から、その艦の改造について予言していた人物です」

「誰ですか？」

「現在、潜水艦『こくりゅう』艦長の荒瀬二佐です。『まきしお』事故の際に副長でした。当該艦については、誰よりも熟知しています」

「分かりました。ではそのゲームチェンジャー対策は、その分析後としましょう。今考えなければならないのは、中国が設定する封鎖海域の評価と、それにどう対処するかです」

そう言うと、御厨は、画面の中で視線をカメラとは別の方向に向けた。須佐が映っていた画面が、切り替わった。現在の内閣で唯一頭髪の薄い人物は、小清水《こしみず》外務大臣だった。

「我が国が対処方針を考える上で、アメリカの姿勢が、きわめて重要な考慮要素です。現在までのところ、『あきづき』が沈められたことに対して、公式には遺憾《いかん》の意と、関係国の冷静な行動を望むとしか発表していません。アメリカの姿勢には、今まで潜水艦の国籍が不明だったことも影響はしています。中国が、正式に自国の艦であったことを発表したため、この姿勢に変化がある可能性はあります。ですが、外交ルートでの接触では、中国による武力行使が明確になったとしても、アメリカの強力なバックアップは望みが薄いとの報告が上がっています」

「そんな馬鹿な」

画面外から声を荒らげたのは、須佐のようだった。

「元より中国寄りの民主党はもちろんのこと、共和党も中国とことを構えるには消極的です。安全保障上大きな価値のない岩礁《がんしょう》に対して、アメリカ人の命を危険に晒《さら》すことはしたくないというのが、彼らの本音です。国務省からは、我が国に対しても、軍事行動は極力控えてほしいとさえ言ってきています。海底資源があるにせよ、尖閣周辺の海底資源程度では、アメリカの国益には、なんら影響を及ぼしません。アメリカは、第一列島線が維持できれば構わないという考えです。国防総省も同じではないですか？」

小清水が話を振ると、画面は再び須佐に替わった。

「しかし……」

保守派の中でも強硬な発言の多い須佐は、反論しようと試みたものの、言葉が続かなかった。安保法制が成立し、法律上は、日本が世界の紛争に積極的に関与し、アメリカを支援することが可能にはなっている。とはいえ、実績は皆無《かいむ》に近い。フォークランド紛争の時でさえ、直接の軍事行動は行なわなかったアメリカが、同盟国としてイギリスに比ぶべくもない日本に対して、危険を冒《おか》してくれる可能性がどの程度あるのか、疑問だった。

榍山は、小さく舌打ちした。米海軍には、世界各国と結んでいる同盟の信頼性が低下するとして、今回の衝突に積極的に関与すべきとする人間が多いことは確認していた。それでも、多数派とはなりえなかったということなのだろう。

「いいでしょう」

無言の須佐から、発言を引き取ったのは御厨だった。

「アメリカの介入が望めないことを前提に、議論しましょう。最初に私の考えを話しておきます」

そう言うと、御厨は、画面の中で危機管理センターの面々を見回したように見えた。

「たしかに、尖閣の実効支配を失っても、沖縄列島から台湾に至る第一列島線が維持できれば、我が国としては、大きな不利益があるわけではないと考えます。ですが、武力による現状変更を認めないというのが、平和を希求する我が国の基本的な考え方ですし、尖閣を簡単に明け渡すことになれば、アメリカが、中国の横暴を黙認することも含め、中国は、南シナ海でも同じことを行なうでしょう。これは積極平和主義を掲《かか》げる我が国にとって度《ど》しがたい事態です」

御厨は、ここで一瞬の間をおいた。

「自衛権を行使し、尖閣の実効支配を継続する方法を考えてください。ただし、行使する防衛力は極力限定すること。事前に報告を受けたとおり、中国内部でも、この事案に対しては賛否両論が激しく、被害を受ければ、政治的に作戦の継続が困難になる可能性が高いと思われています」

「分かりました」

大間統幕長が、御厨から渡されたバトンを引き取った。

「中国軍が尖閣に上陸する可能性は低いようです」

「なぜそういい切れる?」

画面の中で須佐が吠えた。

「ご説明します」

大間は、柔らかな調子で続けた。

「情報保全隊からの報告によると、中国から工作を受けている高級幹部に対して、尖閣に上陸された場合に、奪還作戦の主力となる水陸機動団の情報をちらつかせたところ、中国は、これに手を出してこなかったそうです。そのため、中国は、上陸はせず、海上だけで実効支配を強める作戦のようです」

須佐は憮然としていたが、御厨は肯いていた。人員を上陸させれば、アメリカが動く可能性も高まる。中国は、なによりもアメリカの関与を懸念しているはずだった。

「陸海空三幕《さんばく》とも協議し、統幕として提案する作戦は、進出してくる中国の空母『遼寧』に対する攻撃です。中国の目的は、現代の武力の象徴でもある空母を進出させ、尖閣の実効支配を国際的にアピールすることにあると思われます。そのため『遼寧』を撃沈、もしくは、大破に至らしめれば、この目的を阻止《そし》できますし、この行動を先導していると思われる彭宝輝総参謀長の政治力を大きく減殺《げんさい》できると思われます。もし『遼寧』が沈み、多くの将兵が死亡する事態になれば、彭総参謀長が失脚する可能性も高いものと考えます」

「政治的な話は理解できます。ですが、厳重に護衛された空母を攻撃することは、軍事的に可能ですか？」

「確実に実行できるとは言えません。しかし、可能性は高いと考えています」

「当然、中国は、空母を厳重に防護してくるはずだと思います。どうやるのですか。大量のミサイルを使用することが一般的な方法だということは知っています。しかし、空母に対して被害を与えるためには、護衛の船も排除しなければ難しいと聞いています」

「ミサイルは使いません。こちらも、ゲームチェンジャーを使用します」

大間統幕長の言葉に、御厨だけでなく、須佐も眉を顰めた。

「そんなものがあるとは報告を受けてないぞ」

「申し訳ありません」

怒気《どき》を含んだ須佐の言葉に対して、楢山は割って入った。若いころの武勇伝にことかかない楢山は、貫禄なら大臣にも負けてはいない。

「統幕長が言ったゲームチェンジャーですが、実はまだ試験中の機材なのです。しかし、ほぼ完成に漕ぎ着けており、今回の作戦であれば、投入可能と判断しております。完成すれば、真っ先に見ていただこうと考えておりました」

楢山のあからさまなおもねり口調を聞いて、須佐も恥ずかしくなったのか口を閉じた。替わりに質問したのは御厨だった。

「どのような機材ですか？」

「我々は、ナーワルシステムと呼んでおります。三年前から開発予算を付けていただいている『アクティブソナーに対する自動対抗策装置の研究』というものです。予算取得時の説明では、アクティブソナーに対して、各種妨害装置を自動的に選択作動させる研究としており、マスカーやダミーといった妨害装置を自動的に選択作動させるように見せています」

「実際には違うのですか？」

「はい。アクティブソナーは、自らが発した音を、目標にぶつけ、そこから返ってくる反射音、いわばやまびこを聞くことで、目標の存在を検知する装置です。このアクティブソナーに対する現状の対策として、そうりゅう型、その前級であるおやしお型潜水艦は、船体に吸音タイルを取り付けています。このタイル、吸音と言っていますが、建物の防音材と違って、音のエネルギーを熱に変換して消す、それによって反射率を小さく抑えるだけではありません。表面でどうしても発生してしまう反射音を小さくするため、タイル表面から内部に伝わった音が、タイルの裏面で反射し、反射音がタイル表面からふたたび海水中に飛び出す際、表面で反射する音とは逆位相、つまりマイナスの音となるように作られています。結果的に、表面反射波と逆位相になった裏面反射波が打ち消し合い、音が消えます」

　かなり技術的な話をしたせいか、御厨も理解しようと頭の中で言葉を反芻しているようすだった。楢山は、少しばかりタイミングをおいて、続けた。

「しかし、この吸音タイルは万能ではありません。表面反射波と裏面反射波を利用するので、タイルの厚さで、対応できる周波数が決まってしまうのです。現在おやしお型やそうりゅう型で使用中の吸音タイルは、潜水艦にとって脅威の高い三〇キロを超える長距離探知が可能な、低周波アクティブソナーに対応しています。低周波アクティブソナーの周波数は三キロヘルツ以下、波長は五〇〇ミリ、つまり五〇センチ以上になります。裏面反射波を逆位相にするためには、四分の一ラムダ、つまり波長の四分の一の厚さが必要になるので、吸音タイルは、単純計算で一二五ミリ、現実には一五〇ミリくらいの厚さが必要になってしまうのです」

「待ってください」

御厨は、眉間に皺を寄せていた。

「この話は、論点のゲームチェンジャー、ナーワルシステムとやらに関係しているのですか？」

「申し訳ありません。脱線気味に聞こえたかもしれませんが、関係しています」

楢山は、言葉のテンポを落とし、言い含めるように言葉を継《つ》いだ。

「今申し上げたように、吸音タイルは、潜水艦を長距離で探知する低周波アクティブソナーに対応しています。しかし、航空機から投下されるソノブイ、対潜ヘリが使うディッピングソナー、それに水上艦や潜水艦が使う、分解能の高い中周波や高周波アクティブソナーには、波長が異なるため対応できないのです。こうしたアクティブソナーは、探知範囲が三キロから四キロ程度にとどまるものの、これで探知されると、低周波ソナーと比べて精度が高いため、潜水艦の位置があっという間に把握されてしまいます。通常動力型潜水艦は、どんなに速度を出しても二〇ノット程度、しかもそんな速度を出せば、あっという間にバッテリーが尽きます。もし、こうしたアクティブソナーで探知されたら、原潜でなければ逃げることは困難です。日本が保有する通常動力型潜水艦の場合、深く潜ることで探知から逃れられる場合もあります。ですが、浅い海では、致命的となります」

「そのための装備ということですか」

御厨は、察しがよかった。

「このナーワルシステムの発案者は、潜水艦が、東シナ海や南シナ海といった浅海域で活動しなければならないことを見越していました。水深が二〇〇メートルもないこうした海では、潜水艦が存在を隠すために有効な、逆転層と呼ばれる水温が変化する層ができにくいのです。水深が浅いため、表層と下層の海水が混ざり合って、逆転層が全くない海域もめずらしくありません。そんな海域では、アクティブソナーとして作用するソノブイやディッピングソナーが非常に強力です。一度でも見つかれば、潜水艦はただの標的と化してしまいます。そのため、そのアクティブソナーに対する対抗策としてナーワルシステムが必要になりました」

楢山は、机の下からヘッドセットを取り出した。

「これは、自衛隊で使用されているものですが、現在では市販品でもアクティブ方式のノイズキャンセリング機構をもったヘッドセットが多数販売されています」

「私も外遊の際に飛行機の中で使用しています。見事に騒音が消えますね」

御厨は、少しだけ穏《おだ》やかな顔を見せた。

「これの原理も同じなのです。外部から入ってくる騒音と逆位相、マイナスの音を生成することで、騒音を消しています。ナーワルシステムは、アクティブソナーで使用されるピンガーと呼ばれる探針音に対して、同じように作動します」

「なるほど。ですが、市販品でも使用されているほどの技術なら、ゲームチェンジャーにはなりえないのではないですか？」

楢山は、打てば響くというのは、こういう人のことをいうのだろうと思った。

「理論は単純です。しかし、ソナーに応用することは簡単ではないため、今まで実用化されてないのです。その理由までは、必要であれば、別途ご報告します」

「いえ、そこまでは必要ありません。私が聞きたいのは、その新兵器によって、空母の攻撃が可能になるのかということです」

「アメリカの最新原潜や我が国の潜水艦は、きわめて静粛性が高く、発生するノイズは、ごくわずかです。ほんの少し距離が離れるだけで、そのノイズは、自然に存在する雑音以下となります。結果、きわめて高度な音響分析能力がなければ、パッシブ方式、つまり目標とする潜水艦が発する音を探知する方式のソナーでは、探知不能です。そのため、水上艦が静粛性の高い潜水艦を捜索する場合は、アクティブソナーによることが主流になっています」

「なるほど……」

御厨には、これ以上の説明は必要ないかもしれなかった。しかし、楢山は、隣で渋い顔をした須佐に説明するつもりで続けた。

「アクティブ方式での捜索では、長距離の捜索が困難なため、空母など重要な艦艇は、複数の防護艦艇が、対潜ヘリも使用してパッシブ、アクティブの両ソナーでの対潜防護を行なっています。『そうりゅう』型は、もともと静粛性が非常に高いため、中国海軍からパッシブソナーで発見されることは、まずありません。その上ナーワルシステムがあれば、アクティブソナーで発見される可能性も、非常に低くなります。空母機動部隊の対潜防御網を突破して、重要目標である空母を攻撃可能になります」

「いいですね。最終的にこの危機を収束させるためにも、あまり大規模な攻撃は行ないたくありません。空母だけを選択的に攻撃できるなら、理想的な作戦でしょう」

楢山は、御厨を説得できたことで、内心ではほっとした。

「ですが」

説得できたと思えた御厨が鋭い声を発した。

「中国側のゲームチェンジャーに妨害される可能性はありませんか?」

「その点は、おそらく大丈夫です」

楢山は、説明を忘れていたことを思い出した。

「当該中国潜水艦は、他の中国原潜と同様に大きなノイズを出しています。そのため、急遽、八重山方面に進出させた音響測定艦が、概略位置をつかんでおります。現在位置は、石垣島北西の沖縄トラフ内です。前衛として展開中と思われます。これに対しては、回避して空母に接近すれば問題はありません」

御厨は、肯いて納得を示した。そして、それを見た大間統幕長が、最後を引き取った。

「では、このナーワルシステムを装備し、試験を行なっていた潜水艦『こくりゅう』に対して、空母『遼寧』への攻撃命令を発令します」

*

美奏乃は、隣のコンソールに向かう荒瀬を見た。分析中の潜水艦について、情報を教えてもらって以後、半日ほど、ずっと悩んでいた。聞くべきか、聞かずに探るべきか。

二人とも、P―3のソノブイが収集した音響情報の分析は終え、『こくりゅう』が、通称ホワイトビーチとも呼ばれる沖縄基地に到着するのを待っていた。

美奏乃は、分析したデータをナーワルシステムで反映できるよう加工し、見落とした点がないかどうか、データを見直している。荒瀬は、画面を覗き見るかぎり、問題の潜水艦の運動能力を推定するため、得られたデータを元にシミュレーションを行なっているようだった。

　そこに、制電マットを踏みしめる足音が響き、石津が姿を現わした。

「荒瀬艦長、命令書が出たそうです。ホワイトビーチまで送らせます」

　石津の手には、命令らしき書類があった。手渡された荒瀬は、目を見張っていた。すぐさま行なっていたシミュレーションの結果をプリントアウトすると、ソフトを終了させる。

　美奏乃も、あたふたと必要なデータを保存したUSBメモリを取り出すと、椅子を倒すようにして立ち上がった。しかし、そのUSBは、美奏乃の手から掠《かす》め取られた。

「木村技官は、ここで退艦してもらう。試験は中断だ」

　荒瀬が身に纏《まと》った雰囲気は、明らかに今までと違っていた。

「どういうことですか？」

　美奏乃は、すかさず問い詰めた。

「今言ったとおりだ。実用試験は中断、『こくりゅう』には新たな任務が付与された。よって、木村技官を乗せることはできない」

「そんな！」

　せっかくの機会が、あっけなく終わることに、美奏乃はショックを覚えた。何より、分析していた中国艦について、まだ重要なことを聞いていなかった。荒瀬は、そんな美奏乃にかまわず、石津に続いて部屋を出て行こうとしていた。

「待ってください」

しかし、試験が中断され、新たな任務が与えられたのであれば、艦に乗せてくれと頼んだところで無駄だろう。美奏乃は、一瞬のうちに心を決めた。

「行く前に、教えてください」

美奏乃は、これだけは確認しておきたかった。荒瀬に駆け寄ると、通路の前に出て道をふさいだ。

「このアルファ級潜水艦の存在を、防衛省はいつから確認していたんですか？」

美奏乃が役立つ情報は教えてほしいと頼んだ結果、この中国艦が、ロシアから極秘裏に輸入された旧ソ連時代の原潜アルファ級である可能性が高いと教えられていた。

「それは、木村技官に開示できる情報ではない」

美奏乃は、荒瀬の両の制服の裾を摑んだ。

「私は技官ですが、防衛適格性は持っています。秘密に接する資格は持ってます」

「防適があれば、すべての〝秘〟に接することができるわけじゃない」

「分かってます、それくらい。それに、このアルファ級潜水艦の存在が、ほとんどの自衛官にも秘密にされてきたことも」

美奏乃が、一瞬だけ石津に視線を送ると、反射的にだろう、石津は目を背《そむ》けた。

「那覇基地に着いた時、石津二佐は、既知の中国潜水艦は、追跡できていると言っていました。つまり、その時はまだ、N2《エヌツー》の石津二佐さえ、アルファ級の存在を知らなかったということです。今は『遼寧』となったワリャーグが、中国に回航された時は、隠しようがなかったこともあったのでしょうが、マスコミだって報じていたくらいで、秘密になどしようともしていませんでした。資料は見せてもらいました。アルファ級は古い艦です。そんな艦が中国に回航されたからといって、ことさら隠す理由もないはずです。違いますか？」

「潜水艦は、秘匿性が高いものだ」

「それは、中国側の話です。私が言っているのは、自衛隊内での話です。自衛隊内では、情報や防衛、運用の人間は承知すべき情報のはずです。にもかかわらず、隠していたのは、何かがあった、いえ、事故があったからじゃないんですか？」

荒瀬の表情は、強《こわ》ばっていた。美奏乃は、もう確信していた。それでも、荒瀬の口から聞きたかった。

「『まきしお』が衝突したのは、海溝壁じゃなくて、この潜水艦だったんじゃないんですか？」

荒瀬は、目をそらしはしなかった。しかし、やはり口を開こうとはしなかった。

「衝突事故が起きたから、だから秘密にせざるをえなくなってしまったんじゃないんですか？」

「中国による原潜の輸入は、このアルファ級だけだ。それが理由だったんだろう」

長い沈黙の後に発せられた言葉は、薄っぺらな嘘だった。美奏乃は、投げ付けるようにして制服の裾を放すと、背筋を伸ばした。

「恐竜潜水艦！」

美奏乃は、荒瀬を睨みつけながら言い放った。

「なっ……」

荒瀬は、咄嗟《とっさ》に否定しようとしたのかもしれなかった。だが、言葉にはなっていなかった。

「このアルファ級のことですよね。『環境に適応できずに絶滅した恐竜』。資料は読みました。現代の潜水艦は、静粛性を追求して、発見されないことを最大の武器としているけれど、このアルファ級だけは違った。高速性と高い運動性で、たとえ先に発見され、攻撃されても、魚雷を躱し、逆に攻撃することを目指した突然変異種だった。でも、静粛性の優位という環境の中で絶滅していった恐竜……。それがアルファ級です」

美奏乃は、荒瀬を睨み続けたが、荒瀬はもう反論しようとは思っていないようだった。ただ静かに美奏乃を見つめ返していた。

「私に話せることはない」

否定しないことが、肯定だった。美奏乃は、声を落ち着けて言った。

「そのアルファ級は、改造されて『遺伝子操作を受けた怪物』になっているんじゃないですか？　ソナーは、非常に高出力の高周波ソナーになっていました。探知距離は長くないはずですが、従来の妨害手段では、探知から逃れることは難しいはずです。私にできることはやらせてください」

荒瀬は、もう否定しなかった。無言で肯くと、美奏乃の脇をすり抜けていった。石津が後を追う足音が響いていた。

第四章　真実　二〇一六

ＡＳＷＯＣを出ると、まぶしさに目が眩《くら》んだ。機密度の高い情報を扱う施設は、どこにも窓がない。室内照明の弱い明かりになれた目に、那覇の日差しは強烈すぎた。

那覇基地は、滑走路とエプロン以外は、せり上がる斜面上に施設が作られている。海からの風を受けながら、美奏乃は、しばらく発着する航空機と輝く海面を見ていた。この美しい水平線の先で、自衛隊と中国軍が衝突しているとは、想像できなかった。

不意に海風が止むと、まるで潜水艦内のような臭気に気が付いた。右腕を眼前に回して鼻をひくつかせると、発生源は自分自身だった。潜水艦に続き、これまた密閉されたＡＳＷＯＣの中に長時間いた上、いっしょにいたのが荒瀬だったので、今まで気が付かなかったらしい。

美奏乃は、急に恥ずかしくなって、あてがわれていた外来宿舎に向かった。シャワーを浴び、もう一着持ってきていた作業着に着替える。この後の指示を受けるために、艦艇装備研究所に電話をしてみた。しかし、美奏乃の那覇行きは、表向きは技本長の命でありながら、実態は海幕の指示であるため、今さら研究所で指示はできないと言われてしまった。かといって、海幕の誰が美奏乃の行動に指示を出したのかさえ分からなかった。

仕方なく、着ていたものを洗濯機に放り込むと、石津を訪ねることに決めた。そして、外来宿舎を出る前に、家に電話をかけた。

美奏乃が声を発する前に、母勝乃の叫びにも似た声が響いた。

「今どこにいるの！」

「那覇よ」

「那覇って、沖縄の那覇？」

「そうよ。他にはないでしょ」

「潜水艦には乗っていないのね？」

「ええ。試験が中止になって、降ろされちゃったから」

パニック状態のようだった勝乃は、美奏乃が危険な状況にはないと告げると、涙声になって言った。

「テレビは、自衛隊が戦争を起こしたって言ってるけど、どうなの？」

「そんなことないわ。でも、詳しいことは話せないの」

「そうね。ごめんね。東京へは、いつ戻れるの？」

「これから確認する。多分混乱してるから、すぐには戻れないと思う。でも、那覇は安全だから、大丈夫よ」

世間は、騒然としていた。スーパーやドラッグストアの店頭から、トイレットペーパーやティッシュが消え、ガソリンスタンドには、車の列ができているという。基地の中からではうかがい知れないものの、世間は、戦争の恐怖に震えていた。情報が足りないことが、不安に拍車をかけるのだろう。美奏乃も、石津から話を聞くまでは、必要以上に不安だったことを思い出した。

美奏乃は、勝乃をなだめるために、ずいぶんと時間をかけなければならなかった。ため息を吐きながら電話を切ると、第五航空群司令部の第二幕僚室に向かった。司令部のセキュリティエリアの入り口で、インターホン越しに石津への取次を頼むと、ドアは自動で解錠された。

「携帯をお持ちでしたら、右にあるトレーに置いて入室してください」

インターホン越しの指示に従い、セキュリティエリアに入る。廊下に突き出た表示板に第二幕僚室を探すと、一番奥にあった。ドアに鍵はかかっていなかった。

「木村技官です。入ります」

遠慮がちに言ったせいもあってなのか、忙しく立ち働く室員は、誰も美奏乃に注目してこなかった。部屋の奥中央の椅子に石津がいた。なぜか、そのデスクの前には、異なる色の制服を着た人物がいた。空自の女性自衛官だった。

「支援しろと命令を受けています。ですが、敵はおろか、我が方の戦力についても把握できないのでは、支援をしようにも限界があります」

「分かっている。だが、こっちだって暇じゃないんだ。見れば分かるだろ」

「分かります。部屋の真ん中で、ろくに仕事もせずにふんぞり返っている人間がいます」

石津と話していた女性は、敬語こそ使っていたものの、ほとんど絡《から》んでいるというていだった。石津は、困惑を浮かべた顔で、迷惑を主張していた。

「すみません。失礼します」

美奏乃は、一瞬途切れた会話の隙に、石津に話しかけた。

「私はどうしたらいいですか？」

「悪いが、私も聞かされてない。命令が来たのは荒瀬二佐だけなんだ」

多分そうだろうと思っていた。

「でしたら、こちらの資料を見せてもらえないでしょうか。艦艇装備研究所も、海幕預かりになった人間に指示は出せないと言っていて、行くところがないんです。自分なりに、できることをしたいと思います」

「まあ、そうだな。分かったよ」

石津は、そう言うと、老眼鏡を鼻の上に置いた初老の海曹に手招きをした。

「木村技官？」

石津に絡んでいた空自の女性自衛官だった。美奏乃は、なぜ自分の名前を知っているのか訝しんだ。

「はい」

「そう」

それだけ言うと、その女性自衛官は、ちょっと離れたデスクに歩いて行った。海自の幕僚室であるにもかかわらず、勝手に受話器を取って電話を始めた。

おそらく情報収集用なのだろう。幕僚室には、何台ものテレビが音を消されてつけっぱなしになっていた。高校の数学講座を流すNHKのEテレ以外は、すべて特番になっている。『あきづき』や中国の報道官、それに、街頭でのインタビューが映されていた。テロップは、不安を煽《あお》るものだった。

石津は、初老の海曹と話し終わると、美奏乃に向き直った。

「木村技官。見たい資料は、この立花《たちばな》曹長に言ってくれれば必要なものは見せよう。その代わり、例の潜水艦に関するブリーフィングをしてほしい。おそらく、そのうちに海幕から指示が来るだろう。それまでは、ここの手伝いをしてもらいたい。我々としても、あなたの助力が得られると助かる」

「分かりました。ありがとうございます」

「そこのデスクとパソコンを使ってもらっていい。作ってもらう資料は〝秘〟に該当するので、ＰＣはスタンドアローンだ。保存は立花曹長にメディアを貰《もら》ってくれ」

美奏乃は、あてがわれたデスクで、パソコンを立ち上げると、ワープロを開いて、未整理の情報を箇条書きにし始めた。美奏乃が、考えをまとめる時に行なう方法の一つだ。

美奏乃が、ふと気配を感じて振り返ると、画面を先ほどの女性自衛官が覗き込んでいる。石津は、立花とは別の室員と話していた。空自なので、当然、第二幕僚室の室員ではないはずなのに、さも当然とでも言いたげな態度が奇妙だった。他の室員も、なんだかこの女性には関わらないようにしていた。

「あの……」

「気にしないで」

その女性自衛官は、にこりと微笑むと言った。階級章を見ると、荒瀬や石津と同じ二佐だった。気にはなったものの、追い払うわけにもいかない。仕方なく、その女性が言うとおり、気にしないように努めることにした。その女性自衛官は、コーヒーまで勝手に淹《い》れると、無言のまま美奏乃が打つ画面を眺めていた。

「え、ええ。います。彼女が何か？」

石津が、電話口で大きな声を上げていた。彼の方を見やると、視線が合った。怪訝な顔をしている。

「ＳＯＣ《エスオーシー》？」

怪訝を通り越して、眉を顰めていた。

「はい……ええ……しかし、そんな！」

石津の顔が、苦々しいものに変わると、頭を抱えて受話器を置いた。

「倉橋《くらはし》！」

「はい、なんですか？」

答えたのは、なぜかいかにも楽しげな顔をした女性航空自衛官だった。

「てめえ、やりやがったな！」

「どこの誰が、なんて言ってきたんです？」

倉橋と呼ばれた女性自衛官は、涼しげに答えてコーヒーを飲み干していた。

「中央指揮所、越谷《こしがや》二佐だ。この作戦を支援させる南西航空混成団に、アドバイザーとして木村技官を行かせろと言ってきた」

「そうですか。じゃ、仕方ないですね」

そう言うと、倉橋日見子《ひみこ》二等空佐は、紙コップを握りつぶしてごみ箱に放り込んだ。

「行きましょうか、木村技官。案内しますよ」

美奏乃は、狐につままれた思いで石津と倉橋の顔を見回した。倉橋は、楽しそうに微笑んでいる。石津は、苦虫《にがむし》を噛《か》み潰《つぶ》したような顔だった。

「いいか、倉橋。これは貸しだからな！」

「何言ってるんですか先輩。命令じゃ仕方ないじゃないですか」

「ふざけんな！　お前が電話してたのを思い出したぞ。どこへ電話したか、調べさせたっていいんだからな！」

倉橋は、腰に手を当てて、思わせぶりに嘆息した。

「全く、仕方ないですね。後で瑞泉《ずいせん》の三〇年ものを持ってこさせますよ。それで手打ちってことで」

倉橋は、作り苦笑いとでも言うべき妙な表情を浮かべて言った。石津は、まだ苦い表情をしてはいたものの、驚いてもいた。

「間違いないな、三〇年ものだな。入れ替えても分かるぞ」

「はいはい。では木村技官、行きますよ。ついてきてね。命令だから」

そう言うと倉橋と呼ばれた女性自衛官は、さっさと歩き出した。美奏乃は、データ保存を諦めてパソコンをシャットダウンする。石津に「ありがとうございました」と告げると倉橋の後を追った。

「あの、倉橋二佐。どこに行くんですか？」

美奏乃は、小走りで追いつくと、荒い息のまま問いかけた。

「南混団《なんこんだん》のＳＯＣよ」

「南混団って空自の南西航空混成団ですよね。どういうことなんでしょうか？」

倉橋は、登り坂になった道路を上っていった。

「艦艇装備研究所だと、今まで関わってきた自衛官は、海上自衛官ばっかりでしょうね。説明しないと分からないわよね」

「はい、お願いします」

「正確に話すとけっこう違うんだけど、海自の自衛艦隊に当たる部隊は、空自だと横田《よこた》にある航空総隊になるわ。で、自衛艦隊の場合、その下は、護衛艦隊や潜水艦隊、航空集団といった機能別の編成になるけど、航空総隊の場合は、その下は地域別の編成で、日本列島を四つのエリアに分けて担任してる。ここ南西地域を担任するのが、南西航空混成団、略して南混団よ」

丘状になった基地の中腹に差しかかると、ＡＳＷＯＣ以上に頑強そうな扉が目に入った。倉橋は、そこに向かって歩いていた。

「ＳＯＣというのは何ですか？」

「航空方面隊の指揮所よ。セクター・オペレーション・センターの略ね」

「そのＳＯＣに、なぜ私が？」

「行けば分かるわ」

倉橋は、ステンレス製の扉に設けられたセキュリティを解除すると、肩を扉に当て、体重を預けて押し開けた。

「こっちよ」

「私が入っていいんですか？」

美奏乃は、とりあえず中に入ってから、尋ねた。

「部外者が立ち入る場合は、許可が必要ね」

「それでは……」

美奏乃は不安になった。防衛適格は持っているので、大きな問題にはならないとしても、余分なおしかりを受けたくはなかった。

「大丈夫。私が許可します」

「え？」

「省内の人間であれば、専決権を持ってるのは私よ」

倉橋は、美奏乃が想像した以上に、大きな権限を持っているようだった。

「あ、そうでしたか」

ずいぶんと奥に進んだ先で、さらにセキュリティのかかった扉をくぐり抜けると、パソコンの端末がずらりと並んだ明るい部屋に入った。正面には大型スクリーンが何枚も広がっている。空自の指揮所というと、真っ暗なところをイメージしていた。実際には、少々違うようだった。

「ようこそ、南混団ＳＯＣへ」

美奏乃は、物珍しさで周囲を見回した。右側面はガラス張りで、その先は美奏乃のイメージどおりの暗い指揮所らしき場所だった。

「そっちはＤＣ、ＳＯＣは、ディレクション・センターよ。離陸した航空機に細かい指示を出すのはＤＣの仕事。ＳＯＣは、部隊の展開や補給整備まで含めた全体の指揮をするの」

そう言うと、倉橋は指揮所の前列に並ぶ、いかにもお偉方《えらがた》と見える人々のところに向かっていった。美奏乃は、酷く場違いに感じたものの、一人で立っていることも不安になって、慌てて倉橋についていった。

「司令、報告します。五航群《ごこうぐん》からアドバイザーは貰えませんでした。ですが、代わりにもっと優秀な人材を貰ってきました」

司令と呼ばれた初老の自衛官は、美奏乃の格好を見て、怪訝な表情を見せた。倉橋は、Ｐ－３の部隊である、第五航空群からアドバイザーを派遣してもらうため、石津のところに行っていたようだった。

「技本、艦艇装備研究所の木村技官。『こくりゅう』の特殊装備、ナーワルシステムの開発者です。つい先日まで『こくりゅう』にも乗艦していました」

「なんだと！」

美奏乃は、恐縮して無言のまま会釈した。

「五航群の人間よりも、はるかに『こくりゅう』を熟知しています。『こくりゅう』を支援するに当たり、これほどの人材は他にいません。情報課で預かります」

「分かった。よろしく頼む」

美奏乃は、改めて南混団司令に頭を下げると、さっさと歩き出した倉橋の後を追った。


倉橋が向かったのはＳＯＣの脇にある小部屋だった。

「ここは情報課の作業室、大部屋に行ってもらってもかまわないけど、ここのほうが居心地《いごこち》はいいでしょ」

「あの、『こくりゅう』を支援するって言ってましたが、『こくりゅう』は何を命じられてるんですか？」

倉橋は、目を丸くしていた。

「聞いてなかったの？」

「はい。行なっていた実用試験は中断で、別の任務が付与されたとしか聞いていません。艦を降ろされてしまったので、新しい任務は知らないんです」

倉橋は、「そう」とだけ言うと、近くにあった端末に向かった。

「ＪＡＤＧＥ《ジャッジ》（自動警戒管制システム）の端末よ。ＭＯＦ《モフ》（海上作戦部隊指揮管制支援システム）ともリンクしてるから、海自艦艇の動きも表示されてる。衛星や偵察機が捉《とら》えた中国艦もね」

倉橋は、表示範囲を尖閣を中心とした東シナ海に設定した。尖閣の西に、東向きの矢印が付いた舟形シンボルが、いくつか表示されていた。

「中国の空母『遼寧』を中核とした空母機動部隊が、尖閣に近づいているわ。今のところ『遼寧』自体が尖閣に近づくとは予想されてない。尖閣の領海内で中国艦を自由に活動させるためのエアカバー提供を目的として、尖閣西方の海域で遊弋《ゆうよく》するだろうと予想しているの。中国としては、空母を進出させ、尖閣の実効支配をアピールするつもりなんでしょう」

美奏乃は、潜水艦の艦内やASWOCに籠《こ》もっている間に、情勢がとんでもないことになっていたと、初めて知った。そして、急に不安になった。

「あの……『こくりゅう』は、どんな任務を付与されたんですか?」

「『遼寧』の撃破よ」

「そんな!」

美奏乃は、心臓が飛び跳《は》ねたように感じた。

「試験は順調でした。でもまだ途中で、複数のソナーからの同時捜索に対して有効に動作できるかの確認は、これからでした」

「艦艇だけでなく、搭載ヘリからも捜索されると探知されるってことなの? SF《エスエフ》(自衛艦隊）は、ナーワルシステムを装備した『こくりゅう』ならやれるはずだって言ってるけど」

倉橋も、不安げな表情を浮かべた。

「いえ。システムは、複数のアクティブソナーから捜索を受けても、同時に欺瞞できるように設計されています。実用試験の前に行なっていた技術試験では、同時に三つのソナーから捜索されても効果的に欺瞞が行なえることを確認しています。現在『こくりゅう』に搭載されている実用試験用装備では、同時に四つのソナーからの捜索に対して、欺瞞が可能な設計です」

「じゃあ、ものはできているけれど、設計通りに動作するかが未確認ってことね？」

「そうです」

「ＯＫ。ヘリが邪魔なら、多数のヘリが活動しないように妨害してやればいいわね」

倉橋は、再び自信に溢れた笑顔を見せていた。しかし、その笑顔が、美奏乃をさらに不安にさせた。

「でも、確認ができていないだけじゃないんです」

美奏乃の上げた声は、自分が思った以上に大きく響いていた。

「『こくりゅう』のナーワルシステムは、半分しか装備されていません」

「半分？　どういうこと？」

「ナーワルシステムを制御するコンピュータは、十分なものを搭載しています。でも、センサー部分となるコンポーネントは、後方象限《しょうげん》を対象とするスターンコンポーネントと前方象限を対象とするバウコンポーネントに分かれています。『こくりゅう』は、まだスターンコンポーネントしか搭載していないんです」

倉橋は、初めて驚いた顔を見せた。

「前方からのアクティブ捜索に対しては、ナーワルシステムが機能しないってことなの？」

「そうです」

絞り出した自分自身の声は、かすれていた。

「電話を貸してください。外線に繋がるものを」

倉橋は、部屋の隅にあった電話を貸してくれた。美奏乃は、手帳に控えていた岸電気工業の番号をプッシュすると、電話口に出た矢沢に言った。

「すぐにバウコンポーネントの出荷準備をしてください。省内の手続きは、何とかさせます。とにかく、すぐにもバウコンポーネントを使える状態で出荷してほしいんです。でないと……」

受話器は、倉橋の手でふさがれた。無言で首を振っていた。美奏乃が、彼女の言いたいことを理解して肯くと、倉橋は手を引いた。

「とにかく、すぐにお願いします」

＊

『こくりゅう』に乗り込んだ荒瀬は、すぐさまホワイトビーチを出港し、艦が津堅《つけん》島と久《く》高《だか》島の間に広がる浅瀬を越えると、艦を潜航させた。

最後まで艦橋に残っていた嗣夫は、冗談交じりに「最後まで日本を見ていたのはボクだった」などと言っていた。『遼寧』の撃破という重大で危険な任務を与えられた乗員たちは、みな不安を隠せない様子だ。嗣夫の台詞は、恐怖を紛らわすための空《から》元気であるようにも見えた。しかし、その一方で、ナーワルシステムを装備したこの艦ならやれるかもという高揚感は、誰しもが感じているように思えた。

荒瀬は、沖縄本島の南端を回ると、進路を西に向けた。艦は、慶良間《けらま》列島、久米島の南側を通過し、いよいよ沖縄トラフと呼ばれ、南西諸島の西に延びる月弧《げっこ》状の海底盆地に差しかかろうとしていた。

この月弧の深淵には、『あきづき』を沈め、統幕がアルファ改と呼ぶことに決めた潜水艦が潜んでいる。日本政府は、方針として、『こくりゅう』による『遼寧』攻撃以外には、中国を刺激しないことにしていた。そのため、中国が設定した封鎖海域、封鎖空域に含まれる沖縄トラフには、艦艇も航空機も侵入させていない。結果的に、アルファ改の位置は、遠距離からの探知でしか捉えられてないため、把握された位置は不正確だった。とはいえ、トラフ内を北東に移動し、奄美《あまみ》大島の西あたりで折り返して、今は南西の台湾方面に移動中であることが分かっている。

『こくりゅう』が沖縄トラフに差しかかった今、アルファ改は、一〇〇キロ以上前方にいた。南西方面に微速で航行している。

荒瀬は、ここから先、尖閣西に至るルートを、まだ決定していなかった。潜水艦が鈍足《どんそく》であることを考えれば、直線的なルートで短時間のうちに尖閣海域に向かうことが理想的だ。だが、最短距離を走ることは敵も予測するだろうし、沖縄トラフを越えた先の東シナ海は、ユーラシア大陸から延びる大陸棚が広がるため、水深は浅く二〇〇メートルもない。存在を隠すことが基本である潜水艦にとって、浅海域は行動しにくかった。沖縄トラフ内を南西に向かい、宮古・石垣付近まで行ければ、浅海域での移動距離を短くすることが可能だった。ただし、そこにはアルファ改がいた。

「どうしますか？」

副長の持田は、海図を覗き込みながら言った。

「速度が遅いな」

荒瀬は、アルファ改の情報を知らせてきた通信文を見ていた。宮古島の西にいる『ひびき』と久米島近海にいる『はりま』が観測したデータだった。

「推定で二から三ノット、この艦なら十分に追従《ついじゅう》できます」

持田は、アルファ改の後を追従して、沖縄トラフ内を南西に移動しようと提案していた。潜水艦は、一般に後方の確認が苦手だ。艦の後端にプロペラがあり、ソナーでの後方確認が困難なためだ。船体からソナーを離すことを意図した曳航型のソナーは、副次的な効果として、バッフルと呼ばれる後方の確認困難な範囲を補うために有効な装備だった。それでも、正面や側方に比べたら、不得手《ふえて》であることには変わりはない。

「何か懸念が？」

なおも無言でいた荒瀬に、持田が問いかけてきた。

「遅すぎる。まるで、誘うかのようだ」

「騒音を抑えるための低速だと考えることは可能ですが」

潜水艦は、一般的には速度を抑えれば騒音を低く抑え、探知される可能性を減らすことが可能だ。

「それにしてもだ」

アルファ改は、現在の極低速でも、漢級原潜より少しマシとしかいえない騒音レベルだった。極低速のため、プロペラが発生させるキャビテーションノイズは発生していないようだったが、機関部から漏れる音が響いている。『こくりゅう』のソナーならば、アルファ改よりも、確実に相手を先に探知できる。

　漢級原潜ほどの騒音を発生させていれば、日本の対潜能力での探知は容易だ。そのことは、十年以上前に発生した領海侵犯事件において、漢級潜水艦が、日本側の追尾《ついび》をまったく躱すことができなかったことで、中国側も十分に認識しているはずだった。

「ソナーが十分に探知性能を発揮できる速度であれば、もっと速度を上げても問題はないはずだ。恐らく一〇ノット以上出しても、さほど探知性能は変わらないだろうし、原潜である以上、航行性能は余裕のはずだ。あえて極低速にする意図が見えない。普通に考えれば、これほど低速でなくとも、プロペラがキャビテーションノイズを発生させない程度には、中国の潜水艦建造技術は向上している」

「では、十分に距離をとりましょう。本艦がぎりぎり捕捉できる程度の距離に留めておけば、危険はないはずです」

　持田の提案は、現実的なものだった。『こくりゅう』の任務は、『遼寧』の撃破であって、アルファ改の情報収集ではない。アルファ改に対しては、リスクを冒さないことが基本だ。しかし、荒瀬は、『まきしお』事故の後、何年も追い続けてきた艦が今目の前にいるという誘惑に、引きつけられていた。しかも、アルファ改は、不自然な低速で航行している。軍人は非合理的な行動をしない。不自然な行動の裏には、こちらが把握していない何らかの理由があるはずだった。

荒瀬は、アルファ改の改造内容が知りたかった。まだその存在が隠されていた一年ほど前から、音響測定艦が、黄海方向から異様な音を何度か探知している。その音は、『あきづき』が撃沈された際にP—3のソノブイが拾った音と似ていた。荒瀬は、その異様な音から、アルファ改の改造について仮説を立てていた。その仮説によれば、アルファ改が極低速で航行する理由についての合理的な説明も可能だった。

「いや、ゆっくりと接近しよう。アルファ改を四ノットで追う。やつがどこで引き返すか分からないが、石垣付近まで行くなら、相当接近できるはずだ。ソナーは、できる限りアルファ改の音響情報を収集しろ。ただし、奴らが反転したら、即座に追尾は中止し、尖閣方面に進出しつつ、アルファ改とは距離を取る。アルファ改がアクティブ捜索をしてきたなら、ナーワルシステムも使用する」

持田は、一瞬驚いた顔を見せたものの、すぐに肯いて答えた。

「了解しました。S1《シエラワン》を四ノットで追尾します」

荒瀬は、仮説を裏付ける情報が欲しかった。

「接近すれば、聞こえるはずだ」

「ずいぶんと気を使っておるな」

食事の後、中国人士官は中国茶やコーヒーを飲んでいた。ルサノフだけは、甘ったるいジャムの香りを漂わせ、ロシアンティーを飲んでいる。

「速度のことか？」

林は、ソ連時代の留学で何度もロシアンティーを口にしていたが、最後まで口に合わなかった。今もブラックでコーヒーを飲んでいる。

「そうだ。知恵のある者には、すでにおおかた分かっているはず」

他の士官たちは、林とルサノフがロシア語で会話を始めてしまったため、お茶を飲み干すと席を立っていった。

「恐らくな。だが、胆大心小《たんだいしんしょう》、胆は大ならんことを欲し心は小ならんことを欲す、という言葉があるとおり、常に細心の注意が必要だ。できることはすべて行なうべきなのだ」

「それは分かる。しかしこれでは、与えられた任務がこなせないはずじゃないのか。お前さんの任務は、この沖縄トラフを越えて釣魚島に接近する水上艦、潜水艦を撃破することじゃなかったかな？」

林は、口元を緩ませると、急に表情を冷たいものにした。

「かまわんさ。いや、むしろ失敗に終わってほしいとさえ思っている」

「どういうことかな」

「私には私の動機がある。そして、ミーシャ、これはあなたのためにもなる」

林に含むものがあることを知るルサノフも、薄笑いを浮かべた。

「日本は、封鎖海域の設定と空母機動部隊の接近を見過ごすことはできないだろう。自分たちが、釣魚島の実効支配を失うことを是《ぜ》とはしないはずだ。そのためには、本艦を攻撃してくる可能性も否定はできないものの、やはり空母機動部隊を遠ざけることが最大の目標となる」

「ほう。日本軍の標的はワリャーグか」

ルサノフは、『遼寧』という中国名が付けられた後も、旧ソ連での建造時の名前で呼んでいた。

「しかし、日本軍の対艦攻撃能力は低くはないが、我が軍の対空防御力も低くはない。『遼寧』に損害を与えて後退させるためには、封鎖海空域に相当の戦力を投入し、攻撃しなければ成功はしない」

「では、そうすればよかろう」

「しないな。日本政府もバカではない。敵は彭宝輝をはじめとした軍内強硬派であって、一四億の中国人民でないことは分かっているはずだ。複数の護衛艦艇まで沈め、よけいな反感を買うことはしない。今ごろは、何隻かの潜水艦が、この沖縄トラフを越えているはずだ」

「いいのかね？　それで」

「そうでなくては困るのだ。海軍の主力は、空母ではなく、潜水艦であるべきだ。私にとってても、あなたにとってもだ、ミーシャ」

「なるほどな」

林は、不敵な笑いを浮かべると、声を潜めて後を継いだ。

「それに、個人的にも、彭には消えてもらいたいのだ。できることなら直接手を下したいところだが、一介の中校には無理な話だ」

「ほう、恨みでもあるのか？」

「一九八九年の六月四日に起きた事件……」

林は、「天安門」という固有名詞を使わないように話した。ルサノフにも口にしないようジェスチャーで示す。ロシア語で会話していても、聞き耳を立てる者がいれば、固有名詞は理解できてしまう恐れがあった。

「以前にも聞いたな」

林は、無言で首肯した。

「彼女は、第二七集団軍に殺された。当時、指揮官だったのが彭だ。ヤツはその功績のおかげで、現在の地位を手に入れた」

林は、拳を握りしめると、低めていた声をさらに一段と低いものにした。

「その時の報《むく》いとして、ヤツには破滅してもらう」

＊

「『こくりゅう』は、ここにいるんですか」

美奏乃は、ＪＡＤＧＥ端末の画面を、倉橋と並んで見つめていた。『こくりゅう』を表わすシンボルは、久米島の西南西にあって、西に進んでいる。

「航空機と違って、リアルタイムでレーダーモニターされてないから、予測位置よ。報告が入ってくればアップデートされるわ」

美奏乃は、その画面を複雑な思いで見つめていた。

「心配？」

倉橋は、美奏乃の事情を知らない。美奏乃の抱える思いの一面しか見ていないようだった。

「バウコンポーネントがないのに、成功できるか不安なんです」

「私は、潜水艦戦は知らないわ。でも、荒瀬二佐は、命令に対して、何も言わずに出て行ったんでしょう？」

「多分、そうだと思います」

「だとすれば、それなりに勝算はあるはずよ。無茶な作戦でも命令されたからやる、なんてのは、無責任な指揮官よ。そんな人間に、艦は任せないんじゃないかしら？」

「確かにそうですね。東シナ海は、水深が浅いので、潜水艦にとって条件が厳しい海なんです。でも、それだけにナーワルシステムが効果を発揮する場所でもあるんです」

美奏乃は、嗣夫や古田たちの身を案じただけではなかった。ナーワルシステムが効果を発揮し、評価されれば、真樹夫の評価も高まることを期待していた。

「なるほどね。それに他にも有利な材料はあるはずよ」

「なんですか？」

潜水艦戦を知らないという倉橋が、何を言うつもりなのか、美奏乃には疑問だった。

「敵が、ナーワルシステムの存在を知っていれば、対抗戦術を採ってくる可能性もあるでしょうね。でも、存在を知られていないうちは、システムの効果を最大限発揮するように、うまく立ち回ることができるはずよ。荒瀬二佐は、システムには詳しいの？」

「はい。荒瀬二佐は、システムの開発が決定される前から、その可能性、戦術的可能性を認めて、開発を後押ししてくれました」

倉橋は、囃《はや》すように口笛を吹いた。

「なるべくしてなった……というより、就けるべくして就けた人事ね。期待しましょう」

そう言うと、倉橋は、美奏乃の肩を叩いた。

「で、航空自衛隊、南混団としては、『こくりゅう』の支援を命じられているわ。可能な支援内容としては、やはり対潜ヘリの活動を阻害《そがい》することかしら？」

「そうだと思います。中国海軍の対潜ヘリは、質的にも量的にも海上自衛隊ほどの能力は持っていません。ですが、潜水艦がヘリの動きを捉えることは基本的にできませんから、あちこちにディッピングソナーを降ろされると、行動が困難になります。ただでさえ、空母を攻撃するために一番困難なのは、接近することなのに……」

対潜ヘリは、水面上にホバリングし、ワイヤーで吊り下げたソナーを海中に垂らして捜索を行なう。海中にソナーを浸《ひた》すことから、ディッピングソナーと呼ばれている。ヘリから吊り下げるため、ソナーは小型で、ソナー自体の性能はさほど高くはない。しかし、十分な高度をとってホバリングするため、水上艦と異なり、自らが立てる騒音が捜索を邪魔することがない。そのため、探知能力は高い。そして何より、何も見つからなかった場合には、ディッピングソナーを引き上げ、水上艦とは比べものにならない速度で、次のポイントに移動して捜索を継続することが可能だった。潜水艦としては、予想外の位置に、突然センサーであるソナーが出現しかねないのだ。

「なるほどね。だとしたら、機上レーダーのロックオンパルスを、演習時に使っているものをそのまま使いましょう。嫌がらせしてやるのがよさそうだからね」

二〇一三年に発生したレーダー照射事件では、中国海軍のフリゲート艦が、海自護衛艦に対して火器管制レーダーを照射し、ロックオンした。しかし、まともな軍隊なら、波長やパルス長などのレーダー諸元を敵に把握されることを防ぐため、そうした行動は慎《つつし》む。やむなく照射する場合も、レーダー諸元をこれ以上はない単純なものにして、有事では、異なる諸元でレーダーを使用し、ロックオンしたことを、敵に悟られないようにする。

倉橋の言う方法は、平時に使用されるレーダー諸元が把握されていることを逆手《さかて》にとり、ロックオンしたことを分かりやすくするということだった。そうすることで、対潜ヘリは、ロックオンされたことが分かり、対潜捜索を中止して、退避せざるをえなくなる。

「でも……」

倉橋は、真剣な目で美奏乃を見つめていた。

「空母を攻撃するために一番困難なのが接近することっていうのは、どういう意味？」

美奏乃は、少しばかり驚いた。美奏乃にはあたりまえの知識でも、航空自衛官である倉橋には、理解できないこともあるのだった。

「『遼寧』は、機関に問題が残っていて、高速を出すことは困難だといわれています。でも、それでも最大速力は一九ノット以上ですし、三〇ノット近くまで出せるという情報もあります。巡航速度でも一五ノット程度は十分に出せるはずなんです。それに対して、出力に余裕のある原子力潜水艦でも、静粛性を維持しようとすれば、深度が浅い場合、一〇ノット以上出すことは困難です。『こくりゅう』など、通常動力型潜水艦では、静粛性の観点だけでなく、バッテリー容量の限界から、通常の潜航時は、数ノットでしか航行しません。そうりゅう型のように非大気依存推進《AIP》を搭載すれば、潜航時間は延ばせます。それでも、ＡＩＰは出力が低いので、速度を上げることは難しいんです」

「なるほどね。ミサイルも標的に命中させるためには、通常は標的よりも相当高速を出せる性能にするものね」

　美奏乃は、ミサイルについては逆に知らなかったが、肯いてみせた。

「その上、護衛艦艇がいますから、普通は真っ直ぐに接近するなんてできません」

　倉橋は、あきれた顔を見せていた。

「とすると、予想会敵《かいてき》点に先行する、つまり待ち伏せしかないってこと？」

「そうです」

「それは……、やっかいね。目標の進路は、どうやって予測するの？」

「聞いた話でしかありませんが、彼我《ひが》の戦力や作戦の進展に気象・海象を考慮して……というのが基本らしいです」

　美奏乃も、戦術に関しては、真樹夫から聞いた基本的な内容しか知らなかった。聞いていた倉橋は、左手で口元を覆《おお》うように押さえて、画面を見つめている。

「何か、懸念でもあるんですか？」

美奏乃は急に芽生《めば》えた不安に耐えきれず、声をかけた。

「ごめん、そうじゃないの。予測するだけじゃなく、目標の進路を誘導できれば、当然待ち伏せしやすいわよね？」

「ええ、確かにそうですが……」

美奏乃は、倉橋が何を言いたいのか理解できなかった。射程の短い兵器を搭載した軍艦なら囮を使って誘い出すこともできる。だが、目標は何千マイルも飛行可能な航空機を搭載する空母だ。餌《えさ》をちらつかせたところで、近寄る必要があるとは思えなかった。

「まずは実行可能性の確認、そして可能なら、どこに誘導するかね」

「どういうことですか」

「目標は『遼寧』。だから誘導できる可能性があるわ。いっしょに来て」

そう言うと、倉橋は作業室を出てSOCに向かった。彼女は南混団司令に直接話をするつもりのようだった。

「司令、報告があります」

倉橋は、『こくりゅう』による空母攻撃には、対潜ヘリの妨害だけではなく、『遼寧』の誘導支援が有効であることを説明した。美奏乃は、倉橋の横で、不安な面持ちのまま、肯いていた。

「どうやって誘導する？　空自の戦力で可能なのか？」

「『遼寧』はカタパルトなしのスキージャンプ方式です。パイロットの訓練も、まだまだのレベルですから着艦は危険ですし、搭載兵器、燃料が多ければ、離陸も危険です。現状では、艦載機の発着艦の際は、風上に向けて高速航行する必要があります」

「波状的に挑発するということだな」

「はい」

倉橋が肯いたのを見ると、南混団司令も同じ結論に達したようだった。

「誘導地点は、Ｎ２と調整を図ります」

南混団司令が、他の幕僚を集めて検討を指示し始めた。彼らのやりとりを横目で見ながら、美奏乃は、作業室に戻る倉橋についていった。

「まだよく分からないんですが……」

「空母は大きいけど、それでも陸上の滑走路と比べれば、全長はものすごく短いのよ。だからアメリカの空母なんかは、航空機が自力で加速するだけじゃなくて、蒸気圧で作動するカタパルトで、航空機を強引に打ち出す方式をとってるの。でも、中国はまだカタパルトを作る技術がないから、『遼寧』はスキージャンプという方式をとってる。だけどカタパルトほどの効果はないから、燃料やミサイルを多く積むなら、離陸の時には、艦を風上に向かって全速力で走らせないと、発艦した戦闘機がそのまま墜落してしまう可能性があるのよ」

「着陸も？」

「ジェット戦闘機の着艦速度は、普通一三〇ノットくらい。空母が三〇ノットの速度を出せるとしたら、艦が向かい風で航行していれば、艦との相対速度は一〇〇ノットで済むけれど、追い風で航行していたら、相対速度は一六〇ノットも必要になる計算よ。空母への着艦は危険度が高いわ。まだ中国の艦載機パイロットは練度《れんど》が高くないから、現状、着艦時は、ほぼ風上に向けて航行しているの」

「じゃあ、発艦、着艦が忙しかったら、風上に向けて走り続けなければならないってことですか？」

「そういうこと。後は、『遼寧』の発着艦能力は、ある程度分かっているから、発着艦がフル稼働になるように、攻撃をするフリをした挑発飛行を波状的に仕掛ければいいのよ。もっとも、中国本土の陸上基地からも支援機が上がってくるから、こっちも西部航空方面隊《せいくう》の基地や空中給油機も使って、意地悪し続ける必要があると思うけどね。あ、あと、当然だけど、大切なのは、風向きね。『こくりゅう』の位置も踏まえて、作戦の発動時期は、SF（自衛艦隊）に決めてもらうことになるでしょうね」

美奏乃は、驚くと同時に、少しだけ安心した。この作戦が実施されれば『こくりゅう』

の攻撃は、ずいぶんとやりやすくなるだろう。

情報課の作業室に戻った倉橋は、『遼寧』の発着艦能力と空母誘導作戦について、上級部隊である航空総隊に報告するための資料を作ると言い、パソコン仕事を始めてしまった。

美奏乃も、自分にできることはやりたいと思った。しかし、音響測定艦が今も続けている観測の結果には、アクティブソナーと思われる信号は含まれていなかった。機関音を聞いたところで、美奏乃には、艦の性能を推し量ることはできない。

JADGE端末に映るアルファ改は、広大なトラフを独占し、悠々《ゆうゆう》と泳ぎ回る鯨のように思えた。

*

『こくりゅう』は、久米島の南西でアルファ改の追尾を始め、一〇〇マイル以上の距離を、徐々に間隔を詰めながら追っていた。アルファ改と『こくりゅう』は、現在、石垣島の北方、沖縄トラフ内にあった。

沖縄トラフは、台湾の手前、与那国《よなぐに》の北西付近で南西の端に達する。そのため、荒瀬は、アルファ改が、そろそろ変針するだろうと予測していた。もう危険かもしれないと思ってはいた。それでも、荒瀬はアルファ改の追尾を止め、本来の目標である『遼寧』に向かう決断ができずにいた。

久米島近海で、アルファ改を追い始めた時から、アルファ改が発する音は、サーフェイスダクトと呼ばれる浅い深度を伝搬《でんぱん》する音の経路で観測されていた。そのため、アルファ改は、深度を深く取っていないと予想されていた。それは、普通に考えれば奇異なことだった。

潜水艦は、深く潜航することで、一般的には姿を隠しやすくなる。東シナ海のほとんどの海域は、浅海であるため、深度を深く取ることは不可能だった。だが、深度が二二〇〇メートルに達する沖縄トラフ内であれば、深く潜航することが可能だ。当然、沖縄トラフ内にいるのであれば、深度を深くとり、その存在を隠そうと考えることが常識だ。

ところが、アルファ改は、久米島近海からここまで、継続して浅い深度に留まっていた。

気まぐれで、不利な条件下に留まることはありえない。荒瀬は、そこにアルファ改の秘密があると考えていた。荒瀬が立てていた仮説によれば、確かに浅深度に留まることは合理的な行動であるはずだった。

だから、危険かもしれないと思いながら、追尾を止める決断ができずにいたのだ。

「なんだって？」

荒瀬は、古田の後に立った。アルファ改との距離が詰まり、単に音が大きくなっただけでなく、海面や逆転層での反射音が少なくなったため、クリアな音が拾えるようになった。その状況で、古田が〝奇妙だ〟と報告してきたのだ。

「キャビテーションが聞こえます」

艦が高速で航行する時、プロペラの表面から水が剝《は》がれることで泡が生じる。この泡がつぶれる時に発生する音がキャビテーションノイズだ。音の発生を嫌う潜水艦では、このキャビテーションノイズを発生させないため、高精度に加工されたハイスキュードプロペラを採用したり、速度を低速度に抑えて航行する。

目の前のアルファ改は、微速で航行中のため、たとえプロペラが改造前から変えられていなかったとしても、キャビテーションの発生は不自然だったのだ。改造されているのだとしたら、こと静粛性に関しては、改悪であるともいえた。

「確かか？」

「間違いありません。キャビテーションです」

「どんなプロペラだ？」

古田は、即答しなかった。ヘッドセットに手を添え、神経を耳に集中させている。ベテランのソナーマンは、どんな機関なのか、どんなプロペラなのか、そして、現在どの程度の速度なのか、波形を見ずに耳だけで、推定することができる。古田は、潜水艦隊でも名うてのソナーマンだ。音だけでも、アルファ改が、どんな改造を受けたのか探ることができるはずだった。

「もう少し接近できれば分かるかもしれません」

古田でも、まだ自信を持って答えられる状態ではないらしい。

「そうか……」

荒瀬が、海図台に向かおうとすると、古田が左手を挙《あ》げて、引き留めた。どんなプロペラか判明したのかと期待したが、古田の口から告げられた言葉は、発令所の空気に緊張を走らせた。

「S1、急速回頭！」

「面舵《おもかじ》！」

荒瀬は、ほとんど反射的に命令を下した。

「速度は？」

「そのまま。ピッチ変わりません」

古田の答えは、荒瀬を迷わせた。速度は、『こくりゅう』が若干上だ。その点では『こくりゅう』のほうが回頭速度も速いはずだ。しかし、先に回頭をはじめたのはアルファ改だったし、改造前のアルファ級は、小型であることを利した運動性が売りの艦だった。その艦が、騒音が発生することに構わず、急回頭していた。

もしアルファ改の回頭が速く、『こくりゅう』がアルファ改のアクティブソナー捜索範囲から逃れる前に、アルファ改がアクティブソナーを打ってくれれば、『こくりゅう』はきわめて不利な状況になる。

今なら、位置が分かっているアルファ改に対して、先に魚雷を撃つことができる。発射管制装置のオペレーターは、魚雷発射管扉を開くボタンに手を掛け、荒瀬を見つめていた。

荒瀬はアルファ改を攻撃するつもりはなかった。自衛のため、他の目標を排除することは認められていた。しかし、本来の任務は空母『遼寧』の撃破だ。アルファ改が攻撃を受けたとなれば、『遼寧』の警戒が強くなることは当然のこととして予測される。できれば、アルファ改との戦闘は避け、『遼寧』に接近したかった。

じりじりとした時間がすぎ、古田の報告で、緊張は最高潮に達した。

「S1、回頭終了」

やはり、アルファ改のほうが回頭は速かった。急回頭するアルファ改に対して、『こくりゅう』は静粛性を維持するため、舵を緩くしか切らなかったことも大きかった。

「おそらく一八〇度回頭です」

一八〇度というのは、音の変化から感じ取った古田の勘だった。本来、ソナーでの観測では、目標の針路を出すには時間がかかる。目標の位置を点で確認できるアクティブソナーであっても、二点間の移動を観測しなければ針路は出せない。ましてや、距離を推測に頼らざるを得ないパッシブソナーでは、情報を積み上げなければ目標解析は困難だった。

「舵戻せ」

「おそらくアクティブソナーの捜索範囲内にいます」

舵を戻して艦を直進させようとした荒瀬に対し、持田は、回頭を続け、アルファ改を艦尾方向に持ってゆくことを提案していた。ナーワルシステムを作動させれば、アクティブソナーを打たれても、探知されずにすむからだ。

「分かっている。極力アルファ改の動静を摑んでおきたい」

ナーワルシステムを使うことで被探知は妨害できる。しかし、そのために艦尾方向にアルファ改を位置させてしまえば、こちらもアルファ改の探知がしにくくなる。荒瀬は、被探知を恐れて、探知精度を落とすことはしたくなかった。同時に、『遼寧』に向かう前に、アルファ改の脅威が去ったことを確認しておきたかったという理由もあった。

荒瀬は、作業服の左の袖で、額の汗を拭った。『こくりゅう』は速度を変えていない。両艦の距離は、徐々に離れていった。荒瀬は、微妙に針路を変え、アルファ改が、攻撃行動の事前準備として高周波アクティブソナーを打ってきても、探知できないと思われる距離まで離間距離をとった。高周波のアクティブソナーは、目標を高い精度で捉えることができる。その反面、海水による減衰《げんすい》が激しいため、探知距離は短いのだ。

相手が潜水艦であっても、そうりゅう型は三マイルも離れてしまえば、高周波アクティブソナーで探知される可能性が低かったし、探知距離が長い代わりに、解像度の低い低周波アクティブでの探知に対しては、一旦探知されたとしても、その後にナーワルシステムや、他の妨害手段を講じる余裕があるはずだった。

「行ったな」

荒瀬は、そう呟くと、新たな命令を発した。

「よし。これより『遼寧』の撃破に向かう」

＊

「いなかったのか？」

「何と言った？」

中国語の独白は、ルサノフには理解できなかった。

「いなかったのか、と言ったのさ」

「付けられている可能性はあっただろうな。しかし、何かいたという兆候もなかったと思ったが？」

「ああ、たしかに兆候はなかった。だが、この沖縄トラフを一往復、継続的に誘っていたのだ。付けられている可能性は十分にあったはずだ。いや、いたはずなのだ」

「ほう。根拠は？」

「勘だよ、あるいは、海が囁《ささや》いたとでも言うべきかな。ここが地上であるなら、戦場の臭いとでも表現するべきか」

「詩才があるとは知らなんだ」

ルサノフは、顔を皺だらけにして茶化すと、急に真顔になって聞いた。

「では、なぜ相手は反応を示さなかった？」

「動機は簡単だ。この艦をつけていたとしても、この海域にいる潜水艦の目標は、我が艦ではなく『遼寧』だろう。本来の任務を果たすため、存在を露呈したくなかったのだ」

林は、海図に落としていた視線を上げて、中空を見つめた。

「ただな……」

思考は視線の先、海水を通してはるかな彼方《かなた》に飛んでいた。

「なぜ反応を示さずにいられたのかは、考えなければならない。『あきづき』を沈めた時、上空には哨戒機がいた。この艦についても、相当な情報は得たはずだ。後方についていたなら、急速回頭を始めた時点で、今がチャンスであり、回頭が終わってしまえば危険な状態になることは、分かりすぎるほどに分かっていたはずだ。それでも沈黙を維持できたのは、よほどの胆力のあるやつだったか……さもなくば、この艦の性能を認識した上でも、勝算を持っていたかだ」

「勝算があったとしたら、そいつは九九もできないバカ者で、計算間違いをしただけだろう」

「だといいがな……敵を侮《あなど》れば、死ぬのは自分だ。あらゆる可能性は考慮しなければならない。もっとも、この艦に対する攻撃が禁止されていたという可能性もあるだろうが……」

＊

二〇時の通信で、空自と海自P―3部隊による『遼寧』誘導作戦が二三時発動と伝えられていた。『こくりゅう』は、現時点で『遼寧』が誘導される予測位置に移動しつつ、適《てき》宜《ぎ》潜望鏡深度で衛星通信を行ない、予測位置をアップデートしていた。淡々とした作業であるため、操艦は当直に任せ、その他の乗員には、極力休息を取らせていた。荒瀬も、艦長室で横になった。しかし、眠れそうにはなかった。

荒瀬は、赤いライトに照らされながら、船殻に沿《そ》って斜めに湾《わん》曲《きょく》した天井を見つめていた。

作戦が予定どおりに進《しん》捗《ちょく》すれば、『遼寧』艦隊との接触は午前四時ごろの予定だった。

誘導作戦が夜間に設定されたのは、夜間のほうが艦載機の着艦に難易度が増し、風上への高速航行の必然性が高まるからだ。

沖縄の自衛隊と『こくりゅう』にとって、長い一日になりそうだった。『遼寧』の誘導と接近も困難なら、成功するにせよ失敗するにせよ、離脱は接近以上に困難であるはずだった。

荒瀬は、接近できた場合に、『遼寧』をどう攻撃するか、まだ迷っていた。攻撃を成功させる確実性と『こくりゅう』の安全性が、基本的に二律背反《トレードオフ》、攻撃の確実性を求めれば安全性が失われ、安全性を求めれば攻撃の確実性が低下するという関係にあるからだ。確実に撃破するために近距離から攻撃すれば、位置を捕捉され、攻撃を受ける可能性が高まる。逆に遠距離から攻撃すれば、離脱には有利となるものの、攻撃が失敗する可能性も高くなる。

『こくりゅう』の主力兵装は８９式魚雷と対艦ミサイルであるハープーンだ。荒瀬は基本的にハープーンを使うつもりはなかった。

ハープーンは、護衛艦艇の対空防御で迎撃される可能性があったし、『遼寧』も近接防空ミサイルと近接防御機関砲を備える。そのため確実性が低い上、発射後にハープーンがレーダーで捕捉されると、『こくりゅう』の位置が暴露してしまう結果ともなる。

それに、何よりの理由として、ハープーンを用いるなら、ナーワルシステムは必要なかった。射程が一四〇キロに及ぶ潜水艦発射型ハープーンは、護衛する艦艇群のはるか遠方から攻撃が可能だ。荒瀬は、この作戦を、橋立が残したナーワルシステムの檜《ひのき》舞台にしたいと思っていた。もちろん、作戦を成功させることが第一ではあったが、極力ナーワルシステムを活用したいと思っていたし、有効に機能するはずだった。

そのため、荒瀬は、『遼寧』艦隊の対潜防御網の内側に入り込み、魚雷としては長射程の89式魚雷を、有線で『遼寧』まで誘導可能な近距離に接近し、攻撃したいと考えていた。

ただし、『遼寧』の予想進路直上に行けるなら、別の方法も考えられた。機雷を使う方法だ。『遼寧』が遊弋する東シナ海は、大陸棚上のため、潜水艦は姿を隠しにくく、活動が難しい。しかし、その一方で、浅いため、機雷も機能しやすい。そうりゅう型は、最新の91式機雷改を装備している。この機雷は、航空機搭載用の91式機雷を改良したもので、潜水艦から敷設《ふせつ》が可能だ。東シナ海などの浅深度の外洋でも使用できる。91式機雷は、錘《おもり》とワイヤーで繋がれた浮子《うき》状の形状だ。敷設されると、錘に繋がれた浮子が、海中で漂う状態になる。そしてそこに目標となる潜水艦や水上艦が接近すると、ワイヤーを切り離した浮子状の機雷本体が、目標に向かって浮上してゆく。そして、至近距離で爆発することで、大型艦に対しても致命的なダメージを与えることができる。浮力を使うことで音を出さずに誘導することができるため、無音の魚雷といえる代物だった。

しかし、対潜防御網を突破できるとしても、『遼寧』の予想進路直上に行くことは難しいだろうし、『遼寧』が予想どおりに進むとも限らない。そのため、基本的には、魚雷で攻撃を行なうつもりだった。

荒瀬は、横になったままでも、艦のピッチが上がったことに気が付いた。時計は二三時に近づいていた。作戦開始が予定どおりなのか、『遼寧』の最新位置と予想進路を受信するため潜望鏡深度について衛星通信を行なうのだろう。

艦長室には、潜水艦戦術状況表示装置の小型モニターがある。モニターを覗けば、現在の状況を確認することも可能だ。しかし、荒瀬はわざわざ見ようとは思わなかった。部下でも十分やれるはずだったし、手に負えない状況が発生すれば、嫌でも無電池電話をかけてくるはずだった。

荒瀬は、艦の挙動を意の外《そと》に追いやって、思索《しさく》に戻った。問題は、『遼寧』を護衛する駆逐艦の防御網を突破した後、早期に『遼寧』の前方から攻撃するか、いったん『遼寧』をやりすごしてから、後方から攻撃するかだった。

魚雷を発射した後も、『遼寧』は高速で移動を続けるはずだった。前方から攻撃する場合は、一発目の魚雷が何らかの理由で躱されても、『遼寧』が接近をしてくるため、再攻撃できる可能性が高い。しかし、駆逐艦にしても対潜ヘリにしても、当然『遼寧』の前方側で警戒が強く、後方が弱い。魚雷は、高速で航走するため、『遼寧』に命中する前に探知されることは確実だ。そうなれば、魚雷の位置と針路から、『こくりゅう』の位置も推定される。そして、近くにいるはずの駆逐艦や対潜ヘリが群がってくる。

一方、『遼寧』をやり過ごしてから攻撃する場合も、魚雷の航跡が探知されることには変わりない。それでも、後方からの魚雷に対しては、『遼寧』の艦首にあるバウソナーで探知されることはないだろうし、前方からの攻撃よりは、発見されるタイミングも遅いはずだった。それに、当然ながら『遼寧』の後方は、防御網が薄い。魚雷の航跡が読まれにくい上に、防御網も薄いとなれば、当然、再突破して逃走するためには条件が良かった。

しかしながら、魚雷の発射後、『遼寧』は遠ざかってゆくことになる。もし失敗すれば、再攻撃は難しかった。最初から二発以上の魚雷を撃つこともできるものの、昔の無誘導魚雷と異なり、現代は誘導によって命中させることが基本だ。一発目の爆発で、海中は音と気泡で満たされるため、二発目の誘導は、しばらくの間、難しくなってしまうのだ。

「やはり、どちらもダメだな」

一人つぶやいた荒瀬は、決意を固めていた。午前三時に予定した最終ブリーフィングで話す内容を固めると、赤色灯の明かりを落とし、目を閉じた。

「操艦は、最も難しい。だが、最も確実に目標を撃破できる。そして、最も安全に離脱できる。できるはずだ。ナーワルがあれば」

＊

山の中腹をくり抜いた構造の地下のＳＯＣでは、外の音は聞こえてこない。モニターに映る那覇基地の滑走路からは、引っ切りなしにＦ―15が離着陸していた。那覇基地からは、航空優勢を確保するための制空戦闘機として、Ｆ―15が発進している。Ｆ―15は、『遼寧』から発艦する艦上戦闘機Ｊ―15と、中国本土から上がってくるＳｕ―33などの戦闘機に挑発を加えながら、レーダーをロックオンすることで対潜ヘリを妨害していた。九州の築城《ついき》基地からは、Ｆ―２が発進し、ＫＣ―767からの空中給油を受けながら、対艦ミサイルを撃つ構えを見せることで、Ｊ―15に余分な動きをさせ、振り回していた。那覇からは、海自のＰ―３も対艦ミサイルハープーンを抱えて離陸し、前方には出ないように注意しながら、その長時間滞空性能を生かして、プレッシャーを与え続けている。

自衛隊機は、牽制《けんせい》はするものの、ミサイルを撃ち合う距離までは接近していない。相手が出てくれば引き、別の方面から接近する。相手が前進してくれれば、側方から脅威を与え、相手がそちらに向き直れば、背後から別の編隊を接近させ、相手を引かせている。そのため、一発のミサイルも発射されることはなく、双方ともに、この空戦モドキでの死者は出ていなかった。

しかし、怪我人は発生していた。ミサイルは射耗《しやもう》していないため、グラウンドでの作業は、給油と点検だけだったが、再発進を全力で行なうため、エプロン上は戦場だった。駆け回っていた列線整備員が、同じく駆け回っていた給油車にはねられて、那覇病院に収容されたという報告が上がっていた。幸い命に別状はないということだったが、ほんのちょっとタイミングがずれていれば、死んでいてもおかしくはなかっただろう。

おそらく、『遼寧』の艦内は、那覇基地以上に混乱しているはずだった。

二三時から発動された誘導作戦は、すでに四時間あまりが経過した。これが続けられるのか、美奏乃はふと不安になった。コーヒーをすすりながら画面を見つめる倉橋に問いかけた。

「中国側は、これが牽制でしかなく、真意が別にあると気が付いてはいないでしょうか」

「気付いているでしょうね」

倉橋は、こともなげに答えた。

「でも、だからといって、今さら対応は変えられないわ。誰も撃ってないけど、この戦闘の主導権は、こちら側にあるわ。風向きが大きく変わるとか、投入させる兵力を大きく変えるとかしない限り、こちら側の牽制に対応し続けるしかないのよ。ミサイル攻撃をする意図がないと断定できない以上、対応の手を抜けば、自衛隊側がその一瞬を狙ってミサイル攻撃するつもりなのかもしれないんだから、『遼寧』を守るために必要なエリアの航空優勢確保は、続けなければならないのよ」

「中国側はずいぶん不利なことを始めてしまったように思えますね」

「そうね。空母の使い方が間違ってるのよ。軍事的に尖閣を取るつもりで、そのために空母を投入するなら、沖縄の南側数百マイルにでも出したほうがよかったかもね。それをされたら、空自は空母を警戒せざるをえないから、戦力を尖閣方面に振り向けるのが難しくなる」

「じゃあ、何で『遼寧』は尖閣方面に出てきたんでしょうか？」

「軍事的には、大陸から大きく離れて太平洋のど真ん中に空母機動部隊を出すのは、まだ不安なんでしょう。でも不安だという以上に、御厨首相の政治判断を読み違えたのが大きいんじゃない？」

「読み違えた？」

「空母が出てくれれば、御厨首相は、大規模な戦闘によって日中間の政治が回復不能なほど悪化するリスクを取ることはできないと見たんでしょうね」

倉橋の理屈っぽい言い方は、何となく理解できるようでいて、今ひとつピンとこなかった。美奏乃の表情を読んだのか、倉橋は簡単に言い換《か》えてくれた。

「単純に言えば、力の象徴である空母さえ出せば、女の首相なんて、ビビッて引き下がると思われたのよ」

「なるほど」

美奏乃は、そう呟くと、ＪＡＤＧＥ端末の画面を見つめた。二つのシンボル、『遼寧』と『こくりゅう』だけが、今までの経路をトレースして描かれている。『遼寧』が高速で南下する先に、『こくりゅう』が微速で位置調整しながら待ち構えていた。あと一時間もすれば、『こくりゅう』のシンボルは、『遼寧』艦隊の防御網の内側に、飲み込まれるようにして入ってゆくだろう。

「真樹夫さん、彼らを守ってください」

＊
「ＡＰ１６《アルファパパワンシックス》、アクティブ発振停止から三〇秒」

「面舵一〇、速度このまま。針路３３６《サンサンロク》」

護衛艦艇である中華イージスとも呼ばれる旅洋《りよよう》Ⅱ型の間をすり抜けようとしていた時、艦の側方わずか三〇〇メートルほどの位置に艦載ヘリがディィッピングソナーを降ろした。古田がディィッピングソナーの着水音を聞き取ったため、荒瀬は、艦を急回頭させ、ナーワルシステムを使用してそのディィッピングソナーでのアクティブ探知から逃れた。もし探知されていたとしたら、ＡＰ１６と探知ナンバーを付けたそのディィッピングソナーは、発振を止めることはなかっただろう。今ごろ別の対潜ヘリが、『こくりゅう』の頭上に魚雷を投下しているはずだった。

この対潜ヘリの行動は、『遼寧』に接近する『こくりゅう』にとって、最大のピンチだった。ピンチをくぐり抜けた今、『こくりゅう』は最大のチャンスを迎えたといってよかった。ディッピングソナーで捜索されたこの範囲は、対潜防御を行なう『遼寧』艦隊にとって、安全だと判断されたはずだからだ。今や、『こくりゅう』は、『遼寧』艦隊の対潜防御網の内側に入っていた。

「予定どおり、『遼寧』の進路に入るぞ」

発振停止後、対潜ヘリは、ディッピングソナーをすぐに巻き上げ、移動を始めたはずだった。

荒瀬は、この隙に『遼寧』の予想進路に『こくりゅう』を入れた。『遼寧』は、バウソナーを装備し、アクティブ発振しながら移動中だ。そのため『こくりゅう』は、艦尾を『遼寧』のバウソナーに向け、ナーワルシステムを使って探知を逃れながら『遼寧』を待った。

「S32《シエラスリーツー》、左舷方向に遷移《せんい》しています」

S32とナンバーを付けられた『遼寧』は、『こくりゅう』の左舷側を通過するようだった。『こくりゅう』のナーワルシステムは、後方用のスターンコンポーネントを曳航中のため、バウソナーの捜索角度から外れるまでは、艦尾を『遼寧』に向け、探知されることを防ぐしかない。いまだに、対潜ヘリが投下した魚雷が頭上から降ってきてはいないため、システムは、うまく作動しているはずだった。

「面舵五、針路２８０《フタハチマル》」

荒瀬は、艦の向きを微妙に調整した。

「針路２８０《フタハチマル》、ヨーソロ」

「Ｓ３２、後方わずかに右舷側、左舷側に移動中」

『こくりゅう』が方位を変えたことで、『遼寧』をうまく艦尾に捉えていた。荒瀬は、この後も同じ要領で方位を変え、『遼寧』が『こくりゅう』を追い抜くのを待った。

「Ｓ３２、角速度低下、最接近位置を通過した模様」

『こくりゅう』は、『遼寧』のバウソナーによるアクティブ発振をパッシブで逆探知中のため、『遼寧』との距離は分からない。しかし、探知方位角変化の角速度を観測していれば、最接近位置を通過したかどうかは判断できた。

「最接近時推定距離三六九ヤード、現在四七二ヤード。『遼寧』のバウソナー捜索角度外に出ました」

潜水艦戦術状況表示装置で共通戦術状況図を見ていた持田が報告すると、発令所の空気が変わった。誰もが、荒瀬の命令を待っていた。

「よし。これより襲撃に移る。目標Ｓ３２。面舵一〇、機関半速、針路１２４《ヒトフタヨン》。一番、二番発射管開け」

荒瀬が一気に命令を下すと、発令所の男たちは、慌ただしく、かつ静かに動いた。

「一番、二番発射管、入力完了、発射準備よし」

「針路１２４《ヒトフタヨン》、ヨーソロ」

すべての準備が整った報告がなされると、持田が予定していなかった報告を発した。

「距離五三〇ヤード、近すぎます」

二六七キロもの炸薬《さくやく》を持つ８９式魚雷の威力は絶大だ。五〇〇メートルにも満たない距離では、魚雷を発射する『こくりゅう』にも被害が発生する恐れがあった。しかし、その報告を聞いても肯いただけで、荒瀬は、次の命令を発した。

「一番、低雷速、発射」

魚雷発射管制を行なう御子柴《みこしば》が命令を復唱すると、８９式魚雷が水中に押し出される鈍い音が響いた。

「一番、パッシブで目標捕捉」

至近距離での発射のため、発射された魚雷は、すぐに目標である『遼寧』を捉えた。８９式魚雷は、その情報を今も海中を進みながら伸ばすワイヤーで伝送していた。魚雷自体が目標を捉えた今、もうケーブルを切断し、誘導をすべて魚雷任せにすることも可能だった。しかし、荒瀬はケーブルを切らなかった。その代わり艦内交話装置に手をかけた。ボリュームは絞っていない。今になって艦内の音を聞いたとしても、『遼寧』に回避の余裕はない。

「全員、衝撃に備えよ！」

「……三、二、一、」

最後のコールは聞こえなかった。巨大な音というよりも衝撃波が艦内に響いた。しかも、魚雷が艦船を破壊する際、バブルパルスという水中の気泡が膨張と収縮を繰り返す現象を活用しているため、『こくりゅう』自体も、衝撃波を何度も受け続けた。

「損傷報告！」

荒瀬は、艦内各所に報告を求めた。

「発射管室、損傷なし」

「機関室、損傷軽微《けいび》、バッテリー電圧低下三パーセント」

艦の航行に影響があるほどの損傷はなかった。『遼寧』は、悲鳴を上げていた。浸水が轟音を上げながら艦内を歪ませ、軋《きし》みはソナーを用いなくても、『こくりゅう』艦内で聞き取ることができた。準備してある二発目の魚雷で『遼寧』にとどめを刺すこともできた。しかし、荒瀬は追撃を行なわなかった。命令は、『遼寧』の〝撃沈〟を命じていなかったし、離脱するためには、瀕死《ひんし》の『遼寧』が浮かんでいたほうが有利だったからだ。

「よし、離脱に移る。取舵二〇、前進強速、針路330《サンサンマル》」

操舵手が復唱すると、荒瀬は御子柴にも命令を発した。

「二番、データ更新、発射準備」

急回頭で針路をほぼ真逆に向けると、荒瀬はすぐに予備として準備していた魚雷を発射した。ただし、データを書き換え、航走時間と起爆タイミングだけをセットしてある。魚雷が押し出される鈍い衝撃を感じると、再度、艦の針路を変えた。

「面舵二〇、前進半速、針路040《マルヨンマル》」

針路を北東に向けると、後はひたすら逃げを打った。『遼寧』に接近してくる艦艇もあったが、その艦艇に、『こくりゅう』を追う意図があるのかどうかは判断できなかった。

『遼寧』が海中に巨大な悲鳴を上げ続けていたので、『こくりゅう』を追うことは、対潜ヘリにも護衛艦艇にも困難になったはずだった。その上、護衛艦艇のうち、何隻かは、『遼寧』の救援に向かわざるをえない。さらに、護衛部隊が、二発目の魚雷を探知していれば、その魚雷を予備に放った魚雷と勘違いして、見当違いの位置を捜索しているはずだった。

『こくりゅう』は、その日の夕刻には、尖閣から一〇〇キロ以上も東に退避し、攻撃後、初めて潜望鏡深度につけて報告を送った。

＊

「『こくりゅう』から報告が入ったそうですね」

中央モニターの表示が、東シナ海から官邸の危機管理センターに切り替わると、即座に御厨小百合首相の声が響いた。

「はい。『遼寧』への雷撃の成功と艦の状況を報告してきました」

大間統幕長は、疲れた声で報告した。

「乗員は無事ですか？」

『遼寧』への攻撃が成功したことは、『遼寧』の誘導を行なっていた空自機に混じっていたＲＦ－４偵察機が撮影し、第一報として報告されていた。まだ日の出前だったため、戦術偵察ポッドの赤外線偵察装置によって、魚雷攻撃後に発生した小規模な火災を捉えていた。その後、明確な証拠とはいえないものの、早期警戒管制機のＡＷＡＣＳ《エイワックス》が、発艦していた『遼寧』艦載機の大陸方面への後退を確認したため、『遼寧』が艦載機運用能力を喪失したことも確認している。そして、日が昇った後には、ＯＰ－３偵察機が、ＬＯＲＯＰ《ロロップ》と呼ばれる長距離監視センサーで、左舷側に傾斜したまま噴煙を上げる『遼寧』の姿を捉えていた。

「至近距離から魚雷攻撃を行なったため、船体各部に小規模な損傷はあるものの、人員の死傷はありません」

「何よりです。詳細を聞きましょう」

「では、海幕長より報告させます」

大間は、質問が出ても答えられないかもしれないため、細部報告を楢山海幕長に投げると言っていた。

「『こくりゅう』は、89式魚雷一発をもって雷撃し、船底爆発と呼ばれる船の下の海中で魚雷を爆発させる方法で『遼寧』を攻撃しています。魚雷を直撃させるのではなく、海中で爆発させた理由は、そのほうが大きなダメージを与えることができるからです」

「直接命中させないのですか？」

「はい。船底下で爆発させたほうがエネルギーの逃げ場がないためと、バブルパルスと呼ばれる現象のため、二重三重に損傷を与えることができるためです。そのため、一発でも撃沈できる可能性もありました。ですが、さすがに巨大な艦艇だけあって、沈没は免《まぬが》れたようです。ただし、OP―3での撮影画像を解析したところ、船体は中央部が窪《くぼ》んだように歪んでおり、修理は恐らく不可能です。現在、大陸方面に曳航されている途中ですが、港まで保つかどうかも不明ですし、港まで到達できたとしても、装備品を回収することしかできないと思われます」

「空母の状況は分かりました。その他の艦艇と航空機の活動はどうなっていますか？」

話題がオペレーションに戻ったので、楢山は椅子に深くかけ直し、大間に回答権を渡した。

「『遼寧』を直接に護衛していた艦艇だけでなく、その他の展開中艦艇も、『遼寧』とともに、大陸方面に下がりつつあります。大陸から上がった航空機も、『遼寧』上空のエアカバーを維持しているだけで、『遼寧』護衛艦艇より前面には出てきておりません」

「今後、どう動いてくるかが問題ですね」

「軍事的には、フォークランド紛争での事例が参考になるかもしれません」

画面の向こうで、誰に教わったのか、須佐防衛大臣が口を開いた。

「フォークランド紛争では、イギリスの原子力潜水艦がアルゼンチンの巡洋艦を撃沈して以後、アルゼンチンの艦艇は、港に籠もってしまいました。中国もそうなるでしょう」

「幕僚監部でも、そう見ていますか？」

御厨は、防衛大臣の発言だったので、防衛省では、と聞かず、幕僚監部では、と言ったのだろう。大間は、その発言を受けて答えた。

「確かに、その可能性はあります。我がほうのゲームチェンジャーが『こくりゅう』のみであることを、中国側に嗅《か》ぎつけられていなければ、日本の潜水艦全体の能力を、過大評価してくれる可能性があります。もしそうであれば、中国海軍艦艇の活動は、きわめて低調になるでしょう。また『こくりゅう』だけだと認識されていたとしても、『こくりゅう』が健在であるかぎり、相当の抑止力《よくし》になります」

「どういうことですか？」

大間は、省略しすぎたことに気付かされた。

「湾岸戦争での記者会見の際、シュワルツコフ将軍は、地雷原を作るために地雷が何個必要かという問いに、答えはゼロだと言っています。つまり、記者会見だけで十分だということなのです。ただし、そのためには、実際に地雷を保有することが前提です。日本が『こくりゅう』を保有するかぎり、そして『こくりゅう』がどこにいるか探知されないかぎり、中国は、『こくりゅう』があらゆる場所にいることを警戒せざるをえないのです」

「なるほど、分かりました」

「ですが！」

大間は、自らの役割を、まっとうしようとしていた。

「可能性は、可能性でしかありません。不利な状況を打開するため、強硬な手段を採ってくる可能性もあります」

「そうですね」

御厨は肯いた。腹は決まっているようだった。

「可能性は、可能性でしかありません。しかし、可能性があるのであれば、『こくりゅう』

による抑止力を利用すべきです。いまだ、中国政府の意図は見えません。ですが、今のうちに、日本側から停戦提案をしましょう」

「そうですな」

須佐の画面が切り替わり、小清水外相が映った。

「外交ラインは、生きています。何せ大使館員どころか、中国在留邦人を避難させる間もありませんでしたからな。さっそく、停戦を持ちかけさせましょう」

「お願いします」

御厨は、画面の中で小清水に言うと、カメラに向き直って大間や楢山たちに向かって言った。

「停戦提案を行ないます。しかし、先ほどの話からすれば、地雷の存在は記者会見する必要があるのではないですか？」

楢山は、御厨の思考に感づいて、眉を顰めた。

「と、おっしゃいますと？」

大間は、気付いているのか気付いていないのか、まったく分からないという様子で問い返した。

「ゲームチェンジャーの保有を、喧伝《けんでん》すべきではないかということです」

「『こくりゅう』、いやナーワルシステムの存在を公表するということでしょうか。私は、公表には反対です。公表するならば、システムの概略を、ある程度は開示しないと現実味がありません」

「秘密兵器として取っておきたいという統幕長の気持ちは分かります。ですが『ナーワルシステムの存在』は、政治的解決を迫る上では、強力な武器になります」

楢山は、御厨の強い意志を感じ取り、割って入った。

「しかし、ご報告したとおり、ナーワルシステムは、まだ完成しているとはいえませんし、『こくりゅう』しか装備していません。そのことを中国側に察知されれば、対応策を採られてしまう可能性もあります」

「地雷は、ゼロ個でもよいと言ったではありませんか。一個あるなら十分です。その地雷の威力は、『遼寧』の撃破で見せつけました。中国は独裁体制ではあります。ですが、以前よりは民意を考慮せざるをえない状況になっています。いまだに死傷者数は発表されていないものの、損傷状況を考えれば、相当の死傷者がいるはずですし、もし沈没していれば、千人を超える死者が出てもおかしくはなかったはず。これはチャンスなのです。発表の内容については、防衛省で検討してください。ナーワルシステムの存在は公表します」

最高指揮官である首相に断言されてしまっては、大間も楢山も、これ以上抵抗はできなかった。

「分かりました。検討いたします」

大間がそう答えると、御厨は、記者会見で見せる温和な笑顔に戻った。

「『こくりゅう』は、どうしていますか？」

「小規模とはいえ、損傷部位があるため、ホワイトビーチ、沖縄の勝連基地に戻しています」

御厨は、首肯すると、会議を締めた。

「ひとまずはお疲れ様でした。統幕長が言われるとおり、強硬な手段を採ってくる可能性もあるでしょう。警戒は続けてください」

「了解しました」

制服自衛官を代表して大間が答えると、スクリーンは、東シナ海の地図に戻った。

「やられてしまったね」

「仕方ありません」

嘆息《たんそく》する大間に、楢山も同じように嘆息するしかなかった。

「楢山さん、例のアルファ改の動静には、注意してください。何かやるとしたら、あれなのではないか……。そんな気がします」

「同感です。現在は、そうりゅう型三隻と水上艦三隻での観測態勢になっています。増強を検討しておきます」

楢山は、東シナ海の地図に描かれた月弧の深淵、沖縄トラフを見つめた。そこには、我が物顔で遊弋する赤いシンボルが、存在を誇示するかのように明滅していた。

＊

「不明音響確認。方位063。周波数成分からすると距離があるようです。しかし、その割には信号強度があります。大型の物体の着水音のようです」

林は、ソナー員の報告を複雑な思いで聞いていた。

「同方位、何かが沈降してゆく音が聞こえます」

「本気だったか……」

「これで、もう迷うことはできなくなったのう」

林は、ルサノフの浮かべる笑顔が癇《かん》に障《さわ》った。それでも、言い訳が通用しなくなったことも事実だった。

「浮上して確認しますか？」

副長の張は、自らソナー操作卓の後ろに立って、ヘッドセットを耳に当てていた。

「いや、パイロットが報告するのはしばらく後になるだろう。二時間後に浮上しよう」

林が指揮するアルファ改、『長征十三号』は、『遼寧』が大破させられたあと、ほどなくして、自衛隊艦艇であれば、種類を問わず、攻撃、撃沈せよとの命令を受けていた。『遼寧』が大破させられたことで、彭宝輝総参謀長の立場が怪しくなったのだろう。『遼寧』大破という失策を挽回《ばんかい》するために、目に見える戦果が必要なことは明らかだった。

張を始めとした中国人乗組員の手前、林は、『遼寧』の大破に怒りを覚えているふうを装っていた。だが、腹の底では、ほくそ笑んでいた。この作戦を主導した彭の影響力低下は間違いないからだ。それでも、攻撃命令を送ってくるところを見ると、まだ失脚するには至っていないようだった。

林は、攻撃命令に対し、上空を飛ぶP—3の脅威がある限り、危険性も高いと報告し、P—3の排除を要請した。しかし、実際には、P—3は、邪魔な存在ではあったものの、さほど大きな脅威だとは感じていなかった。P—3の投下する12式魚雷、97式魚雷は、そうりゅう型が使用する89式魚雷よりも速度が遅く、たとえ投下されても、容易に回避できる。要請は、彭を失脚させるための時間稼ぎが目的だった。『遼寧』が戦闘力を失った今、沖縄トラフ上空のP—3排除は、空軍力の戦力バランスを考えれば、到底不可能なはずだったからだ。

しかし、自らの保身にやっきになっている彭は、開発が最終段階にあるJ—20ステルス戦闘機を投入してP—3を排除しようとした。J—20は、総合的な戦力発揮には、多くの問題が残っている。それでも、ステルス性能については、そこそこのレベルにはあると聞かされていた。P―3を護衛する戦闘機が感づく前に、遠方からミサイルを発射し、退避してしまえば、機動力の乏《とぼ》しいP―3を撃墜することは難しくなかったようだ。

ソナー員が聞いた音は、P―3が海面に墜落し、沈んでゆく音だったはずだ。林は、浮上するまでの二時間に、共産党中央が彭の指揮権を剝奪《はくだつ》することを望んでいた。

二時間の後、衛星通信で受け取った命令には変わりがなく、いかなる自衛隊艦艇でもかまうことなく、攻撃、撃沈せよとの内容だった。しかし、付された情報は、以前とは異なっていた。林は、目を見張った。

「どうしたね。オイシイ目標、なんと言ったかな……、そう『いずも』でも出てきたか?」

「残念ながらそうではない。ミーシャ、あなたにとっても、興味深い情報なはずだ」

「わしにとってもか……、ロシアがこの艦に興味でもしめしたかな?」

海軍を追放されたルサノフにとって、ロシアの評価が、何よりも価値あることだった。

「残念ながら違うな。日本の首相が、あなたの認識を否定したそうだ」

「わしの認識? はて、何のことかな?」

「この艦が、世界最強の潜水艦だということだよ」

「バカバカしい、潜水艦のなんたるかも知らん政治家に何が分かる。このアルファが、世界最強だ」

林は、微《かす》かに口角を上げて言った。

「日本の女性首相、御厨は、単艦で『遼寧』艦隊に侵入し、『遼寧』を撃破した上、探知されることなく、包囲網をすり抜けた日本の潜水艦が最強だと言っているぞ？」

林は、新聞記事のスキャン画面を海図台に放り投げた。御厨首相自らが行なった会見での写真が載っていた。

「馬鹿なことを言うな。たしかに日本の潜水艦は、よくできておる。しかし、日本の潜水艦では、あの浅い海で、護衛艦艇と対潜ヘリの護衛を単艦で抜けられるはずがない。おおかた、日本人の得意な精密な連携作戦でも取ったんだろう。海軍が自らの恥をさらす情報を出せないのをよいことに、嘘をついておるに決まっとる」

「そうは言えそうにないな。北海艦隊からの情報も来ている。『遼寧』、護衛艦艇及び護衛艦艇搭載のヘリも、日本の潜水艦を探知していないそうだ。探知できたのは、命中しなかった魚雷だけだったらしい」

「なんだと？」

「やってくれるな。本艦とは異なる道で、最強を目指したらしい。どちらが本当に最強だろうか。探知不能か、それとも……」

「アルファが最強に決まっておる！」

「そう願いたいな」

顔を真っ赤にして興奮しているルサノフを尻目に、林は、御厨首相の意図を読むことを試みた。P—3を撃墜したJ—20も、この日本の潜水艦も同じだった。存在するか否《いな》か確認できない脅威は、実際には存在していなくても、敵に対処を強要させる効果がある。ほぼ全域が浅海で、潜水艦の行動が困難であるはずの東シナ海において、厳重な護衛が施《ほどこ》された空母が大破させられ、しかも敵の姿を確認することさえできなかった。今後の中国海軍は、行動を大きく制限されることになる。

「まずいな……」

アルファ改こと、『長征十三号』も『あきづき』を撃沈するという戦果を上げていた。しかし、それは『石家荘』の眼前での出来事であり、実際には『石家荘』からの攻撃がなかったとしても、挟《はさ》み撃ちと言えたし、明確な攻撃意図が確認されない状況での不意打ちに近い攻撃だった。

アルファ改は、軍内部では、その能力を評価されている。しかし、共産党中央に理解されているとは言いがたかった。このまま、彭が失脚してしまえば、『長征十三号』もその能力を発揮する場を得ることなく、黄海のパトロール程度の任務しか与えられない可能性があった。

今、アルファ改が戦果を上げれば、彭の政治生命を延命させてしまうだろう。林にとって、それには複雑な思いがあった。しかし、アルファ改が戦果を上げなければ、中国海軍における攻撃型潜水艦の地位も、露命《ろめい》をつなぐが如《ごと》き地位のままだろう。

「やるしかないか」

そう呟くと、林は、新聞記事を握りつぶした。

「張小校」

林は、潜航指揮を執っていた副長の張を呼んだ。

「命令のとおり、自衛隊艦艇への攻撃を行なう。現在のところ沖縄トラフ内に水上艦艇が入っている情報はない。探知はないか？」

「はい。パッシブソナーでの探知はありません。後方曳航ソナーにも信号はありません。かなりの距離をとって、ついてきていると思われます」

張は、熊にも似た体軀《たいく》から、野太い声を出して答えた。

「そうだな。では、全員を高速戦闘配置につけろ。標準深度に着いた後、曳航ソナーを格納したら、後方にいるはずの潜水艦を始末する」

「了解しました」

張も、その体格には似合わない笑顔を浮かべていた。慌ただしく動き始めた乗員たちを見ながら、林は発令所の中央に設けられた艦長席に腰を下ろし、潜水艦の座席としては異例のシートベルトを締めた。後方の壁際《かべぎわ》でも、アドバイザーとして乗り込んでいるルサノフが、嬉々《きき》としてシートベルトを締めようとしていた。

「頼むぞ、林艦長。対潜水艦戦こそ、この艦の真骨頂《しんこっちょう》なのだから」

林の視線に気付いたルサノフは、さすがに緊張を隠せない様子ながらも、念願の戦闘に色めき立っていた。

「やると決めた以上、戦闘あるのみ」

視線を戻すと誰にも聞こえないように呟いた。

「誰が乗っているか……、アラセだと嬉しいがな」


「これより、本艦の後方を追尾中の敵潜水艦を攻撃、撃沈する。以後、操艦指示は高速戦闘方式」

「了解、操艦指示は高速戦闘方式」

操舵員席に着いた張が復唱すると、林は、自らの宣言で、発令所内に緊張感が張り詰めるのを待ち、次の命令を発した。

「一番、二番ＹＵ―6発射準備」

兵器管制コンソールに着いた若い士官に向かって命ずると、裏声の復唱が返ってきた。

「誰でも初めての実戦は緊張するものだ。それに、緊張は脳を活性化させる。だが、過度な緊張は、視野狭窄《きょうさく》を招くぞ」

林は、その士官に、ゆっくりと話しかけた。その士官が「分かりました」と答え、少し落ち着きを取り戻したところで、次の命令を下す。

「深度調整オート、標準戦闘深度」

「深度調整オート、標準戦闘深度一二〇メートル」

もともとのアルファ級潜水艦は、高速度を売りにしていた。改造されたアルファ改は、さらなる高速度が可能となっている。

三次元機動が可能な潜水艦で高速を出して機動すると、ちょっとした上下角調整の誤差で、海面に飛び出たり、海底に激突する恐れがある。そのため、アルファ改では、高速戦闘時には深度を自動調整として一定の深度を保ち、操舵手は、水平面内の機動だけで操艦していた。

水平面内だけであっても、アルファ改が、あまりに高速であるため、荒っぽい操舵を行なうと、舵や船体を損傷する可能性がある。そのため、通常の操艦と異なり、林が、旋回角あるいは方位、そして速度を指定し、舵角と機関出力は、副長である張が直接操作していた。

「左急旋回九〇度、二〇ノット」

「取舵一五、強速」

張の操舵状況報告を聞きながら、林は、シートに体が押しつけられるほどの加速を感じていた。背後からは、現代の潜水艦としてはありえないほど強いキャビテーションノイズが響く。

「左舷アクティブソナー、発振準備、広角」

船体側面に大面積のパッシブソナーを設け、遠距離の探知目標を探知する方法は、現代の潜水艦ではよく行なわれる設計だ。しかしアルファ改では、同じ場所にアクティブソナーを設置し、大出力の発振を可能としていた。

「発振一回」

張が、九〇度旋回を終え、直進になったことを報告すると、林は、すかさずアクティブソナーでの捜索を命じた。

「アクティブソナー反応あり。九時方向、距離一万メートル、S1に設定」

「左急旋回、S1方位、二〇ノット、旋回後ブーストオン、最大戦速」

ソナー員の報告を聞くと、林はすかさず命じた。そして内心でほくそ笑む。自衛隊潜水艦の静粛性、被探知性能は、きわめて優秀だ、普通のソナーであれば、一万メートルも離れていれば、探知されないと考えていたのだろう。だが、尋常でない数のソナーアレイを装備したアルファ改のアクティブソナー発振出力は巨大だった。艦は、すでに二〇ノット、時速四〇キロ近い速度のため、急旋回は、Gを感じるほどだった。旋回を終えると、張の声が響いた。

「ブーストオン、最大戦速」

途端に、発令所の中でさえ、耳を覆いたくなるほどの大音響が響くと、林はふたたび背中がシートに押さえつけられる加速を感じた。

「三〇ノット、四〇ノット、五〇ノット」

速度を告げる張の声が響き、アルファ改は、狂ったように加速していった。

「六〇ノット」

潜水艦ではあり得ない速度だった。改造前のアルファ級は、高速潜水艦として知られていた。しかし、それでも四〇ノットをかろうじて超える程度だ。現代のアメリカ原潜でも三五ノットがやっとというなか、六〇ノットはこれまでの潜水艦の常識を超えた速度といえた。アルファ改は、これも潜水艦の常識を超えた騒音を発しながら、まだ加速を続けている。

「これで、この潜水艦の正体は、相手にもばれてしまったな」

独りごちた台詞は、発令所の誰の耳にも届かなかった。林は、戦術状況を示すモニターを見つめながら、次の命令を下すタイミングを待った。そして、ブースト加速を始めてから一五〇秒で次の手を打った。

「ブーストオフ、左旋回九〇度、強速。右舷アクティブソナー、発振準備、広角」

途端に、何かに衝突したような衝撃を感じ、前方に放り出されようとする林の体は、シートベルトに支えられた。同時に右側に押さえつけられる感覚とともに、艦の旋回を感じる。

「旋回完了、直進」

「発振一回」

「反応あり、三時方向、距離五三〇〇メートル、S1と推定。他の反応なし」

「右旋回、S1方位、一〇ノット」

林は、命令を下しながらこの戦闘の帰趨《きすう》を確信していた。

「少しでも生き延びる可能性がある方法は、こちらが高速機動を開始した段階で魚雷攻撃することだったんだがな。正しい判断を即座に下せなければ、その先に待つのは死だけだぞ」

高速航行中のアルファ改は、周囲の状況把握がほぼ不可能だ。もし魚雷を撃たれていたら、まず魚雷を回避するため、魚雷を探知しなければならなかった。しかし、現実にはそうなっていなかった。林は、艦が旋回を始めると、次の命令を下した。

「艦首ソナー、アクティブ連続発振」

距離が五〇〇〇メートルもの近距離になれば、艦首のソナーでも目標を捉えられるはずだった。

「S1探知、距離四八〇〇」

「一番、高雷速、発射」

圧縮空気が魚雷を押し出す音が響くと同時に、ソナー員が甲高《かんだか》い声を上げた。

「新目標探知、S2とします。距離四五〇〇、高速接近中、S1から発射された魚雷だと思われます」

「判断が遅い」

林はそう呟いただけで、新たな命令は下さなかった。

「S1がデコイを放出」

「逃げに入ったかな。この距離なら、こちらが魚雷回避のためにワイヤーを切れば、向こうも逃げ切れると思ったか」

ルサノフは、目標艦の艦長の考えを読み、鼻で笑っていた。林も同じように読んではいたが、笑うことはしなかった。敵の艦長の行動は、妥当《だとう》なものだった。

しかし、林の行動は、目標艦艦長の読みとは違っていた。アクティブソナーを連続使用しているため、艦首ソナーは目標である潜水艦とデコイの二つの目標を捉えている。しかし、魚雷の先端に取り付けられたソナーは、まだそのどちらも捉えてはいない。林は、新たな命令を発することなく、ワイヤーと呼ばれる光ファイバーで魚雷の誘導を続けていた。魚雷の先端に取り付けられたソナーに、デコイと呼ばれる囮に惑《まど》わされずに、目標を捉えさせるためだ。

「S2、距離三〇〇〇。S1は右舷側に回頭」

魚雷が急速に迫っていた。目標である潜水艦は、左に回頭し、アルファ改の右舷側に逃げようとしていた。

「YU―6、ワイヤーによる目標指向正常、まだ探知しません」

ソナー員の報告に、若い兵器管制士官は的確に反応していた。緊張は隠せないものの、実戦の中で、パニックに陥《おちい》ってはいなかった。

ワイヤーを切れば、この時点で魚雷は外れてしまう可能性が高い。林は、この兵器管制士官が、魚雷搭載ソナーによる目標捕捉を報告してくることを待っていた。

「YU―6、目標探知」

林は、すかさず命令を下した。

「ワイヤーカット。右旋回九〇度、ブーストオン、最大戦速」

再び轟音が響き、潜水艦としてはありえない加速をしながら、艦は右に旋回を始めた。速度に応じて、舵を壊さない範囲で急旋回するため、張は青筋を立てながらメーターを睨んでいる。

「旋回完了、直進」

YU―6に搭載されたアクティブソナーが潜水艦を捕捉したため、ワイヤー経由で誘導をコントロールする必要性はなくなっていた。あとは魚雷による自律誘導でも躱される可能性はほぼなかった。

一方で、アルファ改も、こちらは回避を遅らせたため、自衛隊の潜水艦が放った魚雷に捕捉されていた。

アルファ改は、最大雷速五五ノットといわれる自衛隊の８９式魚雷よりも高速が可能だ。つまり、このまま直進し、速度性能だけで魚雷を振り切ることも可能だった。しかし、林は、極力自衛隊装備の性能を把握しておきたいと考えていた。それに、放った魚雷が、敵潜水艦に命中したことも確認しておきたかった。高速移動中は、魚雷と同じように、正面に対するアクティブソナーでの捜索しかできなかったから、魚雷の起爆を確認するためにも、高速移動を止める必要があった。

「ブーストオフ、原速、深度調整マニュアル、急速潜航三〇〇」

ふたたび、前方に投げ出される衝撃とともに、エレベーターで階下に降りる時に感じる体が浮き上がるような感覚が訪れ、艦は急速に潜航深度を深めていった。機関出力は落としてあったものの、巨大な艦には行き足がついている。あっというまに深度三〇〇メートルに達した。

「以後、操艦指示は通常。面舵一〇、半速。魚雷の状況確認を最優先」

まずは、自艦の安全確保が優先だった。

戦果は、ソナー員が魚雷の状況を確認して報告する前に、確認できた。放った魚雷が起爆した衝撃波が、ソナーを通さずとも聞き取れたからだ。

「本艦を追尾していた魚雷は、本艦航跡のキャビテーションに向け、直進中」

高速航行したアルファ改の航跡には、大量の気泡が残っている。高速航行のあと、速度を落として急速潜航することで、大量のバブルを放出して、魚雷を欺瞞したことと同じ効果が得られていた。

「簡単に躱せるようで何よりだ」

設計者であるルサノフにとって、艦の優秀性を証明できたことは、何よりの喜びなのだろう。元から多い皺をさらに増やして言った。

「いったんはな。キャビテーションの気泡を抜けたあと、どう動くか見ておきたい」

目標がたとえ原潜であっても、機動力は魚雷のほうがはるかに優れていることが普通だ。そのため、魚雷が目標を見失った場合は、事前にプログラミングされたパターンで、周囲を捜索するように作られている。

「舵戻せ」

林は、気泡を抜けた魚雷が、蛇行しても、旋回しながら深度を深めても再探知されないよう、深深度潜航した後、大きく旋回し、元来た方位にUターンした。パッシブで探知されないよう、速度も落としている。

「YU—6の魚雷起爆音が観測された方位から、何かが沈降する音が聞こえます……あ、圧壊しました」

「了解」

損傷を受けた潜水艦が沈没し、閉鎖されていた区画が、水圧で押しつぶされたのだ。それまで生きていた乗員も、その瞬間に即死しただろう。

林は、その報告を冷静に聞いていた。ルサノフは拳を膝に叩き付けて喜んでいる。やはり、同じ艦に乗り込んでいるとはいえ、常に生命を危険に晒す軍人と技術者では、メンタリティが違うのだろうと思えた。

「本艦を追尾していた魚雷が、本艦航跡の気泡エリアを抜けました」

ソナー員は、画面を緊張の面持ちで睨んでいる。

「旋回を始めたようです」

魚雷は、高速を出すため、音自体は潜水艦に比べれば非常に大きい。アルファ改は、魚雷から距離を取りながら、その動きの観察を続けた。戦闘配置は維持していたが、脅威を排除し、魚雷からも安全な距離をとっていたため、乗員はリラックスし始めていた。

「ここが沖縄トラフ上で、水深が深いこともあるでしょうが、基本的には螺旋《らせん》潜航のようです」

操舵を、本来の操舵手に任せた張が、ソナーでの観察結果を報告してきた。

「そうだな。自衛隊での戦闘がマニュアル化されているかどうか不明だ。それでも、今後の戦闘でも、基本的に螺旋潜航パターンだと思ったほうがいいだろう。これも含めて、報告書を作成してくれ」

そう言うと、林は艦長席から立ち上がった。

「戦闘配置を解け、警戒直《けいかいちょく》は継続する。深度も標準に戻せ」

林は、急に喉の渇きを覚えた。さすがに自分自身でも緊張していた。

「コーヒー、いや、たまにはロシアンティーがいいか」

*

美奏乃がSOCに戻ってくると、倉橋は、情報課の作業室にあるソファで仮眠を取っていた。制服を着たまま、毛布をかけ、アイマスクを着けて寝ていた。

「倉橋二佐」

美奏乃がおずおずと話しかけると、倉橋は、アイマスクを額にズリ上げた。明るさに慣れないのか、目を細めていた。胸ポケットからメガネを取り出し、目頭《めがしら》を押さえてからかけた。

「どうだった?」

P—3が撃墜された後、沖縄トラフに侵入中のアルファ改に対しては、音響測定艦の

『ひびき』と急遽《きゆうきよ》応援で駆けつけた同型艦の『はりま』、それに海洋観測艦である『すままでも投入し、遠距離からの監視を行なっていた。その監視チームが、尖閣近海で『あきづき』が撃沈された際に観測された音と似た音響を観測し、アルファ改が、戦闘行動を行なった可能性が報告されていた。音響測定艦の測定データは、衛星を経由して横須賀にある対潜資料隊の対潜情報分析センターで分析された。

美奏乃は、そのデータが送られてきたＡＳＷＯＣに戻り、分析結果を確認してきたのだ。

「アルファ改が、どんな改造を受けたのか、概略が判明しました。スーパーキャビテーションと呼ばれる技術を使用した高速化と高機動性を備えている上、大出力のアクティブソナーを装備しています」

「どういう技術で、どんな効果があるのかしら。一般の人が、ステルス戦闘機の意義を理解できないように、高速、高機動で大出力ソナーを備えると言われても、私を含め、大多数の航空自衛官には、皆目《かいもく》分からないわ」

美奏乃は、無言のまま肯いた。倉橋が理解できないことを、承知の上で言ったのだ。

「対等な関係であれば、情報は、交換が原則ですよね」

「そうね、一般的には。それがどうかしたの」

倉橋は、怪訝なというよりは、狐につままれたような顔をしていた。

「このアルファ改の情報を明かすなら、こちらも教えてほしいことがあるんです」

美奏乃は、自分の真剣さが伝わるように、背筋を伸ばし、倉橋の目を見据えて言った。

倉橋も、やっとアイマスクを取って、体を起こした。

「承服できなそうな気がするけど、話は聞きましょう。で、何？」

「五年前に起こった『まきしお』の海溝壁衝突事故の真相を教えてほしいんです」

倉橋は、いったんは起こした身を、今度はかがめ、右手で頭を掻《か》いていた。なんと答えようか、考えている様子だった。そして、冗談っぽく唸《うな》ると、視線を落としたまま、呟くように言った。

「あなたは、どう思うの？」

「公式発表が真実でないことは、知っています。今、沖縄トラフにいるアルファ改と何らかの関係があることも知っています」

「そうか……でも、知らされる立場にはないのよね？」

美奏乃は、しぶしぶ答えた。

「はい」

「でも、ある程度は知ってしまっている……か」

そう言うと、倉橋は体をソファの背に投げ出して、宙を仰いだ。そして、そのままの姿勢で言った。

「残念ながら、私にも、南混団にも、あなたに情報を与える権限はないわ。でも、ことここに至っては、どんな事情があるにせよ、あなたに情報を与えたほうがいいだろうってことも理解する。だから、あなたにはすべての情報を与えた上で、この件に関与してもらったほうがいいと上申はします。それでどうかしら？」

美奏乃は、この人なら、こっそり話してくれるのではと期待していた。しかし、やはり倉橋も自衛官だった。

「分かりました。お願いします」

「了解。これで取引成立ね。と言っても……、元々あなたと取引する必要なんてないはずだけどね」

美奏乃が理解できずにいると、倉橋は言葉を継いだ。

「情報の交換というのは、利害が必ずしも一致しない他国の情報機関同士の話よ。自衛隊内、空自と海自、空自と技本の間で、情報がバーターなんてことはおかしいでしょ？」

「そういうものですか……」

「当たり前でしょ。もっとも、これは建前で、現実には、確かにそういったこともあるけど……」

美奏乃は、もっと強力な交渉カードを持てば、嫌でも開示させることができるのではないかと考えた。しかし、今の時点で美奏乃が持つカードは、対潜情報分析センターが行なった分析に解説を付ける程度だ。もっと強力なカード、他の何物にも代替《だいたい》できない強力なカードが必要だった。

「で？　まずはどこから説明してくれるの？」

「えと……まずキャビテーションですが、潜水艦、水上艦に限らず、プロペラを高速回転させると、プロペラの裏面に気泡が発生します」

「失速と同じね」

「そうですね。水流が翼面から剝がれるため、負圧で水蒸気の気泡ができてしまうんです。それに、プロペラの外縁《がいえん》では、渦の発生が起こり、渦の負圧による気泡、キャビテーションも起きます」

「翼端渦流だ」

倉橋は、いちいち航空力学に置き換えて理解していた。空自の人間には、そうした例を出したほうが理解しやすいのだろう。

「この気泡は、特につぶれる時に音を出すため、パッシブソナーに捉えられる原因になりますし、プロペラなどを損傷させる原因にもなります。そのため、基本的に、キャビテーションは、潜水艦において避けるべき現象です。ですが、この水中の気泡を逆に利用したのがスーパーキャビテーションです」

「マスカーとは違うの？」

マスカーは、圧縮空気を水中に放出することで、機関部などから発生する音を伝わりにくくする手法だ。

「水中に気泡を出しますから、見た目は、少し似ているかもしれません。でも使い方、用途はまったく違います」

倉橋は、興味深そうに目を輝かせて聞いていた。

「水中で高速を出すことが難しい理由の一つは、水の粘性《ねんせい》が強く、それが抵抗になってしまうためです。スーパーキャビテーションは、放出された泡の中を移動することで、抵抗を軽減し、同じ推力でも水中で高速度を出せるようにする技術です。スーパーキャビテーションを使って実用化された兵器としては、ロシアのシクヴァルと呼ばれる魚雷が有名です。推進機関がロケット推進であることもあって、水中速力が二〇〇ノットにもなります」

「二〇〇ノット？　水中で？」

二〇〇ノットは、時速三七〇キロに相当する。飛行機と変わらない速度だった。

「はい。水中速力です。ですが、デメリットも大きいので、実用化されたスーパーキャビテーションを利用した兵器は少ないのです」

「じゃなきゃ、何でもスーパーキャビテーション利用になってるわね」

「はい。現在、水中でのセンシングは、音波を利用したソナーがほとんどですが、スーパーキャビテーションは、当然ながら、騒音がものすごいのです。そのため、探知される可能性がきわめて高くなってしまいます。また高速で航行すると、ソナーが機能しなくなります。アクティブソナーはある程度使えますが、速度が上がるに従って、探知範囲は、前方象限の狭い角度に限定されてしまいます。高速水中航行によってソナーが使えなくなる現象は、通常の原潜レベルでも発生します。スーパーキャビテーションによる高速航行では、もっとひどくなりますから、スーパーキャビテーションを魚雷ではなく潜水艦に用いようとする動きは、基本的にはありません」

「基本的には？」

「ええ、中国の大学で研究中という情報も、あるにはあります。ですが、実現にはほど遠い研究ですし、軍事的に価値があるのかという点にさえ疑問があります」

「なるほど。でもアルファ改は、そのスーパーキャビテーションを利用しているというわけ？」

「はい、ただ速度は、シクヴァルほどの超高速は出していないようです。観測が遠距離なので、具体的な速度については、確かなことは分かりません。ただ、騒音がひどいというデメリットは間違いありませんから、そのデメリットを甘受《かんじゅ》しても価値があるだけの速度は出せるのだろうと思います」

「どの程度？」

「六〇ノット以上は出せるだろうと思います。この速度なら、日米の現行魚雷を、速度だけで振り切れます」

「なるほど、六〇ノット出せれば、戦術上の意味がある。だから実現している以上は、そのくらいは出せるだろうってことね？」

「そうです」

「騒音以外に、問題点はありそう？」

「問題になっているかどうか分かりませんが、難しいのは持続性のはずです。気泡で船体を覆うためには、相当のガスが必要です。ですが、マスカーのように圧縮空気を放出していたら、圧縮空気タンクがいくらあっても足りません。シクヴァルの場合、ロケットモーターのガス排気を利用しています。しかし、潜水艦では、燃料を大量に積むことも難しいと思われます」

「じゃあ、補給のために帰港せざるを得なくなりそうってこと？」

「いえ……。これは荒瀬二佐が、情報本部在籍時に可能性としてまとめたレポートで報告したことだそうですが、原子炉という無限のエネルギー源を使って、水を電気分解して水素と酸素を作っているのではないかということです」

「なるほどね。ある程度の水素を貯蔵するタンクなり設備があれば、何度でも補給できるってことか」

「はい」

「でも、推進にも利用していたら、とても間に合わないように思えるけど?」

倉橋は、オープン系端末を利用して、ブラウザにシクヴァルの情報を表示していた。シクヴァルは、二〇〇ノットの高速を出すため、推進にもロケット噴射を使っている。魚雷ならそれでもよいだろう。だが、巨大な潜水艦をロケットで推進させていたら、電気分解で水素と酸素を作れたとしても、あっという間に使い尽くしてしまうだろう。

「あ、すみません。そのことを先に話しておくべきでした。六〇ノットを超える程度の速度なら、プロペラでも可能なんです。ただし、普通の潜水艦で使用されるハイスキュードプロペラではなく、スーパーキャビテーションプロペラのようです」

「また、スーパーキャビテーション?」

倉橋は、呆《あき》れ顔をしていた。美奏乃は、それを見て吹き出しそうになるのを堪《こら》えた。

「同じスーパーキャビテーションという言葉が使われているものの、理屈は異なります。通常のプロペラは、プロペラ翼の裏面に発生するキャビテーションを極力少なくするように翼を設計します。ですが、スーパーキャビテーションプロペラは、逆にキャビテーションを発生しやすい翼形状にすることで、プロペラの裏面をキャビテーションで覆ってしまうんです。これによって抵抗が減りますので、結果的に高回転、高速度では、推進効率が高くなるんです。高速では、ウォータージェット推進よりも高効率です」

美奏乃は、プロペラ翼形状を掌で真似《まね》た。

「ただし、おそらく問題もあります。普通のプロペラでキャビテーションが発生すると、泡がつぶれる際の衝撃が、プロペラを傷めます。エロージョンと呼ばれる現象です。スーパーキャビテーションプロペラは、このエロージョンを防ぐため、泡が翼端を離れてからつぶれるように形状を工夫しています。その特殊な形状のため、このスーパーキャビテーションプロペラでは、低速度で航行する際にも、キャビテーションが発生しやすくなります。静粛性を確保するためには、非常な低速度で航行するか、機関出力を速度に合わせる必要があると思います」

「なるほど。他には？」

「船体を覆う気泡によるエロージョンも、どうしても対策が必要ですから、スーパーキャビテーションプロペラと同じように、何らかの方法で回避していると思います。その他、困難があるかもしれないのは、操舵です。潜水艦として、ある程度の静粛性を確保するためには、どうしても低速航行が必要です。その際、低速でも舵が効果的に作動するためには、それなりの大きさが必要です。しかし、大きな舵はスーパーキャビテーションを使用した高速航行中には抵抗になります。実際、シクヴァルの舵は、小型で特殊な形状です。そして、その小型の舵に加えて、気泡の量を制御し、旋回したい方向の抵抗を増やすことで旋回します。このアルファ改の場合、一部の潜水艦の潜舵のように、格納式なのか、完全に格納しなくても、一部を格納することで、操舵面を小さくしたかもしれません」

「いろいろと問題があるってことね」

倉橋にとっては、簡単に理解できる話ではなかったのだろう。両手を上げて、お手上げ状態であることを主張していた。

「ソナーのほうは？」

「私の専門はソナーなのですが、ソナーのほうはよく分かっていません」

「どうして？」

「捉えられたアクティブソナーの音は、高周波のソナーでした。高周波ソナーは、解像力が高く、位置測定精度が高くなります。その反面、減衰が激しく、長距離では使えないのです」

「何となく分かる。レーダーも同じだから」

一番説明が難しそうな部分を、説明することなく理解してもらえた。美奏乃は、ホッとした心持ちで、説明を続けた。

「にもかかわらず、音響測定艦で捉えることができたので、非常に高出力であることは分かりました。ですが、使用時の両艦の位置等が分からないため、高出力だという以上の推測をすることも困難なんです」

「でも、どうやったら非常な高出力にできるかは、想像できるんじゃないの？」

「はい。大量のソナーアレイを使い、波面を合成したと思われます。大量に取り付けるためには、位置は艦体側面になるはずです」

「アレイ単体の出力は、技術的に限界があるものね。この点も、レーダーと同じみたいね」

　航空力学の次は、レーダー理論だった。

「分かった事実は、それが全部？」

「細かな理論ならもっと話せますが……」

「それはいらない」

　そう言いながら、倉橋は立ち上がった。

「今の話を、次の作戦会議で、団司令にもしてくれる？」

「分かりました」

　美奏乃は、身を硬くしながら答えた。

「OK。それじゃ、『まきしお』の件は、上申してみる。それとは別に、今話せることは伝えておくわ」

「何でしょう？」

　倉橋は、急に声のトーンを落とし、真剣な面持ちで話し始めた。美奏乃は、背筋が寒くなった。

「アルファ改の音響が観測された海域を割り当てられていた『ずいりゅう』から、報告がないそうよ」

「それはやはり……」

音響は、アルファ改が、なんらかの戦闘を行なったことを意味していた。だから、覚悟はしていた。

「撃沈されたみたいね」

美奏乃は、つい先日まで乗り込んでいた『こくりゅう』の乗員を思い出した。荒瀬には複雑な思いがあるものの、兄である真樹夫と同じように潜水艦に乗り込むようになった嗣夫や、古田をはじめとしたソナー員の身は、純粋に心配だった。美奏乃は、握りしめた左の拳を、右の掌で包み込んだ。

*

中央指揮所のモニターに映る御厨首相は、さすがにやつれていた。中国は、沖縄トラフ内で自衛隊の潜水艦を撃沈したと発表した。日本政府としても、発表を受けて、『ずいりゅう』との連絡が途絶えており、撃沈された可能性が高いと発表せざるを得なかった。御厨は、その発表を官房長官に任せず、自ら行なうことで、最高司令官として世論の矢面《やおもて》に立った。そうした態度を見せても、批判は免れなかった。

記者会見では、厳しい質問が飛んでいた。御厨は、進行中の作戦であるとして、細部は語っていない。楢山海幕長には、それがかえってマスコミの反発を招いたように思えてならなかったが、そうしたことに口を挟む立場にはなかった。

中国側は『遼寧』が大破させられ、物的損害は多大だ。しかし、沈んではいないため、中国側発表で負傷者は一五〇〇名を超えるものの、死者は約一〇〇名と伝えられている。それに対して、日本側は、『あきづき』、『ずいりゅう』が撃沈、P―3一機が撃墜されていた。総死者数は、二六二名に上ると見られる。右派は、御厨を弱腰として非難し、左派は、そもそも防衛出動を行なったことが問題だとして非難していた。

「『遼寧』の大破で、中国共産党の穏健派が、彭宝輝総参謀長を失脚させようと動いたようです。ですが、『ずいりゅう』を撃沈したことで、中国世論の軍支持が再び高まってしまったため、彭総参謀長の失脚は、現時点では望み薄とのことです」

小清水外務大臣は、薄くなった頭をなでつけながら、報告した。脂《あぶら》ぎった汗が、額に浮かびあがっていた。報告を聞いた御厨は、大間や楢山など、制服組トップに、まだ気力の尽きていない視線を向けた。

「やはり沖縄トラフに侵入したアルファ改を排除しない限り、彭総参謀長を失脚に追い込むことは難しそうです。これ以上被害を出さずに、アルファ改を排除する方策を案出してください」

大間は、軽く咳払いをすると、静かな声で作戦案を告げた。

「我々も、同じ方向で検討しておりました。その結果、再度『遼寧』攻撃に投入した『こくりゅう』を使います。ただし、いきなり排除を命じることは、リスクが高いと考えています」

「では、どうするつもりですか?」

「ひとまず、威力偵察、つまり攻撃することで、敵の能力を推し量りたいと思います。もし、その過程で排除できてしまったなら、なおよしです」

「『ずいりゅう』がやられています。大丈夫ですか?」

世論は荒れている。楢山にも、これ以上の損害が発生しては、政権が保たないように思えた。懸念はもっともなことだった。

視線を送ってきた大間に、無言で肯き返し、楢山は意識的に声を大きくして答えた。カメラ越しでも、自信があるように伝えたいがためだった。

「アルファ改の戦闘力がどれほど高くても、目標の存在、位置を確認できなければ、攻撃はできません。『こくりゅう』の攻撃がアルファ改に通用するかは、今までに得られたデータでは、正直に申し上げて未知数であると言わざるを得ません。しかし、『ずいりゅう』が撃沈された時のデータから、アルファ改が目標の確認手段に高出力のアクティブソナーを利用していることが判明しています。『こくりゅう』ならば、アクティブソナーの探知から身を隠すことが可能です。『こくりゅう』には、自艦の生残《せいざん》を最優先して威力偵察を命じます。たとえアルファ改の撃沈に至らなくとも、損害を与えることができるかもしれませんし、損害を与えることが無理でも、さらなるデータを得ることで、対策を検討することが可能になります」

「理屈としては分かる。だが、攻撃されないことを優先するなら、哨戒機か対潜ヘリを使ったらどうだ」

音声に反応して自動的に切り替えられたカメラが、須佐防衛大臣を映していた。

「『ずいりゅう』との戦闘後、アルファ改は、以前より深い深度に潜航し、位置の秘匿を図っています。時折捉えられる音響から、概略位置をつかんではいます。しかしながら、航空機から攻撃を行なうためには、詳細な位置情報が必要です。そのためには、ソノブイを投下しての捜索に、ある程度時間を要すると思われます」

楢山は、そこまで話すと、吉森空幕長に目配《めくば》せした。吉森は、無言で肯くと、後を引き取った。

「こちらとしては、護衛を付けます。ですが、対潜捜索中に、再びステルス機であるJ―20が出てくると、損害が発生する可能性を排除できません。J―20のステルス性がさほど高くはないことは確認できたものの、従来機よりも発見が遅くなることは避けられません。護衛を前面に出せば、哨戒機の被害は防げるでしょう。しかし、そうなると護衛のF—15が被害を受けると思われます」

「そうか。検討してあるならいい」

須佐は、大仰《おおぎょう》な言いぶりをしたものの、素直に引き下がった。

「分かりました。では、『こくりゅう』に命令を発してください。くれぐれも、これ以上被害を拡大することがないようにしてください。引き続き、外交交渉も続けます」

御厨が命令を下すと、最後に小清水が口を挟んだ。

「ロシアに対しても、接触をしています。何か分かれば防衛省に情報を入れましょう」

「よろしくお願いします」

楢山は、大間と共に深々と頭を下げた。

*

美奏乃は、地上にある食堂に来ていた。あくまでオブザーバーなので、ＳＯＣに詰め続ける必要はない。倉橋たちは、地下に籠もったまま、作業室で食事をとっていた。

壁に据え付けられたテレビは、御厨の記者会見と中国の袁報道官の会見を映していた。

互いにジョーカーが手の内にあると言い合う姿は、完全に宣伝戦だった。

テレビが気になって、食事に集中できなかった。衝突のただ中にいるせいなのか、逆に報道が空虚《くうきよ》に見えた。

画面がスタジオに替わると、コメンテーターは、紛争の発端は安保法制にあるなどという論陣を張っていた。日本が、一方的に攻撃を受け、個別的自衛権での対処を行なっただけなのに、なぜ安保法制が関係するのか、美奏乃には理解不能だった。それでも、街頭インタビューでは、そうしたコメンテーターの言説《げんせつ》に流された人も、少なからずいた。

不意に、ポケットに入れていた携帯が震えた。家からだった。

「やっと繋がった！」

母、勝乃の安堵とも抗議ともつかない声が響いた。

「ごめん。ずっと地下だったし、携帯も使えないところなのよ」

「そうなの？　また潜水艦に乗ったんじゃないかって心配してたのよ」

「大丈夫よ。まだ那覇なの。今ニュースで流れている衝突対応の手伝いをしてる」

「危なくはないの？」

「大丈夫だってば」

娘の身が心配なのは親として当然なのだろう。その上、研究だけ行なうはずの技官が、潜水艦に乗ることだけでも心配していたのに、戦闘状態に入った自衛隊の作戦区域にいるとなれば、不安ももっともなことだった。

東京は、当事者となってしまった美奏乃には、別世界のようだった。御厨政権の支持派と反対派が、ともに大規模なデモを行ない、デモ隊どうしの衝突も起きていた。

横浜中華街では、放火による火災も起きたらしい。呉市に弾道ミサイルが着弾したというデマが流れ、右翼支持者が、その報復として火を放《はな》ったと報じられている。

「あんたは、危険なことをする必要はないんだからね。自衛官じゃないんだから、いざとなったら逃げるのよ」

勝乃の言葉は、そのとおりだった。技官である美奏乃は、自衛隊員ではあっても自衛官ではない。危険が及ぶ任務を命じられる立場ではない。

しかし、当然のはずの勝乃の言葉に、美奏乃は、かすかな違和感を覚えた。電話を切ると、テレビに視線を送りながら呟いた。

「そのとおりよ。でも……」

＊

荒瀬は士官室にいた。狭苦しい艦長室よりも、少しでも開放的な士官室のほうが、思考を広げられる気がした。つい二〇分ほど前までは、嗣夫も書類仕事をしていた。今は荒瀬一人が、長椅子に腰掛け、送られてきた情報資料に目を通していた。そこに、持田が報告のために入ってきた。

「あと三〇分で、沖縄トラフに入ります」

「新たな情報はないか？」

荒瀬は、艦がピッチを上下したことを感じ取っていた。潜望鏡深度に付け、衛星からのデータを受信したはずだった。

「気象データだけでした。今夜から明後日にかけて、風は強くないものの、悪化するようです」

「そうか、かえって都合がいい。ちょこまかと動かないだろうし、少しでも油断してくれたほうがやりやすい」

太陽によって海面付近の海水温が上昇すると、逆転層と呼ばれる音を反射する層ができることがある。そうなると、『こくりゅう』、アルファ改共に、ソナーによる状況確認が複雑化する。天候が悪いほうが海水温の変動が少なく、状況は確認しやすかった。ただし、風が強まると、波が音響雑音となって、状況確認は困難になる。

荒瀬は、手にしていた書類に視線を戻した。見ていたのは、衛星経由で送られてきた情報資料だ。『ずいりゅう』が撃沈された際のアルファ改の音響データを分析したものだった。

『こくりゅう』に与えられた任務は、アルファ改を襲撃し、威力偵察を実施せよというものだ。自衛目的も含め、威力偵察の結果、アルファ改を撃沈することも許可されている。留意事項として、自艦の生残を最優先せよと付されていた。

「梶艦長は、どうしていたと思う?」

荒瀬は、任務を遂行《すいこう》するため、『ずいりゅう』が撃沈された状況を気にしていた。監視だけを命じられていた『ずいりゅう』艦長の梶二佐が取っていた行動について、自分の推測だけでなく、持田の意見も聞きたかった。

「交戦があったのは、『ずいりゅう』担当水域の中央を若干すぎたあたりです。また、手前の水域で監視していた『うんりゅう』の報告によれば、アルファ改は二から三ノットで浅深度を航行していました。交戦位置を考えても、アルファ改は微速での航行を続けていたと思われます。『ずいりゅう』も、『うんりゅう』と同じように、後方バッフルの中にいたはずです」

「距離は?」

「それを推測できるデータはありません。私なら五マイル以上は離します。性能が分からない上、『あきづき』を沈めた可能性もあるとなれば、細心の注意が必要だと考えます」

「それでも沈められた」

「潜水艦が、所在の分からない敵艦を探すためにアクティブソナーを打ってくるなんて、常識外れですから……」

持田は、『ずいりゅう』艦長だった梶二佐とは、潜水艦隊司令部で共に勤務した経験を持っていた。

「普通に考えれば、アクティブを打ってきたとしても、それまでのデータを持つ『ずいりゅう』のほうが圧倒的に有利です。自衛戦闘を禁じられていれば話は違いますが、そうではありませんでした。梶艦長は、艦に危険が及ぶ可能性がある状況で、躊躇《ちゅうちょ》する方ではありません」

「だとすれば、やはりこの情報分析は間違ってはいないか」

「どういう意味ですか？」

一足飛びに結論に至った荒瀬の言葉を、持田は理解できない様子だった。

「梶二佐が、常識的に考えられる妥当《だとう》な行動を取っていたにもかかわらず、敗北したという事実がある以上、敵であるアルファ改が、常識的でない性能を持っていたということだ。六〇ノット以上の速度が出せる潜水艦など、確かに非常識だ。音響的には不利であっても、こちらの攻撃が通用しないのでは、勝負にならなかったんだろう」

二人の間に、奇妙な沈黙が流れた。

「戦闘は、どんなものだったのでしょうか」

持田も素人《しろうと》ではない。それでも、教えを乞《こ》うように聞いてくるのは、データが信じられないからなのだろう。

「音響測定艦が遠距離から収集したデータだから、位置関係は分からん。それでも、梶艦長の思考を踏まえれば、経過は推測できる」

荒瀬は、持田に話すというよりも、自分自身に語りかけるように話した。

「アルファ改は、それまでの動きを急に変え、高出力のアクティブソナーで『ずいりゅう』を探知し、高速航行を使って距離を詰めた。その後、再度アクティブソナーで『ずいりゅう』の位置を確認し、魚雷を発射した。『ずいりゅう』も、ほぼ同じタイミングで魚雷攻撃を行なったようだ。魚雷の航走時間からして、この時の距離は数マイルと推定される。『ずいりゅう』の任務は監視だったから、梶艦長が積極的に交戦しようとしたとは考え難い。おそらく、アルファ改にワイヤーカットを強要し、離脱するつもりだったんだろう」

魚雷搭載の自動追尾用《ホーミング》アクティブソナーは、潜水艦に装備されたソナーと比べれば、サイズが著《いちじる》しく小さく、出力も低い。その上、目標に命中させるため高い分解能を要求されることから、高周波のアクティブソナーを搭載している。結果として、魚雷搭載ソナーの探知距離は短い。さらに、高速で航走するため、航走方向前方の狭い範囲しか探知できない。

その欠点を補うため、魚雷のソナーが正しい目標を探知するまでは、有線で潜水艦から魚雷に信号を送り、中間誘導を行なうことが、現代の魚雷では主流だ。

しかし、ワイヤーによって誘導を続けるためには、潜水艦を目標の方向に向けたまま低速度で航行を続ける必要があった。旋回したり、高速航行すれば、ワイヤーが切れてしまうからだ。

荒瀬は、『ずいりゅう』が行なった魚雷攻撃の意図が、アルファ改の撃沈ではなく、魚雷を回避するための機動を行なわせ、ワイヤーが切れてしまうことを利用して、デコイなどの手段で自艦に向かう魚雷を回避することにあったと読んでいた。

「だが、アルファ改は、回避に移らなかった。魚雷のソナーが『ずいりゅう』を探知するまでワイヤーでの誘導を続けたのだろう。結果、『ずいりゅう』は逃げることができなかった」

アルファ改が発射したＹＵ―６魚雷は、８９式魚雷と同じように、ワイヤーがカットされた後は、搭載するソナーだけで誘導される。アクティブソナーでの誘導が可能なため、パッシブソナーを欺瞞するためのデコイでは、偽のプロペラ音を発するだけなので、もちろん魚雷を騙すことはできない。アクティブソナーに対する欺瞞戦術としては、バブルと呼ばれる意図的な空気の放出による気泡や、同じく気泡を放出するアクティブデコイ、高速航行からの急旋回で水流の乱れを作るナックルと呼ばれる手法もあるものの、アメリカのＭｋ４８魚雷をコピーしたＹＵ―６は、逃げる潜水艦から返ってくる反射波との周波数のズレを感知するため、簡単に騙されはしない。速度も、自衛隊の通常動力型潜水艦では、せいぜい二〇ノットしか出せない。六五ノットで進む魚雷から逃げられるはずもなかった。

荒瀬は、吐き捨てるようにして続けた。

「しかし、アルファ改も、回避に移らなかったため、魚雷のソナーで探知された可能性が高い。その状況からでも、高速とスーパーキャビテーションでできた気泡を使って魚雷を回避しやがった。『いつでも回避できる』という自信があるから採れる戦術だ！」

「では、どうしますか？」

持田は、不安そうな面持ちで尋ねた。

「任務は威力偵察。最優先は艦の生残。アルファ改の動き次第ではあるが、最大限の奇襲効果を狙うのが常道だ。自衛戦闘も許可されている。相手が気付く前に撃沈するつもりで臨《のぞ》む。幹部を集めてくれ」

「分かりました」

持田が出てゆくと、荒瀬は腕を組んで目を閉じた。悩んでいた。これでよいのか、自信は持てなかった。持田には、任務達成の公算があると話した。しかし、実際には、不安で仕方がなかった。今までに集まってきたデータは、アルファ級の改造内容が、この五年間に荒瀬が推測してきたものと合致していた。分析が間違っていなければ、ナーワルシステムを装備した『こくりゅう』を用い、奇襲をかけたとしても、アルファ改との戦闘は危険きわまりないものになるはずだった。

〝橋立、俺たちに力を貸してくれ〟


「誘っているようだな」

荒瀬は、算出された目標運動解析《TMA》の結果を見て呟いた。潜水艦は、目標艦のプロペラが立てるノイズを、過去に収集したデータと照らし合わせ、目標の速度を算出する。そして、パッシブソナーで捉えた目標の方位の変化と組み合わせ、目標が、現在どの位置に存在し、どの方向に進んでいるかを割り出す。

それだけのデータがあれば、魚雷や対艦ミサイルによって攻撃が可能となる。しかし、常に自らも知らぬうちに目標となる可能性がある。敵と遭遇する可能性のある海域では、自らの艦位と針路を悟られないよう、頻繁《ひんぱん》に方向変換を行なうことが常だ。特に、このアルファ改など、静粛性に劣る潜水艦にとっては、先に探知される可能性が高いため、より頻繁な方向変換が必要なはずだった。

しかし、『こくりゅう』の前方を航行するアルファ改は、ほとんど方向変換を行なっていなかった。

その姿は、『撃ってみろ』と囁く、無言の挑発だった。

「こうあからさまだと、乗るしかないと分かってはいても、やはり悩みますね」

　持田も、漠然とした不安を感じ取っていた。

「乗る乗らないを迷うわけにはいかない。迷うのは、どう乗るかだ」

　そうは言ったものの、一番迷っていたのは荒瀬自身だった。ここに来て、微速で直進するという一見無防備に見える航行が、アルファ改にとって、実際にはもっとも警戒が行ないやすい航行態様だと気が付いたからだった。

「考え抜いたところで、見えてはこないな」

「出たとこ勝負ですか？」

「バカを言うな。ちゃんと考えた上で行動するさ」

　荒瀬は、舌打ちすると、真顔で答えた。

「すべてを解析できない以上、不確定要素は思い切らなけりゃならないだけだ」

　持田も、背筋を伸ばして肯いた。

「こいつは、一発の魚雷攻撃だけなら、間違いなく躱すはずだ。その自信があるからこそ、微速で直進している。それに微速での航行は、魚雷を感知しやすくするためでもあるんだろう」

「最初から複数本撃ちますか？」

「それも手ではある。しかし、速度以外は、アルファ改の情報がない。どう動くか推定した上でなければ、有効な牽制も、有効な本命も撃てはしない。それに、そもそも命令は威力偵察だ」

潜水艦同士の戦闘で使えるセンサーは、音波を利用したソナーだけ、攻撃手段も魚雷だけだ。その魚雷は、小型ではあるものの、水上艦や潜水艦に追いつくため、騒々しいといえるほどの音を発生させる。しかも、撃ち出した後は、目標よりも自艦に近いため、ソナーでの観測にとって、非常に邪魔な存在になる。そんな騒音源を複数本も撃ったのでは、アルファ改を見失う可能性さえあった。当然、任務である偵察は、困難になってしまう。

「では、魚雷は一発のみですね」

「ああ、その後は、観測と離脱に専念する。ただし、状況によっては自衛のための攻撃は行なう。行くぞ」

荒瀬は、発令所の中央に踏み出すと、静かに宣言した。

「これより、襲撃予定位置まで接近する。襲撃予定位置は、当初の予定を変更。的後方軸《てきこうほうじく》線《せん》より左三〇度、距離一〇マイルの位置とする。アルファ改が、魚雷の接近をどのあたりで気付くのか、気付いたとしても、すぐに回避を始めるのかは分からん。動きを見せなければ、直前まで有線誘導を維持する」

〝的《てき》〟と呼ぶ目標潜水艦が魚雷を回避する手段を講じ、魚雷に搭載されたソナーが回避手段であるダミーなどを追ってしまっても、有線誘導を継続していれば、魚雷が本来の目標に向かうよう、有線で指令を送ることが可能だ。『こくりゅう』が装備する８９式魚雷を騙すことは簡単ではない。それでも、もし有線誘導が不可能な遠距離から攻撃し、魚雷の搭載ソナーがダミーに騙されてしまえば、アルファ改の能力を確認することができなくなってしまう。そうなってしまっては、任務は達成できなかった。ましてや、撃沈など、できるはずもない。

その一方で、荒瀬には、不安もあった。89式魚雷は、高雷速でも二〇マイル、低雷速では三〇マイルもの長射程を誇る。だが、ワイヤーと呼ぶ光ファイバーケーブルは、一〇マイルしかない。『こくりゅう』の静粛性をもってすれば、パッシブソナーで探知される危険性がある距離ではない。しかし、アルファ改は、高出力のアクティブソナーを備えている。『こくりゅう』が魚雷攻撃を行ない、アルファ改が反撃のためにアクティブソナーを用いれば、捕捉される危険性があった。

アルファ改が、アクティブソナーで捜索をしてくれれば、気泡を発するアクティブデコイを使って偽目標を追わせるか、ナーワルシステムを使って探知を失わせる、あるいはその両者を併用することになる。もちろん、デコイやナーワルシステムなどの手段を使いながら、艦をどう運動させるかも重要だ。

そして、その戦術は、荒瀬が決定して指示すれば、いきなり実行に移せるわけではない。そのため、先ほど実施した幹部を集めたミーティングで、意志の統一を図ってあった。

　飲み物を持ち込みながら、フランクな雰囲気で始めたミーティングは、白熱したものになった。

「やはりアクティブデコイは、使用するべきだと思います。状況を複雑化させることができるし、艦のエコーとデコイのエコーを判別する労力は、貴重な時間稼《かせ》ぎになるはずです」

　ソナーに関して、かなりの経験を積んでいる持田は、アルファ改のソナー員に負担を強《し》いるため、アクティブデコイを使いたがっていた。

「普通ならそのとおりかもしれません。ですが、ナーワルがあるなら、話は別のはずです。アクティブ用のデコイを使えば、艦がその近くにいることが、敵にも分かります。ナーワルのみを使用していれば、アルファ改のソナー員にとっては、『こくりゅう』がどこにいるか見当も付かないはずです」

　録音したプロペラ音を発し、パッシブソナーを欺瞞する自走式のデコイは存在する。パッシブソナーに対してであれば、艦の位置を欺瞞することもできた。しかし、アクティブソナーを欺瞞するためには、デコイにせよ、圧縮空気を放出するマスカーにせよ、そこに艦がいたことが、相手にも分かってしまう。

　嗣夫は、真樹夫が考案したナーワルシステムの利点を、最大限発揮させる戦術を推《お》していた。

「魚雷が探知された段階で、概略方位くらいは、アルファ改にも分かる。実用試験ではうまくいった。しかし、実戦でもそのとおりになるとは限らない。ナーワルだけを使用し、デコイに頼らずに探知されたら、足の遅いこの艦では逃げようがない」

「実用試験は完璧だったじゃないですか。それに『遼寧』襲撃でも、本艦はおそらく一度も探知されてません。その実績を信じない方が間違っています」

持田と嗣夫は、真っ向から対立していた。荒瀬は、二人の言い合いには口を挟まず、目をつむったまま、腕組みをしていた。

荒瀬は、ミーティングを始める前から、自分の腹を決めていた。それでも、できれば自分以外の乗員にも、荒瀬が命じることなく、同じ結論、あるいは、近い思考過程に達してほしかった。命令として上から指示された行動方針よりも、各自が自分の判断で導《みちび》き出した結論に従って動くほうが、瞬時に、より適切な行動を取れると考えていたからだ。

荒瀬の思惑をよそに、二人の衝突は、収束する気配がなかった。

「分かった。では、両案とも採用する」

荒瀬は、腕を組んだまま、静かに宣言した。

「両案とも？」

「無理があります」

対立していた二人は、そろって荒瀬に異議を唱《とな》えた。

「両案とも採用する。ただし、一部だ。採用するのは、デコイを使うか使わないかという、結論部分じゃない。過程の部分だ」

持田も嗣夫も、不満を貼り付けた怪訝な表情を見せていた。

「アクティブデコイを使用すれば、艦の概略位置がばれる。魚雷を撃つことでも、同じだ。だから、デコイは使用する。しかし、デコイの使用は、通常のように、捕捉されてからではなく、魚雷攻撃を行なう前に実施する。それも、ありったけだ」

「そのタイミングでは、気泡が海面に到達してしまいます」

遠距離から魚雷を放つ予定でいるため、魚雷が探知されるのは、放ってからある程度経過したあとだ。アクティブデコイが放出する気泡は、徐々に上昇するため、気泡が海面まで到達してしまっては、デコイを使った意味がなくなってしまう。

「そうだな。だから深深度で放出する」

「気泡が拡散します」

アクティブデコイは、放出した気泡が、アクティブソナーの音波を反射することで機能する。あまり気泡が拡散してしまっては、反射音が十分な信号強度を持たなくなってしまう。

「だからありったけ放出するんだ。拡散して効果が減少する分を、量で補う」

「では、深度を深く取ってデコイを放出し、雷撃可能深度まで浮上し、魚雷攻撃を行なうということですか？」

持田は、頭の中で、艦の動きをイメージしているようだった。それでも、まだ怪訝な表情を見せていた。この戦術の意味するところまでは掴み切れていないようだ。

「そうだ。雷撃までにも、距離を詰めることになるし、その後も有線誘導を続ける間は、アルファ改との距離は縮め続けることになる。それも、探知されない範囲、ワイヤーが切れない範囲で、極力高速で距離を詰める。これによってアクティブデコイとの離間を大きくし、距離でアルファ改の、いや、アルファ改の艦長の判断を誤らせる」

「アクティブソナーの探知は、ナーワルで躱すということですね」

嗣夫は嬉しそうだった。荒瀬が、ナーワルの能力を信頼した戦術を決めたからだ。

「そうだ」

荒瀬が肯きながら答えると、持田は、表情を硬くして聞いてきた。

「では、再攻撃はしないつもりですか？」

「可能であれば行なうことも考える。だが、まず無理だろうな」

『こくりゅう』装備のナーワルシステム用ユニットは、スターンコンポーネント、つまり後方用だけだ。アルファ改の用いるアクティブソナーでの探知を、ナーワルシステムで回避するためには、アルファ改に、艦の後方を向け続けなければならなかった。

魚雷は、艦の前方にしか発射できないものの、事前にプログラミングすることで、後方に向かわせることが可能だ。しかし、有線誘導のワイヤーは切れてしまうし、目標に後方を向けたままでは、まともな目標運動解析ができないことが予想される。そんな状態で放った魚雷は、まず当たるものではなかった。せいぜい、牽制にしかならない。荒瀬も、ナーワルでの探知回避が失敗した場合のラストディッチ、最後の悪あがきでしかないだろうと思っていた。

「この方針でゆく、各自、準備にかかれ」

荒瀬は、ドクターペッパーの缶を握りつぶすと、号令をかけた。

「解散！」

現代の戦闘は、静かに行なわれるものが多い。中でも、最たるものが潜水艦による攻撃だ。それは、相手がこちら側の存在を知覚していない状態で攻撃することが一般的だからだ。そのため、潜水艦による攻撃は、「攻撃」とは呼ばず、「襲撃」と呼ぶ。一方的に襲いかかることが一般的であるためだ。

しかし、爆撃機が誘導爆弾を使ってゲリラの拠点を空爆する場合と異なり、潜水艦での攻撃には緊張感が満ちる。魚雷を発射するという行為により、静粛性によって姿を隠すという最大の利点が、一時的に失われるからだ。存在を悟られた潜水艦が脆弱《ぜいじやく》であることは、今も昔も変わらない。『こくりゅう』の艦内は、静寂と緊張に満ちていた。

「一番発射管注水」

「一番発射管注水」

荒瀬が抑揚《よくよう》を抑えて命令を発すると、同じように平板な御子柴の復唱が続く。

「一番発射管注水完了」

「一番発射管扉開放」

「一番発射管扉開放」

発射管扉が開く軽い金属音が響くと、無言の緊張感は最高潮に達した。握りしめた右手も汗ばんでいる。

「一番発射管扉開放完了」

「発射！」

鋭く短く命じると、御子柴の復唱に続いて、魚雷が水中に押し出される微かな音が響いた。

「一番魚雷、正常に航走」

「よし。アルファ改がスーパーキャビテーション航行すれば、激しいノイズが発生するはずだ。誘導は常時パッシブ」

魚雷のソナーは、小型化せざるを得ないこともあって、静粛性の高い現代の潜水艦に対しては、パッシブモードで命中させることは困難だ。そのため、最終段階の誘導は、アクティブモードが普通だった。

ソ連時代、アルファ級が現役として運用されていたころも、アルファ級は、激しい音とキャビテーションを発生させる高速航行と、騒音やキャビテーションを抑えられる低速航行を、効果的に組み合わせた戦術機動を駆使して戦おうとしていた。荒瀬は、スーパーキャビテーションを利用した高速航行を可能としたアルファ改の戦術も、基本的に当時と同じ、あるいはオリジナルのアルファ級以上に、その組み合わせを活用した戦術を使うだろうと予想していた。

そうだとすれば、魚雷のソナーは、アクティブモードを使用すると、アルファ改が発生させる大量のキャビテーションに欺瞞されてしまう可能性が高かった。８９式をはじめ、現代の魚雷は、気泡を発生させるアクティブデコイを使われても、反射音からドップラー変位を利用して真の目標を見分ける機能を持っている。しかし、スーパーキャビテーションによる大量の気泡からの反射波は、真の目標であるアルファ改からの反射音を埋没させてしまう可能性が考えられた。

一〇マイル先のアルファ改が動きを見せなければ、五五ノットの雷速を持つ８９式魚雷は、約一一分で到達する。アルファ改は、途中で必ず動くはずだった。問題は、どこで動き出すかだ。

現代の潜水艦は、艦内が常に空調され、気温も湿度も快適に保たれている。荒瀬が背中に感じる汗は、冷や汗のはずだった。

アルファ改の状況をソナーで監視する古田と、魚雷の状況をモニターする御子柴に、三〇秒ごとに、現況報告を命じてあった。二人の声だけが、発令所内に重々しく響いていた。

「S1、変化なし」

「一番魚雷、ソナー感なし」

アルファ改は、必ず動き出すはずだった。問題は、魚雷のパッシブソナーが、低速度航行のうちにアルファ改に気付かれぬまま、音響を捉えることができるかどうかだった。もし、魚雷のパッシブソナーがアルファ改の低速航行音を捉える前に、アルファ改が魚雷に気付くとすると、遠距離からの魚雷攻撃が、まったく通用しないことになる。高速航行を始めた時にソナーで捕捉できたとしても、アルファ改は、再び低速航行することで、89式魚雷を簡単に回避できる。スーパーキャビテーション推進で距離を離し、低速航行に移行すれば、魚雷のソナーは、目標を見失うからだ。

焦燥の五分が経過し、二人が五分三〇秒の報告をするかと思った時、御子柴が、それまでと違った声を上げた。

「一番魚雷、ソナーコンタクト」

「ワイヤーカット、発射管扉閉鎖」

荒瀬は、決めてあった命令を、静かに発した。

魚雷のソナーが、パッシブモードで目標を捉えれば、あとは魚雷任せでも追尾《ついび》が可能だ。反射音が微弱なうちに、偽の音響を発生させるパッシブデコイを使われると、デコイに騙される可能性がある。普通の目標なら、怪しい音響を探知した段階で、アクティブモードに移行するよう設定することが常道だ。しかし、キャビテーションを撒《ま》き散らすはずのアルファ改に対しては、アクティブモードでは、むしろ命中確率が下がるだろう。

「さあ、どう出る」

荒瀬は、アルファ改の艦長に、声が聞こえるはずもない男に、声をかけた。

＊

林は、鋭いブザーの音で目を覚ました。

「魚雷航走音、方位２４７！」

素早く動くために、部屋の灯は点けたままだった。アイマスクをはぎ取ると、壁面に取り付けられた通話装置の送話スイッチを押して叫んだ。

「距離は？」

「推定八キロ以上」

パッシブソナーでの距離判定は、目標運動解析を行なわなければ、信号強度で判定するしかなく、海の状況でかなり曖昧《あいまい》になってしまう。アルファ改の曳航ソナーが『こくりゅう』の放った魚雷を探知したのは、魚雷がアルファ改の音を捉える直前だった。

「ブースト準備！」

距離は十分にあった。林は、ズボンをはき、上着は手に持ったまま発令所に走った。

「ブースト使用可能まで、一三秒。標準戦闘深度です。深度調整オート」

林が発令所に入ると、それまで操艦指揮を執っていた張が、操舵員席について叫んだ。

普通の潜水艦では、艦内で叫ぶことは厳禁だ。しかし、このアルファ改では違っていた。

「よし、以後は高速戦闘方式」

林は、上着を羽織《はお》って艦長席についた。シートベルトを締め終わるのと張のブースト使用可能カウントダウンがゼロになったのが、ほぼ同時だった。

「方位このまま、ブーストオン、最大戦速」

張の復唱とともに轟音が響いた。

「六〇ノット到達で、左八〇度旋回」

スーパーキャビテーションを使用するアルファ改は、通常の潜水艦と比べればはるかに鋭い加速が可能だった。しかし、それでも飛行機のようにはいかない。効果的な機動を行なうために、まずは速度を確保する必要があった。それは同時に、多少でも魚雷を引き離す効果をもたらす。

「六〇ノット、左八〇度旋回」

張が報告と同時に操縦舵を操作すると、体がバケットシートの右側に押さえつけられた。

「自走デコイ、射出準備」

林は、左後方から迫る魚雷に対して、左に急旋回するとともに自走デコイを使って魚雷を騙すつもりだった。

「旋回完了」

「ブーストオフ、機関停止」

張の復唱を待って、すかさず次の命令を飛ばす。

「左舷アクティブソナー、発振準備、広角、二〇ノットで発振一回、レンジ二〇キロ」

加速と同様に、一度行き足のついた潜水艦は、速度もすぐには落ちない。張は、ソナーが十分な感度を出せる速度まで、カウントダウンした。速度が二〇ノットまで落ちると、ソナー船体側面に取り付けられたコンフォーマルアレイソナーから、ピンガーを打つ。艦内にも、鋭い音が響いた。

「五番発射管扉開放。一五ノットに落ちたら自走デコイ射出」

林は、ソナーで捜索しながら、魚雷回避も同時に行なおうとした。

水中の音速は、空気中よりも速い。温度や塩分濃度によっても差が出るものの、秒速は約一五〇〇メートルにもなる。それでも、二〇キロの範囲をアクティブソナーで捜索しようと思えば、発振してから二五秒は待たなければならない。

「距離七三〇〇に微小なエコー、接近中の魚雷と推定」

ソナー員は、発振から一〇秒ほどで魚雷の探知を報告した。

「二〇キロ以内に他の目標なし」

アクティブソナー対策の進んだそうりゅう型は、一般的なアクティブソナー出力では、二〇キロも離れると、探知は困難だった。しかし、船体側面に多数のコンフォーマルアレイを並べ、高出力化したアルファ改のソナーであれば、探知可能なはずだった。林は訝しんだ。情報では、８９式魚雷のワイヤー長は一〇マイルとされていた。一〇マイルは、約一八キロだ。二〇キロレンジで捜索して見つからないということは、有線誘導可能範囲外から攻撃されたことになる。

レンジを増やして再捜索することも可能だった。しかし、距離が二〇キロ以上で、相手がそうりゅう型だと、アルファ改の高出力ソナーでも、見つけられない可能性が高い。一回の発振でエコーが確認できない場合、複数回の発振で、エコーを積みあげることもできる。だが、それらしきエコーがなければ、無駄に終わる可能性が高い。

林は、魚雷の動向確認を待った。パッシブソナーを使い、魚雷が、発射した自走式デコイにホーミングしていることを確認すると、再びスーパーキャビテーションを使ったブースト航行で、距離を詰める選択をした。

緊急機動に間に合わなかったルサノフが、よたよたと現われて自分の席に着いた。

「ブーストオン、左旋回一一〇度」

林は、ルサノフがベルトを締めるのも待たずに、高速機動を開始した。魚雷の進路を横切らないよう鋭く左に舵を切り、迂回《うかい》しながら距離を詰める。

「右舷アクティブソナー、発振準備、広角、レンジ二〇キロ」

林は、たっぷり五分待った。この高速航行で、魚雷を発射した潜水艦に五マイル以上接近したことになる。高速を出すことが困難な通常動力型潜水艦が、次の捜索で探知できないはずはなかった。

「ブーストオフ、機関停止。右舷アクティブソナー、二〇ノットで発振一回」

スーパーキャビテーション発生装置が発する轟音が消えると、体は前方に投げ出されそうになり、船体は急減速を始めた。それでも、水中抵抗が小さい涙滴《るいてき》型の船体は、四〇ノットを下回ると減速度合いも少なくなり、二〇ノットに到達するまでには、苦々しいほどの間《ま》が生じた。

そして、ピンガーを打つ鋭い音が響くと、またしてもソナー員の報告を待つもどかしい間が開く。その間たっぷり二〇秒以上もあった。

「距離一五〇〇〇にエコー」

「それほど遠くからか」

林は、誰にも気付かれないよう小声で呟いた。アルファ改は針路を変えていなかった。だから、それは攻撃が不可能な距離ではなかった。しかし、もしアルファ改が途中で針路を変えていれば、ワイヤー長が足りず、自律誘導の魚雷は、無為《むい》に何も存在しない水中をうろうろするだけだった。

「不確実きわまりない攻撃だな。自衛隊は、それほどチキンなのか？」

状況を認識したルサノフも、小馬鹿にした表情を浮かべていた。

「いったん始めた以上、そこまで脅えたところで、逃がしはしない。死ぬまでの時間が延びただけだ」

林もロシア語で答えると、次の命令を下した。

「ブーストオン、右旋回六〇度」

目標に直進はしない。パッシブにしろ、アクティブにしろ、誘導魚雷を正面から撃たれていたら、自ら当たりにゆくに等しい。林は、間欠でアクティブソナーを使って状況を確認しながら、艦をジグザグに進ませていた。

「そろそろ敵も学習するな」

林はそう呟くと、頭の中で次の作戦を練った。今までは敵との距離が確認できないほど遠距離であることが分かっていた。だから非常に単純な直線を組み合わせたジグザグ機動を行なっていた。しかし、次の機動では、アルファ改の動きを読んで、敵が魚雷を〝置きに〟くる可能性も考えられる。〝置きに〟きた魚雷を警戒する必要があった。

「ブースト解除後の魚雷接近に留意しろ。この後、最大戦速のまま変針する」

「了解、キャビテーションコントロールで変針します」

スーパーキャビテーション航行では、従来、変針方法が問題だとされていた。そこで、軍の研究機関では、気泡の量をコントロールすることで、艦の左右で抵抗値を変え変針する方法を実用化していた。

しかし、ちょっとした手違いで、同じスーパーキャビテーションを研究していたハルビン工業大学が、二〇一四年に同じ原理を使った操舵方法について発表してしまった。おかげで諸外国が中国のスーパーキャビテーション技術に注目してしまう事態が発生していた。

「よし、ブースト維持のまま左旋回一三〇度」

林は、目標が存在する方向に、艦の側面を向けようとしていた。その目的は、艦の側面に貼り付けられたコンフォーマルソナーアレイに最大限の精度を出させるためだった。

「一三〇度左旋回完了！」

「ブーストオフ、機関停止。二〇ノットまで速度低下したら、右舷アクティブソナー連続発振、レンジ一〇キロ」

観測されたエコーまでの距離は七キロほどのはずだった。正確な位置を捕捉してしまえば、機動力の乏しい通常動力型潜水艦に、逃げる術《すべ》はない。かたや、アルファ改は、高速航行を止め、自衛隊の89式魚雷でも攻撃可能な状態になっていた。しかし、七キロも離れていれば、余裕で回避できるはずだった。

速度が低下し、ピンガーを打つ音が艦内に響く。一〇キロという短い範囲を連続で探知するため、約一四秒ごとに甲高い音が響いていた。

「エコー、距離六八〇〇から七一〇〇、サイズ大。アクティブデコイと思われます」

「目標はどこだ？」

林は、目標はデコイから発生した気泡の反対側にいるのだろうと予想した。逃走するなら、そうなっても不自然ではない。

「目標ありません。デコイのエコー強度弱。気泡が薄いようです。これなら背後にいても探知できるはずです」

「何が起こっている？」

林が独りごちた時、パッシブソナーを操作していたもう一人のソナー員が叫び声を上げた。

「左舷に魚雷航走音！」

「左舷で間違いないか」

林は、思わず聞き返していた。デコイのエコーは右舷側にある。左舷側に敵が存在することなど、あり得ないと思っていたからだ。

「左舷です。方位０４３。近距離です！」

「ブーストオン、最大戦速。アクティブデコイ、パッシブデコイ放出！」

林は、逡巡を止め、とにかく接近中の魚雷回避に努めた。方位も変えたいところではあるものの、速度が乗るまでは、直進したほうがよいと判断した。デコイは、気休めだった。スーパーキャビテーションを使ってしまえば、アクティブデコイが発生させる以上の気泡を海中に撒くことになるし、発生させる音も、アルファ改のほうがはるかにうるさかった。

「六〇ノット」

「右旋回二〇度」

魚雷の位置情報が不正確なため、数値は勘で出したものだったが、これで当面の魚雷の脅威は薄らいでいた。魚雷以上の速度を出しながら、真っ直ぐ背後から追われる状態ならば、少なくともこのまま直進を続ける限り、命中する可能性はゼロだからだ。

しかし、林はただ逃げるつもりはなかった。

「敵潜を捕捉するぞ。左舷アクティブソナー発振準備、レンジ五」

「まだ魚雷に追われている可能性が大です！」

スーパーキャビテーション中は、ソナーがほとんど使用不能なため、操縦舵を握る張に替わり、水測員長が報告した。

「構わん。ソナー発振する間、本艦に到達しない距離さえ取っておけばいい」

林は、戦術表示ディスプレイを見つめながら、早くも冷静さを取り戻した声で言った。

そして、タイミングを見定めると次の命令を下した。

「左旋回一二〇度、旋回完了と同時にブーストオフ、機関停止。速度二〇ノットに低下でアクティブソナー連続発振！」

各部署が機敏に動き、林の命令をこなしていった。

「魚雷、本艦に接近継続中です」

速度が三〇ノットを下回ると、何とか音を拾ったパッシブソナー担当のソナー員が報告した。林は、その報告には答えなかった。予想したとおりだった。

速度が二〇ノットにまで落ちると、再びアクティブソナーの発信音が響いた。今度は、レンジが近いため、七秒おきにせわしなく響く。

「目標ありません。本艦のキャビテーションがあるものの、この距離なら相手がそうりゅう型でも探知できるはずです」

水測員長は、こめかみに汗を浮かべていた。報告を上げながらも、アクティブソナーの設定を変え、必死に探知に努めていた。

「ダメです。見つかりません。魚雷接近します。一キロを切ります」

林は、その瞬間に悟った。そして判断を下した。魚雷との距離が近く、自走式デコイで騙せなければ、魚雷が命中することになる。逃げるしかなかった。

「ブーストオン、この海域を離脱する！」

声は淡々と命令を伝えたものの、腹の中は、煮えくりかえる思いだった。

「『遼寧』をやったのは、この艦かな」

ルサノフが、ヘッドセットを通して話しかけてきた。

「そうだな。だが、次も同じになるわけではない。今回は、向こうだけがこちらの情報を知っていた。そのおかげで、不意を衝《つ》かれた。しかし、どんな艦か分かっていれば、対策は可能だ。次は沈んでもらう！」

＊

「やはり、攻撃すべきではなかったな」

荒瀬は、目標運動解析のデータを見ながら、つぶやいた。アルファ改は、スーパーキャビテーションのまま、大きく距離を取ろうとしていた。

「惜しかったと思いますし、いいデータも取れたのでは？」

持田は、戦術状況表示装置で、戦闘の経過を見直していた。

「いや、失敗だ。俺は沈めるつもりで撃った。決断の早いやつじゃなければ殺《や》れたはずだ」

「データが取れたんですから、次の方策を考えればいいじゃないですか」

「データが取れたか……」

荒瀬は、思わず鼻で笑ってしまった。

「完璧なデータが一〇〇とすれば、今まで三〇だったものが八〇くらいにはなったかもしれないな。今までの倍以上だ。悪くない数字だ」

荒瀬は、右の拳を左手の掌に叩き込んだ。

「だが、向こうはほぼゼロだったものが、三〇にはなっただろう。これで、完全な奇襲はできなくなった。アドバンテージは、むしろ下がっちまったよ」

アルファ改は、アクティブデコイに騙され、もしそこに艦がいたのなら、アルファ改の進路を読んで叩き込んできたかもしれない魚雷に対して、回避機動を取った。その結果、『こくりゅう』の周囲を回り込むように機動し、『こくりゅう』を追い越してしまっていた。

荒瀬は、アルファ改が全周にアクティブソナーを打つ可能性も考慮して、アルファ改の位置に合わせて『こくりゅう』を旋回させていた。つまり、艦尾をアルファ改の方向に向け続けていた。

アルファ改は、『こくりゅう』を追い越し、偶然至近距離にやって来た。千載一遇《せんざいいちぐう》のチャンスに、荒瀬は、ワイヤーを付けずに魚雷に方向だけを設定して発射する、スナップショットと呼ばれる方式で魚雷を撃つ選択をした。

結果、魚雷はいったんアルファ改から離れる方向に進み、そこから旋回させざるをえず、到達までに時間がかかってしまった。

『こくりゅう』を旋回させず、艦首がアルファ改の方向を向いていたなら、沈めることができたかもしれない。しかし、もしアルファ改が、反対方向にもアクティブソナーを打っていたら、奇襲攻撃とはならず、逆に『こくりゅう』が沈められていただろう。そんな希望的観測に基づくギャンブルはできなかった。

しかし、この千載一遇のチャンスも、アルファ改の艦長の果断により避けられてしまった。

荒瀬は、再びアルファ改と対峙することを考えて、歯噛みしていた。

「最大速度はどの程度だった？」

戦術状況表示装置の簡易解析結果を読んでいた持田に問いかけた。

「七〇ノット近い数値です。六〇ノットを超えると、さすがに加速が鈍《にぶ》りますが、六〇ノットまではかなり短時間で加速可能なようです。８９式魚雷を当てることは、事実上不可能に近いと思います」

アルファ改は、自衛隊や米軍が保有する魚雷よりも高速での航行が可能な性能を持っていた。言わば雷撃不能の潜水艦だった。

「このままでは、勝てないぞ！」

＊

スクリーンには、指揮システムの現況画面が映されていた。官邸の危機管理センターとの電話会議システムは、停止させてある。半円形のデスクに着くのは、統幕長の大間の他、栖山海幕長を含む、三人の各幕僚長だった。

統幕のブリーファーが全般状況を報告すると共に、荒瀬が報告してきた戦闘状況、それに対潜情報分析センターが解析したアルファ改の性能データを報告した。報告内容は、事前に栖山たちの手元に配られていた。

「さて、楢山さん。どう見ますか」

　大間は、自らこの会議の主導権を楢山に投げ渡してきた。

「この報告を見る限り、統幕の中では、護衛を随伴《ずいはん》させたP―3によって攻撃すべきと固まっているようですが」

　楢山は、大間が、その作戦に対する支持を求めているのか確認しようと考えた。

「ええ、アルファ改は、水上艦や潜水艦で攻撃するには危険すぎるという認識が主流です。哨戒機であれば、那覇から沖縄トラフの全域どこにでも作戦行動可能ですし、何よりアルファ改から反撃される恐れがない。J―20の脅威はあるものの、早期警戒機で全般統制を行ないつつ、F―15を前方展開させれば……さらに日中かつ天候の良い時に目視捜索に努めれば、P―3の損害は避けられるだろうと見ています」

「しかし、それではF―15の被害が出る恐れがあるのではないですか？」

　先般の会議でも、吉森空幕長が、そのことを懸念していた。

「確かに、F―15の被害が出る可能性は避けられません。しかし、艦艇や潜水艦と比べれば、被害は少なく済むでしょう。政治的にも」

　吉森の言う政治的というのは、人的被害だろう。多数の人的被害が発生したことに対し、国内世論は沸騰《ふっとう》していた。死傷は自衛官のみだったが、戦争の恐怖をあおる左派と、『遼寧』を大破させた以上の攻撃を行なわないことを責める右派、そのどちらもが、御厨政権を非難していた。

政権への風当たりは、テレビや新聞といったメディアだけでなく、各基地に設けられた監視カメラの映像でも明らかだった。赤いのぼりをもった群衆が、ゲート前に押し寄せていた。その映像が、いくつものモニターに映されていた。

国会では、親中派の多い野党が、御厨政権を糾弾《きゅうだん》していた。

「統幕長も、同じ考えですか？」

楢山は、大間が、いや統幕が反論を受け入れる余地があるのか、確かめたかった。

「被害の可能性については、そう思っています。懸念があるとすれば、御厨首相の要求に応《こた》えられるのかどうかです」

その言葉を聞いて、楢山は、意を固めた。大間に向き直ると、核心を突く。

「P―3から投下される短魚雷は、潜水艦が搭載する長魚雷と比べると、速度が高くありません。結果として、アルファ改が使用した高速航行と低速航行を組み合わせた機動で、簡単に回避されてしまいます。『こくりゅう』の放った二発の89式魚雷は、12式短魚雷よりも高速です。それでも、アルファ改には通用しませんでした。短魚雷では、牽制、いやもっと正確に言えば、嫌がらせにしかなりません。アルファ改の乗員を疲労させることは可能でしょう。ですが、疲労すれば帰港し、また出撃してくるはずです」

「帰港されて、また出てくるころには、政権が変わってしまいかねませんね」

大間は、楢山の言いたいことを理解していた。

「しかし、別の方法がありますか？」

「もう一度、『こくりゅう』にやらせます」

「通用しないのではないですか？　しかも二度目となれば、向こうも対策を考えてくるでしょう」

楢山は、無言のまま肯いた。

「こちらも、同じ状態では出しません。ナーワルシステムの中核は、コンピュータプログラムです。ただし、実際に機能させるためには、船体から離れた位置にソナーコンポーネントを設ける必要があります。今回の戦闘、『こくりゅう』には、後方用のソナーコンポーネントしか搭載していませんでした。しかし、完全なナーワルシステムは、前方用のソナーコンポーネントとセットで使うべきものなのです。今回の戦闘では、後方用の曳航方式であるスターンコンポーネントしか装備していなかったため、戦術が限られました。しかし、前方用のソナーコンポーネントがあれば、取り得る戦術が広がります」

「効果的なのは理解する。しかし、それならば、なぜ今回も使用しなかったのですか」

沈黙を守っていた北川陸幕長だった。

「実は、前方用のソナーコンポーネントは、まだ完成したばかりで、船体への取り付け、及びテストもできておりません」

「本当にテストもできていない状態で、使い物になるのかな。高度なシステムほど、実用に耐えられるようになるまで時間がかかることが常だ」

「やるしかありません。幸い、システム設計を行なっていた技官が、実用試験の際にも艦に乗り込んで支援していました。この技官は、今沖縄にいます。前方用のソナーコンポーネントは、那覇に空輸しました。ホワイトビーチで搭載作業を行なった上、この技官にマッチング作業を行なわせます。技官によれば、スターンコンポーネント、つまり後方用のシステムは十分に機能したのだから、バウ、前方用のシステムも、簡単なマッチングさえ行なえば、使えるはずだとのことです」

「テストは行ないますか？」

口を噤んだ北川に替わり、大間が質問してきた。この方針でゆくとしても、御厨に報告する際、当然聞かれる可能性がある質問だった。

「そうりゅう型は、アルファ改の監視に手一杯です。おやしお型の二隻を試験用に確保しました。試験を南西諸島の東側、琉球《りゆうきゆう》海溝上で実施するため、そちらに差し向けています」

「分かりました。その線で首相には報告しましょう。御厨内閣が倒れてしまえば、次の内閣は、妥協《だきよう》してしまう可能性が高い」

自衛隊にとっても、内閣にとっても、崖っぷちの選択だった。

＊

栈橋上では、移動式のクレーンが、長さ一五メートル以上にもなる細長い物体を吊り上げていた。その物体は、暗灰《あんかい》色のシートに覆われたままだ。

通称ホワイトビーチ、沖縄県うるま市にある勝連半島突端の在日米海軍基地。珊瑚礁《さんごしょう》を突き破るようにして、二本の巨大な桟橋が海上に伸びていた。沖縄本島と津堅島、久高島に囲まれ、波が穏やかでありながら、大型の艦船でも入出港が容易なため、在日米海軍にとって、きわめて重要な基地となっている。

海自の沖縄基地が隣接している。とはいえ、ゲートが別なだけで、中に入ってしまえば、フェンスどころか仕切りらしきものさえなく、どこまでが海自の基地なのか、判断は付かない。

『こくりゅう』は、ここホワイトビーチにいた。本来、海自艦艇は、海自基地の岸壁に接岸する。だが、『こくりゅう』は、原潜も接岸可能な海軍栈橋と呼ばれる栈橋に接岸していた。海自基地の岸壁は、水深が浅く、『こくりゅう』へのバウコンポーネント搭載作業を行なうためには、不向きだったからだ。

しかし、海軍栈橋は、海中に大きく突き出しており、基地外から容易に監視できる状況にある。在日米軍基地を監視する反基地団体は、特異事項を見つければ、すぐにもサイトにアップする。恐らく、今は中国の関係者も、独自に監視を行なっているはずだった。

そのため、情報の秘匿を図る目的で、バウコンポーネントは、カバーを付けたまま吊り上げ、海中に下ろした後に、ダイバーがはぎ取って装着作業を行なっていた。

「こいつが使える状態で助かった」

荒瀬は、魚雷発射管にバウコンポーネントの基部が挿入されるところを見守りながら、静かに言った。

「偶然じゃありません」

「偶然じゃない？」

美奏乃は、ゆっくりと肯いた。

「予算の制約や、試験環境下でしか使われないという建前がありながらも、実用にも耐えられる仕様にしたんです。それに、私から岸電気に、出荷準備もお願いしてありました。だから、海幕が、ここに運ぶ決定もしやすかったんだと思います」

「なるほどな。手回ししてあったということか」

「はい」

美奏乃は、身構えた。荒瀬は、無骨な反面、察しが悪い人間ではない。彼の性格は、『こくりゅう』への乗艦で分かっていた。美奏乃の手回しが、機材を準備するだけに留まらないことは、予想するだろう。

「何が望みだ？」

　来た！

　美奏乃は、大きく息を吸うと、夢の中で、何度も口にした台詞を絞り出した。

「『まきしお』事故の真相が知りたいんです。公表された内容が真実じゃないことは分かってます。真実を暴露しようなんて思っていません。ただ、真実が知りたいんです。真樹夫さんが、どうして亡くなったのか、どうして亡くならなくてはならなかったのか、それが、知りたいんです」

「今まで話したとおりだ」

　美奏乃は、口を真一文字《まいちもんじ》に結んだまま、荒瀬の横顔を見据えていた。もう、引き下がるつもりはなかった。

「と言ったら？」

「ナーワルシステムは、機能しません。それだけです」

「古田も、相当程度習熟した」

「バウコンポーネントを取り付け、配線を繋いだところで、プログラムの制御系を変えなければ、バウコンポーネントは機能しません」

　荒瀬は、口を噤んだまま、真っ青な海中にたゆたう細長い物体を見つめていた。美奏乃は、言うべきことは言ったと思っていた。あとは、回答を待つだけだ。

「俺は、開示許可を出せる立場にはない。確認する」

美奏乃は、息を飲んだ。

「はい」


美奏乃一人だけがいる士官室には、軽快なキーボードの音が響いていた。持ち込んだノートパソコンの画面には、エディターの黒い画面が映っている。マクロを使い、めまぐるしい速度でプログラムが書き込まれてゆく。

前方用のナーワルシステムを構成するバウコンポーネントの配線接続を含む機械的な取り付けは、現地整備のために岸電気から派遣されてきた大淵と矢沢が行なっていた。美奏乃は、そのバウコンポーネントを機能させるためのプログラムを組んでいた。バウコンポーネントを使用した実用試験は、本来まだ先の予定だったため、プログラムは未完成だった。

美奏乃が、眠気防止のブラックコーヒーに手を伸ばそうとした時、入り口の扉が開くと荒瀬が士官室に入ってきた。一枚の紙を手にしている。

美奏乃は、その紙を見つめた。何かの書類であるようだった。動悸が否応《いやおう》もなく速まった。

「通達が出た」

荒瀬が置いた紙に、美奏乃は素早く目を走らせる。〝MA事案の情報開示対象者に、次の者を加える。クラスA：木村美奏乃技官〟と記されていた。

「MA事案……」

「『まきしお』のMとアルファ級のAだ」

そう言うと、荒瀬は美奏乃の対面《たいめん》にある椅子に腰を下ろした。

「今、構わないか？」

荒瀬は、この場で情報を教えてくれるつもりのようだった。

「はい」

美奏乃は、一刻も早く、真実が知りたかった。

「パソコンは止めてくれ。メモも禁止だ。今だけでなく、聞いた話は、メモ、電子媒体の如何《いかん》を問わず、一切の記録が禁止だ」

「分かりました」

美奏乃は、ノートパソコンを閉じると、カップに残っていたコーヒーを流し込んだ。一語も聞き漏らしたくなかった。そして、手を膝の上に置くと、荒瀬が視界に入らないように、ノートパソコンの背面に描かれたロゴを見つめた。視線や表情に惑《まど》わされたくなかった。

「『まきしお』は、黄海で情報収集任務に就いていた。その情報収集任務の終了間際になって、ロシアから原潜が回航中との情報が入った。回航中の原潜が、青島《チンタオ》、大連方面に向かう可能性があったため、『まきしお』に情報を収集するよう命令が下された」

「それが、あのアルファ級ですか？」

「そうだ。当時、アルファ級は、全艦がすでに除籍されていた。解体された一部以外は、ザバドナヤリッツァ湾もしくはセヴェロドヴィンスク造船所で保管されていたものの、動かせる状態の艦は存在しないと思われていた。だが、実際にはあったようだ。艦番は確認できていない。建造は早期だったものの、途中で艦種変更され、除籍が最も遅かったB—123である可能性が高い。除籍が一九九六年だったから、一五年近く、何らかの理由で維持されていたことになる。中国は、ロシアの原潜を相当以前から欲しがっていた。ロシアは、原潜は売らない方針だが、欠陥艦として使い物にならないと判断したアルファ級なら、売っても支障がないと判断したのだろう」

「艦は自力航行してきたんですか」

「北極海を通り、ベーリング海峡を抜けて太平洋に出てきたようだ。米海軍のSOSUS《ソーサス》網にかかった。しかし、非可動艦と認識していた艦の追跡に回せるほど、米海軍の潜水艦に余裕がなかった。結果、太平洋に入ってまもなく、ロストした。ウラジオに入るだろうと予測して、別の自衛隊潜水艦を、急遽警戒にあてたものの、予測日をすぎても気配がなかった。そのため、中国に回航される可能性を考慮して、『まきしお』に情報収集任務が下された」

「それが現われたんですね？」

荒瀬が座る椅子が、軋《きし》みを立てた。振り仰ぎ、当時を思い出しているのかもしれなかった。

「アルファ級は、なかなか現われなかった。南西諸島を通過し、自衛隊に捕捉されることを警戒したんだろう。台湾の南を廻り、台湾海峡を抜けてきたようだ。機関に問題があった可能性もあるが、恐らくは捕捉されることを避けるため、静粛性に留意したんだろう。アルファ級は、微速で大連方面に向かっていた。おかげで、青島に近い位置で警戒していた『まきしお』は、山東《さんとう》半島の突端でアルファ級の背後に付くことができた」

当然、ソナーを使っての録音が、主な情報収集手段だっただろう。

「だが、アルファ級は、偵察対象として容易すぎた」

「容易すぎた？」

「ああ。静粛性に留意した微速での航行をする以外は、旋回して後方を確認することもせず、目的地に向けて、最短経路を航行しているように見えた。たぶん、一〇年以上も航行させていなかった潜水艦を動かすためには、人員も足りなかったんだろう。航海させることが精一杯だったように思う」

荒瀬は、そう言うと、机の上に置いた両の拳を握りしめた。

「だから、艦長に欲が出た」

「欲……」

美奏乃の脳裏《のうり》には、冷戦期に起こった米ソ原潜同士の事故がよぎった。ソ連の原潜を追跡するアメリカの原潜は、静粛性ではるかに優位であるため、ソ連原潜に気付かれることなく、徹底した情報収集をしようとした。その結果、衝突事故が数多く発生していた。

「潜望鏡で撮影しようとした」

荒瀬の言葉は、『まきしお』の事故に、アルファ級が関係していたらしいと聞いた時から、最も強く懸念した可能性の一つだった。潜望鏡は、水上目標の観察に使うだけではない。海水の透明度がそれなりにあれば、水中で物体の観察を行なうことが可能だった。

「黄海は透明度が低い。黄海という名称も、最奥部である渤海に黄河《こうが》が注ぎ、海水が黄濁《おうだく》していているからだ。海流が複雑なので単純には言えないものの、基本的には、奥に行けばそれだけ透明度が下がる。特にアルファ級が大連ではなく、山東半島を回り込み、烟台《えんだい》基地や威海《いかい》基地に向かう可能性も考えられたため、潜望鏡撮影をするなら、急ぐ必要があった。問題は……」

荒瀬は、そこまで口にすると、なぜか言葉を切り、大きく息を吸い込んだ。

「アルファ級が、中国領海に入ろうとしていた点だ」

「え？」

美奏乃は、思わず声を上げた。美奏乃は、ソナーの専門家だ。潜水艦の運用には詳しくはない。それでも、潜没したまま他国の領海に入れば、領海侵犯として攻撃を受けても文句を言えないことくらいは承知していた。

「黄濁した海中を、正確な距離を掴むことのできないパッシブソナーと潜望鏡で接近するわけだから、接近はゆっくり行なわざるをえない。領海外で撮影してしまいたかったが、領海外では、そこまで接近できなかった。海幕からの通達でも、許可を得ることなく、他国領海へ潜没侵入することは禁止だ。だから、俺も反対はした。だが、海に出れば、艦長の命令が絶対だ。『まきしお』は、アルファ級に接近しながら、山東半島の南東で中国領海に入った」

もう、美奏乃にも、何が起こったのか、十分に察しが付いた。

「あれは、事故だった。結果的に無理をしたと言わざるをえない。それでも、衝突するつもりはなかった。アルファ級の乗組員からすれば、何が起こったかも分からなかったかもしれない。ただ、事故であっても、場所が問題だった。中国の領海内で、潜没状態で領海侵犯を行なったことになる。事実が公《おおやけ》になれば、両国間で国際問題になることは間違いない。だから、衝突した潜水艦が、日本の艦だという証拠を押さえられないうちに、逃げ切らなければならなかった」

「真樹夫さんは、衝突時の浸水で亡くなったんですね」

美奏乃の関心は、真樹夫の死だけだった。日本政府の立場がどうであれ、事故であれば、誰かを責めることはできない。納得はできない。だが、納得するしかない。それは理解した。

しかし、いつまで待っても、荒瀬の口からは、肯定の言葉は出てこなかった。

「衝突の時の浸水で亡くなったんじゃないんですか？」

「その時の浸水は関係している。だが、死に至ったのは、もっとあとだ」

荒瀬は、重い口調で続きを語った。

「浸水箇所は、魚雷発射管室だった。内殻の一部に亀裂が入り、浸水を完全に止めることは不可能と思われた。それでも、深度が浅いこともあって、すぐに沈没する危険があったわけじゃない。浮上航行なら、危険はなかったし、浮上しなくても、無理をしなければ、航行は可能な状態だった」

荒瀬は、再び口を噤むと、苦いものを吐き出すように言った。

「極力、無理をせずに航行しなければならない状況だった。無理ができないことは、誰にも理解できた。ただし、領海内で衝突した以上、中国海軍が追ってくることは避けられない。しかし、青山艦長の判断は……、そのためにアルファ級を撃沈するという判断は……、無茶苦茶だった」

「撃沈？」

「アルファ級が、浮上して通信を行なう前に、魚雷攻撃を行なって沈めてしまおうということだ」

「そんなことをしても……」

「そうだ。その時はよくても、いずれバレる。韓国の哨戒コルベットが沈没した天安沈没《てんあん》事件が、北朝鮮潜水艦によるものだと判明したことと同じように、船体の引き上げや、それ以上に、使用した魚雷の破片を回収されれば、それこそ自衛隊の潜水艦によって攻撃されたという物理的証拠を残してしまう。だから俺が艦長を止めた。殴ったんだ。艦長を気絶させ、艦の指揮権を奪った。誰も異論を差し挟まなかったしな。誰が見ても、艦長の判断は異常だった。艦長が意識を取り戻した後も、言動がおかしかった。だから、その後の逃走は、俺が艦を指揮した」

青山の精神的錯乱は、事実だったのだ。

「じゃあ、追われる過程で、何かあったんですね」

「中国海軍は、すぐには動き出さなかった。アルファ級が回航されてくることは、一部にしか知らされていなかったのかもしれない。それでも、時間が経《た》てば、北海艦隊が総掛かりで狩り出しに出てくることは、自明のことだった。そうなれば、あの浅い海で、艦首を損傷し、速度を上げれば大きな音を出す艦が逃げ切ることは困難だった」

「でも、逃げ切れたんですよね？」

「衝突地点は中国海軍にも分かっているから、対潜哨戒を行なう範囲は、潜水艦の移動能力を勘案して、時間で拡大する。この移動可能範囲が、中国の勢力圏である東シナ海を突破するまで逃げ続ければ、中国海軍もあきらめるかもしれなかった。黄海から真っ直ぐに逃げ出すなら、普通は南に向かう。しかし、南下は、中国海軍も予測するし、あの浅い海で、対潜ヘリを多数飛ばされたら逃げ切れない。だから俺は、『まきしお』を青島に向かわせた」

「青島に？」

「青島には、北海艦隊の司令部がある。それこそ敵陣のど真ん中だとも言える。だが、同時に中国最大の原油輸入港でもある」

「原油輸入、タンカー？」

「そうだ。タンカーは足が遅い。こいつをうまく使って逃げだそうと考えた。『まきしお』がアルファ級と衝突したのは、午前一〇時三二分だった。そこから真っ直ぐ青島に向かい、飛び出してくる北海艦隊をなんとかやり過ごした。やつらも、俺たちが青島に向かうとは思わなかったんだろう。そして、青島港外に沈底《ちんてい》して、暗くなる頃合いに出てくる手頃なタンカーを待った。さすがに中国最大の原油輸入港だけはある。遅すぎず速すぎず、そしてなにより、プロペラに問題があるのか、騒々しい音とキャビテーションを発生させるタンカーが出てきた。そいつは、一八ノットで走っていた」

「『まきしお』では、そんな速度の船についてはいけないんじゃないですか？」

原潜と違い、通常動力型潜水艦は、高速で突っ走り続けることはできない。『まきしお』の水中最大速力は二〇ノットに達する。しかし、そんな速度で航行したのでは、バッテリーがあっという間に尽きてしまう。バッテリーが尽きれば、シュノーケルを使ってディーゼルエンジンを回し、バッテリーを再充電しなければならない。

「ついていける。シュノーケルを使えば」

「え？」

「シュノーケルを使った。夜で見にくいし、そもそも軍艦ではないタンカーが、背後の引き波の中を見張る必要なんてない。潜望鏡を使い、目視で距離を合わせながら、シュノーケルを使って突っ走った」

荒瀬の指揮した『まきしお』は、包囲網を抜けるために、常識である静粛性の維持を無視し、おやしお型潜水艦の限界近い速力で、しかもシュノーケルで波を蹴立てることで騒音を撒き散らしながら走ったのだ。そして、その騒音や、シュノーケルがレーダー波を反射することで探知されることを防止するため、タンカーの直後に付けたのだった。

「その方法で、一気に包囲網を抜けたんですか？」

「さすがに無理だった。日の出後は、気まぐれに後ろを見るヤツがいれば、何かがいることは誰の目にも分かる。潜望鏡とシュノーケルだと分かるヤツだって、中にはいるかもしれない。水兵上がりの船乗りは、珍しくない。もし、通報されればおしまいだ。だが、中東方面に向かうタンカーが朝まで走れば上海《シャンハイ》に着く。そして、今度は上海から出てくる船の航路下に沈底して、夜まで待った。しかし、この日は、適当な船が見つけられなかった。艦種以上に、行き先が問題だったからだ。艦名を確認すれば、どこの船か分かる。行き先だって、大抵は推測ができる。俺たちは、蘇澳鎮《すおうちん》行きの船を探していた」

「蘇澳鎮？」

「台湾の北東岸にある町だ。蘇澳港という港があり、多くの貨物船が出入りしている。蘇澳鎮まで行ければ、与那国島は目と鼻の先だ。中国も強硬なことはしにくい。上海なら、蘇澳港行きの船がいるはずだった。しかし、上海で一日待たされたことが致命的だった。蘇澳鎮に行く船は、何隻かあったものの、『まきしお』がシュノーケルでついて行けるほど遅い船が、なかなか見つからなかった」

美奏乃の心臓が飛び跳ねた。荒瀬は、何気《なにげ》なく致命的という言葉を使ったのかもしれない。しかし、そのことで失われた命は、真樹夫のものだったはずだ。

「俺の意図を読んで、上海から出た船を追跡し、アクティブソナーで確認する原潜が現われた。その原潜が、『まきしお』が隠れ蓑《みの》に使っていた船、Su-ao Traderに近づいてきた時、『まきしお』は、沖縄トラフにさしかかっていた。だから、艦首部の損傷がありなが

ら も、無理を押して深度を下げることで、原潜の探知から逃れた……」

　荒瀬の言葉は、なぜか力なく消え入るようだった。美奏乃は、その先を聞きたい焦燥と聞きたくない不安で混乱した。

「浸水防止措置が完全にできていない『まきしお』が深度を下げるためには、少しでも浸水を少なくする必要があった。ある程度の浸水は、ビルジポンプで排水できる。ただし、そのポンプを動かすためにもバッテリーを消耗するし、ポンプの能力以上の浸水があれば、沈没の危険が高まる。浸水を抑えるためには、浸水区画の内圧を上げることが、効果的だ。しかし、アルファ級との衝突時に、前部の魚雷発射管区画に高圧空気を供給するパイプが損傷してしまっていた。そのため、魚雷を射出するための高圧空気バルブを、魚雷発射管室内で、誰かがコントロールする必要があった。しかも、バルブの開閉は、一回で済むというものではなかった。追跡を振り切るために、何度も深度変更をする可能性があったからだ。つまり、何度も高圧に曝される可能性のある発射管室内に、誰かが入る必要があった」

　荒瀬は、再び言葉を切った。その先を尋ねるまでもなかった。真樹夫が、魚雷発射管室に入ったに違いなかった。

「俺は、迷わなかった。水雷長は橋立だった。他に命じるべき人間はいなかった。そして、自分の任務だということを、橋立も分かっていた。だから、自分から志願しようとしたよ。俺が言葉を遮《さえぎ》らなかったら、『私にやらせてください』とでも言っただろう。しかし、俺はその言葉を言わせなかった。命令することが、俺の任務だったからだ。俺が、橋立に命じたんだ。『魚雷発射管室に入り、内圧のコントロールを行なえ』と」

なぜか、怒りの感情は湧かなかった。真樹夫に死の命令を下したのが、目の前にいる荒瀬だと聞かされても、不思議とそのことを責める気持ちにはならなかった。

許したのでもなければ、受け入れたのでもなかった。頭では、その時の状況を理解できても、どうにも現実感が湧かないのだ。

「船外での潜水作業のため、艦内には潜水装備も常備してある。プロペラに漁網《ぎょもう》が巻き付いたりすれば、ダイバーが切断しなければならない。だが、何時間どころか、何日にも及びかねない高圧環境、それも、圧の変動が大きい可能性もある状況で、継続して使える装備ではない。だから、ありったけのヘリウムと酸素の混合ガスボンベと純酸素ボンベを持たせた。圧がさほど高くなければ、圧縮空気を呼吸していてもいい。深度を深くする場合、かなりの高圧にする必要があったし、そうなれば窒素中毒が発生する。その場合に備えて、混合ガスを持たせた。それに、さらに高圧になれば、装備していた混合ガスでも、酸素濃度が高すぎて急性酸素中毒の危険性があった」

「そんな装備で、大丈夫なんですか?」

「理論的には……ビニール袋を被《かぶ》って、混合ガスを放出し、酸素濃度計と圧力計を見ながら酸素分圧を調整すれば、ある程度は大丈夫なはずだった。しかし、実際には綱渡りだ。メーターの反応も瞬時に出るものではないし、混合ガス節約のために、純酸素を使えば、急性酸素中毒の可能性は、飛躍的に高まる。比較的浅い深度の時には、混合ガスを節約するために通常の圧縮空気を呼吸する予定だったが、そうすれば、窒素酔いで正常な思考を保てない可能性もあった」

「実際には、どうだったんですか？」

美奏乃は、息せき切って、先を促した。細かい説明など、どうでもよかった。

「その原潜には、何度か探知されたようだ。完全に追跡から逃れるまでに一日半ほどかかってしまった。そのため、橋立は、軽度の脳酸素中毒と重度の肺酸素中毒にかかってしまった。『ちはや』で応急治療、佐世保病院で専門医による治療を施《ほどこ》してもらった。しかし、肺酸素中毒による肺損傷が激しく……」

荒瀬は、静かに立ち上がった。そして、背筋を伸ばして姿勢を正すと、敬礼と同じように、背を丸めることなく、腰だけを折って頭を下げた。

「橋立を死なせた、死に至る命令を与えたのは、この俺だ。申し訳ない。俺のことは、どう恨んでもらってもかまわない」

荒瀬は、叫ぶように言うと、トーンを落として続けた。

「結果的に、俺に手を貸すことになるのは、不本意かもしれない。だが、ナーワルシステムを活《い》かすには、橋立の残したナーワルを活かすためには、木村技官の協力が必要だ。この艦、いや、ナーワルシステムのために、手を貸してほしい」

荒瀬は、深々と腰を折ったままだった。顔は見えない。たぶん、謝罪は口にしても、自宅に説明に来た時と同じように、鉄面皮《てつめんぴ》は変わらないのだろう。

美奏乃には、不思議に思えた。この男は、なぜ任務なんていう、得体の知れないものにしても、唯々諾々《いいだくだく》として従うのだろう。状況を聞けば、ナーワルシステムが一〇〇パーセント機能しても、アルファ改は、危険な敵に思えた。潜水艦を攻撃する装備は、魚雷しかない。しかし、アルファ改は、その魚雷を簡単に回避できる性能を持つ。ナーワルシステムがあったとしても、沈めるためには、よほどの幸運が必要なはずだった。そして、その幸運を摑み損《そこ》ねれば、ナーワルシステムがあっても、『こくりゅう』には、なぶり殺されるか、逃げ回る運命しか残されていないはずだった。

荒瀬が直面する困難を思うと、美奏乃の心の中に、妙な欲望がふつふつと芽生《めば》えた。

「勝てるんですか？　ナーワルがあれば」

荒瀬は、静かに頭を上げた。やはり、彼は鉄面皮を被ったままだ。

「分からない。厳しい戦いになることは、間違いない。しかし、ナーワルがなければ、アルファ改は沈められない。ナーワル以外に、ヤツと戦える手段はない。橋立の仇《かたき》を取るためには、ナーワルが必要だ」

「任務のためなら、真樹夫さんを見殺しにできる人には、自分を見殺しにもできるということなんですね？」

「仲間も、そして自分も、みすみす死なせたりはしない」

「でも、一番大切なのは、任務なんですよね？」

「任務は、大切かどうかで計るものではない。任務は、自衛官にとって、大義なんだ。任務がなければ、戦うこと、敵であっても人を殺すことは許されない」

「そうですか。任務、大義があれば、真樹夫さんを死に追いやることも許されるんですね」

荒瀬は、口を噤んでいた。美奏乃は、少しだけすがすがしい気分がした。

「……任務によっては、時として生命の危険がある命令を下さなければならない時もある。しかし、あなたの言葉は、根本《こんぽん》が間違っている」

「根本が間違っている？」

「そうだ。任務は遂行せねばならない。だが、任務だから遂行するのではない。死んだ橋立を含め、自衛官が任務を遂行するのは、任務の遂行が、日本、そして日本に暮らす人々の役に立つと信じるからだ。自分が危険を冒さなければ、他の者が危険にさらされるからだ。ヤツには、『ずいりゅう』と『あきづき』が沈められた。橋立も、ヤツさえいなければ、死なずに済んだ。今、アルファ改を沈めなければ、被害はさらに増えるかもしれない」

「おかしいじゃないですか！」

美奏乃は、思わず大きな声を上げた。

「真樹夫さんは、アルファ級との衝突で亡くなったわけじゃないって、自分で言ったじゃないですか」

荒瀬の被る鉄面皮が、微妙に歪んだ。口をいっそう強《こわ》ばらせ、何かを口走ることを、懸命に抑えている様子だった。

「三分待ってくれ」

荒瀬は、唐突にそう言うと、士官室を出て行った。彼は、何かを言いたげだった。

「まだ、何か秘密があるの？」

美奏乃は、一人呟くと、壁に掛けられた時計を見た。艦内の時計は、すべてメインコンピュータにつながれ、正確な時を刻んでいる。あらゆる外界から閉ざされる潜水艦にあっては、正確な時に基づいて行動することが、基本中の基本だった。

荒瀬は、三分とかけずに戻ってきた。

「これも、先ほどの『まきしお』事故と同様に、口外無用の情報だ」

「分かりました」

荒瀬は、何を告げようとしているのだろうか。美奏乃の心はざわめいた。

『まきしお』を追尾し、沖縄トラフに潜航することでやっと追跡をかわした中国の原潜は、商級原潜の二番艦だった」

「それが極秘の情報なんですか？」

「中国政府は、アルファ改を中国が極秘に開発した新鋭艦だと発表した。『遼寧』が大破させられた今、このアルファ改、『長征十三号』が沖縄トラフを遊弋することで、作戦目的を達成したと吹聴《ふいちょう》している。その話に信憑性《しんぴょう》を持たせるためだと思われるが、艦長とその経歴を発表した。その発表で把握された情報がある。この林中校は、五年前には商級二番艦の艦長をしていたそうだ。その豊富な経験から、アルファ改の指揮を任されたと発表されている。この情報は、おそらく正しいのだろう。偽の情報を流す価値はないからな」

「じゃあ、ヤツって言ってたのは……」

「ナーワルが必要なんだ。コイツと戦うために」

美奏乃は、まだ混乱していた。それでも、心の奥底から湧き上がってくるものがあることを知覚していた。

「頼む。力を貸してくれ。橋立の仇を討つ！」

突然、理解できた。自分が何をしたいのか、はっきりと理解できた。

「分かりました。協力します」

荒瀬の目が、わずかに涙ぐんでいるように見えた。

「ありがとう。感謝する」

荒瀬は、少しだけその鉄面皮を緩めた。

「ですが、古田一曹たちには使えません」

「どういうことだ。プログラムの制御系を変えれば、バウコンポーネントも機能するはずじゃないのか？」

緩んだ鉄面皮が、ふたたび強ばった。

「ええ、そのとおりです」

「では、古田たちには使えないというのは、どういう意味だ」

「私が、今何をしていたか、分かりますか？」

美奏乃は、閉じてあったノートパソコンを開くと、画面を荒瀬に向けた。

「まさか、まだできていないのか？」

美奏乃は、苦々しい表情を浮かべた荒瀬の目を見つめ、肯いた。

「あと、どのくらいかかる？」

「一カ月、急げば三週間半くらいにはなります」

「馬鹿な！　バウコンポーネントを搭載し次第、即刻出撃せよと命令を受けている。政府は急いでいるはずだ」

「でも、かかるものはかかります」

ドンと激しい音がした。荒瀬が、拳で壁を打っていた。

「ですが、すぐに出港しても、バウコンポーネントを機能させる方法があります」

「どうする？」

荒瀬は、怪訝な表情を見せていた。この男の表情が、こんなに変わるところを見たのは、今日が初めてだった。

「時間がかかるのは、デバッグなんです。プログラムを組み上げるだけなら、あと数日で終わります。だから、私が乗り込めばいいんです」

「馬鹿なことを言うな。戦闘任務を付与された艦に女性を乗せられるか。おまけにあなたは技官だ」

「事故で技官が殉職した例だってあるじゃないですか。女性の戦闘任務だって、他国ではいくらでも例があります。日本だって、歴史を見れば珍しいことじゃありません。女性の戦闘参加は、近代になってから後退したくらいです」

「そんなことを言ってるんじゃない」

そうは言っても、荒瀬の言葉は、そんなことでしかなかった。

「では、ナーワルなしで戦いますか？」

「デバッグをしなくても、使えないことはないはずだ」

「ええ。でも、いつ止まるか分かりませんし、正常に機能していないにもかかわらず、正常作動だと表示するかもしれません。それで戦いますか？」

荒瀬は、美奏乃から目をそらせ、唇を噛んでいた。

「荒瀬艦長。私は、私を乗艦させる方法があると言ってるんじゃありません」

視線を上げた荒瀬と、視線が合った。

「私を乗艦させてくださいと言っているんです」

「時間がかかるというのは本当なのか？」

「疑うなら、艦艇装備研究所から他の技術者を呼んだらいかがですか。ソースを読み込むだけで、二週間はかかると思いますが」

荒瀬は、まだ迷っていた。

「艦長、事故から五年。私はずっと事故の真相を追ってきました。甘く見ないでください」

言葉の真偽など、問題にしてほしくなかった。美奏乃は、どんな手段でも採るつもりだった。荒瀬にその決意が伝わってほしかった。

「分かった。上級部隊の許可を取る。作業を続けてくれ」

「はい」

美奏乃は、荒瀬に見えないよう、机の下で拳を握りしめた。荒瀬は、静かに立ち上がると、ドアに向かった。そして、部屋を出て、ドアが閉まる間際、呟くように言った。

「想いは……、同じなんだな」

美奏乃は、閉じたドアに向かい、顔をほころばせて言った。

「ええ、同じだったんですね」

第五章　雌雄《しゆう》　二〇一六

カップ麺《めん》のフタをはぎ取ると、タバスコの瓶《びん》を逆さまにして、表面が赤くなるまで振りかけた。

「またそんなものを食ってるのか」

デスクの横を通りかかった原山《はらやま》一等空尉が、眠そうな目を顰めながら言った。

「これが一番目が覚めます。コーヒーよりも効きますよ」

「止めとくよ。胃に穴が空きそうだ」

原山が手をひらひらさせながら、離れてゆくと、電話が鳴った。口にしていた激辛の麺を慌てて飲み込むと、むせそうになりながら受話器を取る。

「はい」

「海幕装備部長の児澤《こざわ》だ。杉井一尉に連絡がある」

「私が杉井です」

「声が違うようだが」

「すみません。ちょっとむせてました」

杉井は、咳払いをして喉を整えた。

「で、お電話いただいたのは、例の件でしょうか」

「そうだ。兵頭一佐に資料を渡した」

「了解しました。何か特異な反応はありましたか？」

「いや。当然だろうが、淡々としていた」

「了解しました。では、今後特異な動きがあれば、ご連絡をお願いします」

「了解した。しかし、本当に、あんな資料を渡してかまわないのか？」

「大丈夫です。海幕長の許可をいただいていますし、潜水艦隊司令官も了承しています」

「それは聞いている。しかし、渡した資料は、ほとんど実際のデータと変わりなかったようだぞ。本当にあれを渡していいのか？」

「かまわないそうです。最終決定をされたのは海幕長ですが、実質的な判断をしたのは、『こくりゅう』の艦長だそうです」

「どういうことだ？」

「比喩《ひゆ》として聞いた話ですが、刀の情報として弓の性能を漏洩《ろうえい》しても、相手は信じない。ですが、三尺の刀の情報を流せば、相手も信用する。実際の刀が三尺三寸なら、三寸の差で勝てる、だそうです」

「そんな達人みたいなマネができるか」

「比喩だそうです」

装備部長は、蛙《かえる》を押しつぶしたような声を発すると、しばらく沈黙していた。

「まあ、いいだろう。私が口を出すべきことじゃないからな。特異行動があれば、連絡するようにする」

「お願いします。この件で、彼の株は上がるはずです。より重要なケースで使われるようになるでしょう。注意深く観察をお願いします」

「分かった」

杉井は、カップ麺を持ち上げると、下に置いてあった数枚のペーパーを取り上げた。何カ所か添削《てんさく》され赤い修正が入っている。兵頭一佐に渡された資料は、この添削に基づいて修正された資料だった。

街角に投げ捨てられるなど、昔ながらの方法で手渡されるのか、あるいは現代ふうに、ネットを使って伝送されるのかは、今後の追跡で判明するはずだ。

いずれにせよ、この資料は、間を置かず中国の情報組織の手に渡るはずだった。

「児澤部長じゃないけど、本当に、この程度でいいのかしらね」

そう独り言を呟くと、残りのカップ麺を食べ始めた。

＊

「それにしても、よく許可が下りましたね」

『こくりゅう』の電算機室には、美奏乃の他、岸電気工業の大淵と矢沢の姿があった。狭いスペースに体をねじ込んで配線の繋ぎ込み作業をしている矢沢には、話をする余裕はないものの、監督の大淵と美奏乃には、あった。

「御厨首相が、女性だったからかもしれません。『この国難にあって、男だとか女だとか言っている場合じゃないでしょう』と言ったそうです」

「そうですか。私たちには『ご武運を』としか言えませんよ」

「十分です。それよりも、機器を万全にしてください」

「その点は任せてください。私らは、これに心血《しんけつ》を注いでいるんですから」

「お願いします」

美奏乃と大淵が、共に視線を矢沢の手元に固定したまま微笑んでいると、入り口のドアが開いた。

「進捗《しんちょく》は？」

狭い艦内だ、大股で歩く荒瀬は、一歩踏み出しただけで、大淵の傍《かたわ》らに立った。

「接続作業は、まもなく終わります。導通《どうつう》試験を行なって完了です。問題が出なければ、あと三時間くらいでしょう」

大淵たちの作業は、そこまでだった。

「その後は、私の仕事です。いつ出港しても問題ありません」

「了解した。むしろ、物資の積載のほうがかかりそうだな。導通試験が完了したら、報告してくれ」

そう言って、荒瀬は踵《きびす》を返した。

「艦長」

美奏乃は、手にしていたバインダーをサーバーラックの上に置くと、荒瀬の方向を向いた。荒瀬も、美奏乃の雰囲気から察したのか、体ごと向き直った。

「乗艦許可、ありがとうございます」

「俺は、必要だと上申しただけだ。許可したのはお偉方だ」

美奏乃は、無言で肯いた。社交辞令は、もう十分だった。

「一つだけ、伝えておかなければならない注意点があります」

「なんだ？」

「バウコンポーネントは、実用に耐えられる性能を持たせてあります。ですが、基本的には実用試験用なので、コンポーネント以外の船体側の改修予算は、最小限のものしか取る

みがチャンスになるはずだった。

「どうかな。そんな甘く考えることはできない」

荒瀬は、ふたたびドアノブに手をかけた。

「何にせよ、知力を尽くした紙一重《ひとえ》の戦闘になることだけは間違いない。システムは、完壁に仕上げてくれ」

「はい」

美奏乃は、胃の辺《あた》りが急に重くなったように感じた。

＊

「どう見る、このアクティブソナーキャンセラーを？」

「ソナーは専門外だ」

ルサノフは、資料を士官室の机の上に投げ出した。

「が、あえて言わせてもらえば、本当に可能なのか疑問だな。理論は簡単だし、今までにも同じことを考えた人間は山ほどいる。しかし、大気中とは比べものにならない伝搬速度の速さ、屈折や反射、回折の複雑さ、環境ノイズの多さとそこからのシグナル成分の分離、そしてなによりも、信号方向に対する船体による反射モデルの構築の困難さとコンピユータの処理速度不足から、作ることができなかったシステムだ」

「いかに困難であろうとも、実際に効果的であることは、身をもって体験した」

「そうだな。前回の接触の際のデータは、解析したのか？」

「艦内では不可能だった。衛星でデータを送り、地上で解析した。結果、それらしきデータは確認できていないそうだ。ノイズに埋没し、シグナルは、まったく検知できていない」

「ほう。見事と言うべきだな。我々にとって有利なのは、後方に対してしか機能しないという点だろうな」

「望みは薄いようだ。ホワイトビーチに寄港中のそうりゅう型の一隻に、何やら極秘の機器を取り付けたことが確認された。おそらく、前方に対して機能させるための船外センサーだろう」

「では、全周からのアクティブソナー探知から逃れられるということか？」

「全周は無理だろう。前方も後方も、ある程度の対処角度はあるものの、側方からのアクティブソナーに対しては、センサーを側方に展開しないと無理なはずだ。情報によると、後方用のセンサーは、曳航方式で一〇メートル以上、船体から離されているらしい。現在のところ、側方用のセンサーを取り付けたようには思われない。抵抗を考えれば、応力的にも取り付けは不可能だろう」

「そうなると、そこが狙い目か」

「そうだ。しかし、側方の対処不能エリアを突いてくることは、相手も警戒しているはず。それに、そもそも、概略でも位置が摑めなければ、側方に付くこともできない」

「打つ手はなしか？」

「そんなことはない。人間が創り出したモノには、すべて限界というものがある。どこに限界があるのかを見定め、その限界を、ほんのわずかでも超えればいい」

「頼もしいではないか。すでに手は講じてあるのか？」

「簡単なソナーシステムの補助プログラムを作らせている」

「ほほう。では、それで勝てるな」

「簡単にはいかない。どうしても、最初の一手は後手に回らざるを得ない。それに、相手の艦長は、やはりこの艦に衝突した『まきしお』の副長だった男らしい。アラセという名だ。その後、艦長が職務に復帰していないことからして、その副長が、私の追跡を躱した男のようだ」

「因縁だな」

「そうだな。今度こそ、決着を付ける。不本意ではあるが、この男には、死んでもらう」

林は、そう言うと静かに立ち上がった。

「やはり、不本意か？」

「この敵を沈めれば、彭の延命になってしまう。ヤツがトップに居座ることは、確かに不本意だ。しかし、心配は無用だ。この敵を沈めなければ、党は、当分米日との対立を避けるようになる。それも、潜水艦では刃が立たないと判断してしまうかもしれない。それを受け入れることはできない」

「なるほど。その決意を聞いて安心した。わしとしては、この艦の優秀性を示すことだけが目的だからな。手を抜かれては困る」

「手を抜きなどしない。それに、命令は、目標の撃沈だ。あの艦を沈められなければ、私自身の命も先がなくなる」

「そうだな」

　ルサノフは、小皿に取ってあったチェリージャムの残りをスプーンですくうと、そのまま口に含んだ。ジャムの味をすっかり堪能《たんのう》しきると、香り高い甘みを洗い流すかのように紅茶のカップに口をつけた。

「わしは、この年だから命なぞ惜しくはない。わしが欲しいのは、この艦が最強である証明なのだ。そのためには、アメリカの原潜を仕留めたかった。しかし、この相手は悪くない。むしろ、アメリカの原潜以上に強敵だな。良いことだ」

＊

「S《シエラ》アルファ、変針はじめました。取舵」

美奏乃の隣に座る古田は、ストップウォッチのスタートボタンを押すと、落ち着いた声で報告した。パッシブソナーで捕捉したアルファ改は、前回の接触とは違った動きをしていた。一五ノットの速度で航行しながら、不規則に蛇行している。そして、不等間隔でアクティブソナーを発振していた。

速度が一五ノットも出ていると、そうりゅう型では後方から接近することが困難だった。バッテリーが保たない。不規則に蛇行しているため、真正面から接近することも難しく、無理に接近しようとすれば側面に回られ、ナーワルシステムがあっても、アルファ改の側面高出力アクティブソナーに探知される可能性がないとはいえなかった。

「Sアルファ、変針おわり。変針三三秒、予想針路175《ヒトナナゴー》」

アルファ改を遠間《とおま》から監視していた他のそうりゅう型潜水艦が収集したデータと、この月弧型の舟状海盆《かいぼん》をアルファ改が北進していった時に『こくりゅう』のソナー員が収集したデータから、変針に要した時間を測定することで、針路をかなり正確に予測できるようになっていた。本来なら、正確なデータを取るためには、目標が直進状態になってから目標運動解析を行ない針路を算出する。しかし、頻繁に行なわれる針路変更のタイミングを縫って攻撃するためには、この針路予測が必要だった。

「よし、やるぞ。木村技官、大丈夫か？」

荒瀬は、美奏乃にだけ声をかけてきた。鏡を見なくても分かった。たぶん、幽霊のように青ざめた顔をしているに違いなかった。しかし、真樹夫の仇を討つと決め、自ら乗り組んだ潜水艦から、今さら逃げ出すことなどできなかった。

「大丈夫です。ナーワルシステムは正常です」

荒瀬が、システムの稼働状況を聞いたのでないことは分かっていた。精一杯の見栄《みえ》だった。

「了解」

荒瀬は、わざわざ美奏乃の空元気を指摘することはしなかった。

「艦長、バッテリー残量六五パーセントです。これまでの針路確認で、かなり使ってしまっています」

「了解。留意しておく」

持田の報告は、通常型潜水艦での戦闘において、きわめて重要なものだった。

「一番８９式魚雷、発射」

荒瀬が号令を発すると、クルーは一つの生命体のように動き出す。そして、艦首から、圧縮空気が魚雷を押し出す微かな音が響いた。

『こくりゅう』とアルファ改は、まだ二〇マイル近くも離れていた。発射した魚雷は、蛇行するアルファ改の前方一〇マイルほど先に向けて進んでいる。

「的《てき》、変化なし」

古田は、目を閉じ、ヘッドセットに手を添えて、アルファ改の音に聞き耳を立てていた。標的であるアルファ改は、この速度だとスーパーキャビテーションプロペラが、大きなキャビテーションノイズを出している。その自艦騒音のためか、やはりこの距離では、魚雷の航走音を探知できていないようだった。

「予定どおりにやるぞ」

この魚雷は、アルファ改に対する牽制であり、誘いでもあった。本格的な仕込みは約一五分後、魚雷の有線誘導用ケーブルが限界に近づく時、アルファ改が次の変針を行なうタイミングを予定していた。

長い一五分だった。一分ごとに、古田の「的、変化なし」という報告が響く以外は、誰も音を立てなかった。美奏乃は、こめかみに流れる汗をハンカチで拭いながら、左手にはめたロレックスのサブマリーナーを見つめていた。真樹夫の形見だった。真樹夫が、最初のボーナスのほとんどを注ぎ込んで買ったダイバーズウオッチだ。彼の心臓が動きを止めても、この時計だけは動き続けていた。

「Sアルファ、変針開始。面舵」

この報告を、最も緊張した面持ちで聞いていたのは、魚雷発射管制を行なっていた嗣夫だった。変針が終わり、予想針路が算出され次第、ワイヤーで魚雷にデータを送り、予想会敵点に向けて変針させることになっている。

「Sアルファ、変針おわり。変針二九秒、予想針路234《フタサンヨン》」

嗣夫と魚雷員が、慌ただしくキーボードを叩いた。光ファイバーケーブルで有線誘導される89式魚雷にデータを送る。

「一番89式、変針完了！」

事前に放った魚雷を、アルファ改から探知されない遠距離で、大きく変針させた。牽制でしかないこの魚雷の方位から、艦の位置を推測されないための戦術だった。

「ワイヤーカット」

荒瀬があらかじめ予定されていた命令を下すと、嗣夫が、意図せず押してしまうことを防止するためのカバーを上げ、ボタンを押した。

「ワイヤーカット。一番発射管、再装填します」

「面舵、針路030《マルサンマル》、機関半速。一〇ノットに到達後は原速」

荒瀬は、89式魚雷の有線誘導用ワイヤーを切断すると、艦をアルファ改に接近させた。原速は、通常動力型潜水艦とすれば、かなりの速度が出せる機関出力だ。浅い深度ではキャビテーションノイズが発生する恐れもある。しかし、深度二〇〇メートル、二〇気圧以上の高圧下では、その心配は不要だった。

『こくりゅう』は、事前に異なる方向から撃った魚雷を牽制として、足音を忍ばせながら、アルファ改に急速接近していた。89式魚雷以上の速度を出すことが可能なアルファ改に損害を与えるためには、自らの位置を秘匿したまま接近し、アルファ改が気がついた時には、回避ができない距離で魚雷を放つしかなかった。

＊

艦内通話装置が、小さいが甲高いブザー音を響かせながら、まばゆいフラッシュを瞬《また》かせた。

林は、ベッドから跳ね起きると、送話スイッチに指をかけた。

「私だ」

「ほぼ正面に魚雷航走音探知、タイプ89、推定距離五〇〇〇メートル以上」

張は、無駄な内容は報告しなかった。林が、魚雷探知以外は報告不要だと命じてあったためだ。

林は、この報告を待ち望んでいた。

兵士が戦闘を待ち望む心理には、二つのケースがある。

一つは、延々と続く緊張に耐えきれず、これでやっと終われるという心理。もう一つは、鍛え上げた自らの力を実証したいという渇望《かつぼう》だ。林の場合は、後者だった。

「ブースト準備。アクティブソナー捜索、全方位。すぐに行く」

林は、作業着ではなく、制服のズボンに足を通すと、上着を掴んで艦長室を飛び出した。大股とはいえ、わずか五歩で、発令所に飛び込んだ。張は、すでに操舵席に座り、シートベルトを締めようとしていた。林は、艦長席に腰をかけると、戦術表示スクリーンの情報を読み取った。

「さて、敵はどこにいるかな」

林が呟くと同時に、ルサノフがランニングシャツのまま、倒れ込むようにして、駆け込んできた。航海長の景《けい》は、ルサノフが座席に着くのを待たずして、ブースト準備完了を報告した。

「焦る必要はない」

林は、まったく焦ってはいなかった。戦闘が、魚雷を撃たれることから始まるのは、織り込み済みだった。

「待つという手もある。しかし、待つだけでは芸がない」

「アクティブソナーでの探知は、正面の魚雷のみ。距離六三〇〇」

接近中の８９式魚雷まで十分な距離があるため、速度を落としてキャビテーションの発生を抑えるだけで、魚雷のホーミングを外せる可能性もあった。しかし、林は消極的に魚雷を躱すだけでなく、魚雷を放った『こくりゅう』を捕捉するため、より積極的な戦術を展開するつもりだった。

林は、ルサノフがどうにか腰を落ち着けたところを見届けると、命令を下した。

「操艦指示、高速戦闘方式。こいつを躱しながら、距離を詰め、敵の出方を見る。おそらく正面ではなく、左右どちらかにいるはずだ。探知が困難な相手であろうと、何らかの攻撃行動を行なえば、必ず痕跡が現われる。魚雷による攻撃は、我が艦には通用しない。敵に攻撃させることで、獲物を捉えるぞ！」

林も、荒瀬と同様に接近戦を挑むつもりだった。いくら高速で移動したとしても、距離が遠ければ、目標に対する角速度が低く、『こくりゅう』の側面に回って探知することはできない。探知ができなければ、当然攻撃することもできなかった。

Ｆ―22などのステルス戦闘機は、目視が不可能で、レーダーなどによる探知が必要となる遠距離でのＢＶＲと呼ばれる戦闘では、圧倒的な高性能を示す。しかし、格闘戦となる近距離に詰められてしまえば、ステルス性能を運動性能で凌駕《りょうが》することも可能だ。

林の狙いも同じところにあった。近距離にさえ詰めてしまえば、たとえ『こくりゅう』がアクティブソナーキャンセラーを備えていても、戦術機動でその作動限界を超えてしまえば、探知もできるし攻撃することも可能だと考えていた。

荒瀬と林、二人の指揮官は、互いに勝機を求め、互いに肉薄していた。

「深度調整オート、標準戦闘深度。ブーストオン、最大戦速」

張が命令を復唱しながらスイッチを操作すると、艦内は轟音に包まれた。

「左七〇度旋回」

林は、正面から接近する魚雷を、左に高速機動して躱すつもりだった。

もちろん、轟音を発するスーパーキャビテーションでは、目標の音を追尾するパッシブホーミングから逃れることはできない。しかし、十分な高速に到達した後にスーパーキャビテーションを切り、プロペラによる推進も止めて行き足だけで航走すれば、急に音が消えるため、魚雷のパッシブホーミングから逃れることができる。その上、高速で推進するため、狭い角度しか探知できない魚雷のソナー探知範囲からも外れ、プロペラやスーパーキャビテーションによる推進を再開しても、再探知されるのを防ぐこともできた。

「さて、どんな手を打ってくるかな」

林は、スーパーキャビテーションを切った時に、荒瀬が打ってくるであろう次の手段を想像して、口角を上げた。

＊

「Sアルファ、スーパーキャビテーション航行開始」

ソナーではなく魚雷発射管制卓に座る美奏乃にも、荒瀬の歯噛みが聞こえるほどだった。

「やはり、注意深いヤツだな」

先に針路変更してくれたのであれば、今までのデータの蓄積から、針路の予想をすることができた。そうであれば、スーパーキャビテーションを使って高速移動していたとしても、将来位置に向かって魚雷を発射することもできた。

「回頭するはずだ。回頭が終わり次第、目標運動解析《TMA》急げ」

スーパーキャビテーション中の旋回性能については、まだまだ未知数だった。そのため旋回が完了してから、方位角変化と目標艦の速度から位置と針路を割り出す目標運動解析《TMA》が、必要だった。これまでの接触から、精度が粗いものの、スーパーキャビテーション航行中の速度だけは割り出せていた。

「Sアルファ回頭開始……」

「舵は？」

荒瀬は、通常の戦闘では厳禁となる大きな声で、古田を急かした。

「左、取舵！」

荒瀬につられたのか、古田まで大声を出していた。

「よし、こっちに来やがったな」

荒瀬は、さすがに声を潜めて呟くと、美奏乃に声をかけてきた。

「木村技官、予定どおりにゆくぞ。用意はいいか？」

「はい」

美奏乃は、しっかりと答えたつもりだったが、声は上ずっていた。

「予想進路に魚雷を撃ち込んでも、ヤツは、魚雷の到達前にスーパーキャビテーションを切って状況を確認するはずだ。そうなれば、こちらが撃った魚雷で、こちらの方位がバレる。その上で、ヤツは、その魚雷も躱しながら、こちらに攻撃を仕掛けてくるはずだ。魚雷を撃ってこちらの方位を曝《さら》す以上、ヤツの武器も奪う！」

事前のブリーフィングで、荒瀬は、アルファ改を撃沈するための戦術を、美奏乃を含めた乗員に徹底していた。アルファ改には、通常の魚雷攻撃は通用しない。そのため、荒瀬は、まずは、アルファ改の最大の武器である高速性能に打撃を与えることを意図していた。

美奏乃は、その作戦を聞き、急遽、発射管制用の補助プログラムを作成した。そして、持ち込んだノートパソコンを発射管制卓に接続していた。

「目標運動解析《TMA》完了。Sアルファ針路165《ヒトロクゴー》」

「面舵、針路075《マルナナゴー》。二番、三番、五番89式魚雷発射用意。各魚雷ともスナップショット、有線誘導。二番、074《マルナナヨン》、深度一五〇、三番、075《マルナナゴー》、深度一〇〇、五番、076《マルナナロク》、深度一五〇」

　美奏乃は、三本の魚雷に発射諸元を送っている魚雷発射管制卓の横で、この三本の魚雷の起爆コントロールを行なうためのプログラムにデータを入力していた。

　三本の魚雷は、アルファ改の予想進路を包み込むように上下左右に撃ち分けられていた。しかし、予想進路に魚雷を撃ち込むなど、アルファ改の艦長も当然予想しているはずだ。魚雷が到達可能な位置にまで、周囲の状況を観測できなくなるスーパーキャビテーション航行を続けるはずはなく、その前に、スーパーキャビテーションを切って状況を確認するか、さもなくば針路を変えるはずだった。

　予想される行動は、その二つだった。アルファ改の艦長は、恐らく前者、状況確認を選ぶはずだった。『こくりゅう』が魚雷を撃っていれば、魚雷の位置と針路から、ソナーでも見えない『こくりゅう』の概略位置が分かるはずだからだ。

「魚雷発射用意完了」

　少しの音も立てないようにするため、『こくりゅう』は、ゆっくりと回頭していた。針路を魚雷発射方位に向ける前に、嗣夫は、魚雷発射準備を完了させた。

「起爆コントロールプログラム、準備できました」

美奏乃の報告だけが、浮いていた。しかし、美奏乃にそんなことを気にする余裕はなかった。

「針路075《マルナナゴー》、ヨーソロ」

「二番、三番、五番、連続発射」

荒瀬は、艦の回頭が完了すると、すかさず三本の魚雷を放った。魚雷を水中に押し出す微かな音が連続で響き、魚雷の正常航走を報告する声のほかは、発令所内を静寂が支配した。

美奏乃は、この静寂が嫌だった。自分の心臓の鼓動が、他の乗員にさえ、聞こえる気がした。

潜水艦の戦闘は、他のあらゆる兵器の戦闘と比べても、ひときわ異質だった。潜水艦対潜水艦戦は、状況を理解できない人間にとっては、ゆったりしているようにも見えるだろう。しかし、実際には、極度の緊張の中、一つのミスも、一瞬の気の緩みも許されないものだった。もしかすると、物陰に身を潜め、ターゲットが一瞬でも油断して姿を現わす時を待ち続けるスナイパーに近いかもしれなかった。

「そろそろだぞ」

美奏乃が、有線で起爆コントロールを行なう三本の魚雷は、アルファ改がスーパーキャビテーションを停止させなければ、上下左右、三方向から、アルファ改を包み込むように、標的であるアルファ改に迫ることができる。

しかし、荒瀬は、アルファ改が、そろそろスーパーキャビテーションを止めると見ていた。アルファ改の艦長が、そんな間抜けだとは思っていなかったからだ。

逆に、この魚雷は、林からすれば、間抜けな攻撃に見えるはずだ。

そして、その油断こそが、荒瀬の狙いだった。

「Sアルファ、スーパーキャビテーション停止」

予測のとおりだった。この位置でスーパーキャビテーションを停止されたのでは、この位置に向けて魚雷を放っていても届かなかったはずだ。

嗣夫は、三本の魚雷を有線誘導で、アルファ改に指向し直していた。三本の魚雷とも、アルファ改まで一キロほどの距離であり、弾頭が起爆してもアルファ改にダメージを与えることは困難だった。それでも、そこまで接近していたため、スーパーキャビテーションだけでなく、プロペラでの推進を停止させていても、原子炉のノイズを拾って誘導が可能な状態にはなっていた。この魚雷を回避するためには、アルファ改は、ふたたびスーパーキャビテーションを使わなければならない。

古田は、もう一つ続けて報告した。

「一番発射管より発射した89式魚雷、蛇行を開始。アルファ改を見失った模様」

美奏乃の耳に、荒瀬の舌打ちが響いた。最初に撃った牽制用の魚雷は、やはり躱されてしまった。

「バケモンが！」

この相手に勝てるのか、そして勝てなければ死ぬのだろうか。美奏乃は、背中に流れる冷たい汗を感じて身震いした。

＊

「魚雷航走音探知、航跡数三、右から正面に移動中。タイプ89、推定距離一キロ以上。本艦正面に指向中のようです。魚二、魚三、魚四とします」

スーパーキャビテーション推進を止め、速度が低下すると、パッシブソナーが『こくりゅう』が放った三本の魚雷を探知した。

「芸がないな」

林は、思わず呟いていた。しかし、同時にそれだけなのかと不安も抱いた。『まきしお』で北海艦隊の追撃を躱した男が、単純な攻撃しかしてこないとは思えなかった。

「右舷アクティブソナー、最大出力連続発振、広角、レンジ一〇キロ。可能なかぎり変調をかけろ」

　すかさず、アクティブソナーで、『こくりゅう』を捜索する命令を下した。『こくりゅう』が装備するアクティブソナーキャンセラーで反射波を消されないよう、出力を最大限高めた上、一回のパルス発振でも複数周波数の音波を組み合わせたり、パルス内で周波数を変更させたりした。

「数で何とかなるとでも思ったのかの？」

　ルサノフは、嘲笑しながら言った。林は、嘲笑する気持ちにはなれなかったが、同時に、失望もしていた。傷付いた『まきしお』を指揮し、北海艦隊総出の追撃から逃れた男が、この程度なのかと思えたからだ。林は、むしろアルファ改の現在位置に対して、距離的に届かないまでも、包み込むように複数の魚雷を放たれることを予想していた。スーパーキャビテーションがあるにせよ、複数の方位から魚雷を指向されたら、回避中は、一部の魚雷には接近しなければならなくなる可能性があるからだ。

　しかし、探知された魚雷は、アルファ改がスーパーキャビテーションを続けていれば、会合《かいごう》したであろうポイントに指向中だった。それは、当然、考えて然《しか》るべき単純な戦術だった。だから、林も芸がないと口走っていたし、その戦術への対策として、８９式魚雷の雷速を考慮して、到達される可能性が少ないと思われた現在位置で、スーパーキャビテーションを止めていた。

「魚二から四、変針しました。本艦に接近中。パッシブ追尾されていると思われます」

「ソナー、敵艦は？」

「探知ありません。右舷側推定方位に絞った高出力ピンガーでも探知なし」

「さほどの距離はないはずだが、やはりバケモノだな」

林は、改めて『こくりゅう』に恐怖した。これでは、潜水艦が姿を隠しにくい浅海域であるにもかかわらず、『遼寧』が大破させられたことも当然だと思われた。

「こいつを沈めなければ、潜艇部隊が、いや、中国海軍が終わる。是《ぜ》が非《ひ》でも沈んでもらう」

林は、頭の中でこの後の戦術を組み立てると、命令を下した。

「四番から六番、シクヴァル発射準備いいか？」

「発射管扉開放、準備完了しています」

「よし、回頭中に魚二から魚四の発射源方位に向け、順次発射せよ。機関一戦速、面舵、方位２８０」

林は、シートのアームレストを摑む指に力を込めた。

「何本撃とうと同じことだ。この艦なら躱せる。むしろ方位を曝しただけだ。それが命取りになる」

そう呟くと、このアルファ改とともにロシア海軍から譲り受けた、雷速二〇〇ノットを超えるスーパーキャビテーション魚雷、ＶＡ―111シクヴァルが射出される音を聞いていた。

シクヴァルには、複数のタイプがある。中国がロシアから輸入することができたのは、機動性こそ初期型よりも強化されたものの、事前にデータを入力し、そのとおりに航走する慣性誘導能力しかないタイプだった。しかし、スーパーキャビテーションとロケット推進による桁外《けたはず》れの速度を誇り、水中ミサイルとまで言われるシクヴァルと高出力アクティブソナーによる正確な目標諸元の観測の相性は抜群だった。ひとたび探知された目標は、逃げることができない上、反撃のために放った魚雷は、アルファ改がすべて躱してしまうため、試験においては、一方的な戦績を収めていた。

しかし、この三発のシクヴァルには、まったく別の意図が込められていた。

「回頭完了、方位２８０」

「ブーストオン、最大戦速」

林は、『こくりゅう』がいると思われる概略方位に、三発のシクヴァルを発射すると、『こくりゅう』の右側に回るため、スーパーキャビテーションでの高速機動をスタートさせた。『こくりゅう』が放った魚雷は、アルファ改の左から接近していたが、まだ一キロ近い距離があった。スーパーキャビテーションでのブースト機動を使えば、簡単に引き離すことができるはずだった。

スーパーキャビテーションを使用すると、キャビテーション発生装置そのものが大きな音を発生させる上、装備するスーパーキャビテーションプロペラを高速で回転させるため、ここでも大きな音を出す。その上、船体がキャビテーションに包まれるため、自艦のソナーが機能せず、ほぼ完全な盲目状態となってしまう。確認できるのは、真っ正面わずか数度の範囲だけ、しかも相当大きな音か、アクティブソナーを使うのでなければ、探知できなかった。

視界ゼロの状態で海水を切り裂きながら、林は、黙考し、次の手を考えていた。

しかし、その黙考は、予想外の衝撃で中断させられた。左側から大きな衝撃があった。同時に、ルサノフが操作する、ブースト機動制御盤の現況表示パネルに、いくつものレッドランプが点灯した。

「システム緊急停止」

ルサノフは、スーパーキャビテーション発生装置を緊急停止させると、制御盤を慌ただしく操作した。

「損害報告！」

林は、艦内状況の報告を求めながら、何が起こったのか、いや、何をされたのか思考を巡らせた。しかし、その前に、接近していた魚雷の確認が必要だった。ソナーに異常がないことを確認すると、全周に向けてアクティブソナーを打った。

「左舷前方から接近していた魚雷、魚二から四は、確認できません。魚雷が接近してきていた方位に大量のバブルがあるため、三発とも起爆した模様。その他、先ほど回避し、遠ざかっている魚一以外の目標は見当たりません」

　ほぼ同時に、艦内各所からの報告が上がってきた。幸いなことに、ブースト機動を行なうためのスーパーキャビテーション発生装置以外には、大きな損傷はなかった。

「これが狙いだったのか」

　林は、舌打ちすると、吐き捨てるように呟いた。

「ミーシャ、故障したスーパーキャビテーション発生装置を閉鎖し、使用可能な部位だけで起動できるようにしろ。次が来るぞ！」

　林は、故障の発生状況と、三発の魚雷が、まだ遠距離であったにもかかわらず、すべて起爆させられていたこと、そして、その衝撃を一度しか感じなかったことから、荒瀬の企図を理解した。

「ソナー、左舷前方のバブルに紛れて魚雷が来るぞ。アクティブを連続発振して警戒継続」

「何をされたのだ？」

　ルサノフは、しわくちゃの手だけは機敏に動かしながら、動揺を隠せない声を上げた。

「波面合成だ。三本の魚雷の起爆で発生した衝撃波を、同時に我が艦に到達させるよう起爆タイミングを調整したのだ。合成された圧力波を、高圧環境下で燃焼反応を行なうスーパーキャビテーション発生装置にぶつけた。結果、装置の作動圧力を超えたため、装置に故障が発生したんだろう。敵は、最初からこれを狙っていたんだ。だから、本艦を包囲する位置に魚雷を指向させず、片舷に衝撃波が集中するように魚雷を放った」

林は、自分自身に毒突いた。敵の指揮官の目的は、最初からアルファ改の最大の武器である〝足〟を奪うことにあったのだ。

「だが、舐めてもらっては困る。お前たちの武器も奪ってやる」

林がそう呟くと、ソナー員が悲鳴に近い声を上げた。

「魚雷航走音探知、航跡数一、バブルの向こうから来ます。タイプ89、推定距離一キロ、魚五とします」

「まだ、大丈夫だ。ルサノフ!」

「故障ユニット及び右舷側の対称ユニットも閉鎖、速度は低下するが、ブースト機動は使用可能だ」

「どこまで出せる？」

「六〇ノットは無理だろう、せいぜい五五ノットになる」

「了解。タイプ89と同等以上なら、十分に戦える。やるぞ！」

林は、乗員を鼓舞《こぶ》すると、反撃に出た。

「パッシブデコイ、強速相当で射出」

アルファ改のスーパーキャビテーションプロペラは、微速以下でなければ激しいキャビテーションノイズを発生させる。それだけに、パッシブデコイも、速度に応じ、激しい音を発生させるように作られていた。

「機関半速、面舵、針路３２０。シクヴァル起爆開始まであと一五秒、ソナー、観測に備えろ。一番発射管、ＹＵ―６発射準備」

林は、パッシブデコイが発生させる音に紛れ、針路を右に振って魚雷を回避するつもりだった。完全に欺瞞できなくとも、８９式魚雷のパッシブソナーが、二つの音源を分離しきらず、方位探知が不正確になれば、スーパーキャビテーションでのブースト機動を組み合わせ、魚雷を振り切りやすくなるはずだった。

「先手は取られた。だが、我が艦は、まだ十分に戦える。対して、お前は姿を曝せば、もう逃げることなどできはしない！」

＊

「ＳＴ１《シエラタンゴ》、右舷側。ＳＴ２、同じく右舷側上方、ＳＴ３、左舷側下方。最も近いＳＴ３でも、最接近時、本艦から九〇〇ヤード以上。脅威なし」

古田の低い声が響くと、古田の隣、ソナーコンソールの端に戻った美奏乃にも、発令所内に、安堵の雰囲気が満ちるのが分かった。

アルファ改が放った魚雷は、通常の魚雷ではなく、中国海軍による保有が明らかではなかったシクヴァルだった。いわば秘密兵器を放ってきたこともあり、『こくりゅう』の位置がいつの間にか把握されていたのではないかという疑念が、多くの乗員の心に芽生えていた。その疑念が、彼等に深刻な不安を抱かせた。そのことは、美奏乃にも、否応なく理解できていた。古田の報告は、その不安を吹き飛ばしたのだ。

しかし、ただ一人、荒瀬だけは、依然として眉間に皺を寄せていた。

「艦長、ナーワルシステムは、正常に作動しています。アルファ改の高出力アクティブソナーでも、探知されることはないはずです」

美奏乃は、荒瀬を安心させたいと思ったのではなかった。荒瀬の不安がどこにあるのか、聞き出したかった。

「広角すぎる」

「広角すぎる？」

オウム返しの質問が、間抜けに思えた。美奏乃には、荒瀬の懸念が理解できなかった。

「魚雷の航跡を見て、この艦の位置を大まかに把握はしたはずだ。それに、ホーミング能力のないシクヴァルで、こんな広角の攻撃をしたところで、被害を与えられないことは、アルファ改の艦長にも分かっていたはずだ。にもかかわらず、こんな攻撃をしてくる以上、これには、何か別の意図があるはずだ」

「何か別の意図？」

「そうだ、被害を与える以外の意図が……」

そこまで言った荒瀬の表情が、突然、驚愕に満ちた。

「ジュリーだ！」

美奏乃の「え？」という声は、耳ではなく内臓に響く衝撃波に打ち消された。

「ＳＴ３起爆」

古田の報告にかぶせるようにして、荒瀬が叫んでいた。

「アクティブデコイ射出、機関一戦速」

美奏乃には、荒瀬が何を危惧し、慌てて対策を採ろうとしているのか、理解できなかった。しかし、彼の慌てぶりから、この一見無意味なシクヴァルの使用が、『こくりゅう』に対する脅威だということは、理解できた。

荒瀬の命令に素早く反応した乗員が「アクティブデコイ射出完了」と報告した時、ふたたび衝撃波が響いた。

「ＳＴ２起爆」

美奏乃は、どうして良いか分からず、ただナーワルシステムの作動現況を確認すると、苦虫を噛み潰したような顔をした荒瀬に報告した。

「間に合わないか」

誰に告げるでもなく、荒瀬が呟いていた。アクティブデコイが射出されても、そこから放出された気泡が効果を発揮するためには、タイムラグがある。そのことは、美奏乃も承知していた。しかし、命中することのない魚雷攻撃を受けただけで、アクティブソナーのピンガーを受けてもいなかった。荒瀬の考えが理解できなかった。

「どういうことですか？」

「ジュリー、対潜哨戒機が使っていた古い対潜戦術の応用だ。対潜哨戒機が投下するソノブイには、パッシブソナータイプのものも、アクティブソナータイプのものもある。しかし、かつては、アクティブソナーを使えるソノブイは、能力も低く、数も少なかった。そのため、おおよその位置が把握できた敵潜に対し、周囲にパッシブソノブイを投下し、そのあとで、中央に爆雷を投下する戦術が使われた。爆雷の衝撃波をピンガーとして使い、即席のバイスタティックソナーにする。それが、ジュリーだ」

「じゃあ……」

美奏乃も、その説明ですべてが理解できた。バイスタティック方式のアクティブソナーは、ピンガーの発振と反射波を受けるソナーが別の位置にあるものだ。二隻の船や船とディッピングソナーを備えたヘリなど、異なるユニットが協力して潜水艦を探知するための技術だ。ロシアのキロ級やそうりゅう型など、アクティブソナー対策の進んだ潜水艦を探知するために開発が進められている。

ナーワルシステムは、ピンガーが向かってきた方向に対してだけ、位相反転波を送り、反射波を相殺《そうさい》するシステムだ。探知を試みるアルファ改とまったく別の方向から来る衝撃波に対して、アルファ改の方向への位相反転波を生成する能力はない。バイスタティック方式のソナーには対応できていなかった。それに、通常のピンガーには対応できても、魚雷の爆発で生じる衝撃波にまで、位相反転波を生成することもできない。エネルギー、つまり振幅が大きすぎた。

アルファ改の放った三本の魚雷は、直進し、時限信管作動させられていた。アルファ改は、タイミングをずらした三つの起爆ポイントから発生する衝撃波が、『こくりゅう』の船体に衝突して発生する反射波を捉えることで、かなり正確な位置と概略の針路を割り出せるはずだった。

「ST1起爆」

荒瀬は、アクティブデコイの放出と速度を上げることで、少しでもアルファ改による探知精度を下げようとしていた。しかし、『こくりゅう』のアドバンテージである隠密性は、この時点の位置・針路にかぎるとはいえ、完全に失われていた。

美奏乃は、胴震いを抑えようと、自分の体を抱きしめるようにして押さえつけた。

＊

「目標確認、方位242、距離一三〇〇、深度二二〇、針路060、一五ノット。本艦に接近中」

日本政府が探知不能と豪語する『こくりゅう』を探知し、報告するソナー員の声にも力が入っていた。しかし、林は慎重だった。

「他に探知は？」

「接近中の魚五及び、回避済みの魚一です」

素早く頭の中で戦術を再考する。速度が五五ノットしか出せなくとも、この戦術に綻《ほころ》びはないはずだった。林は、これから放つ二本の魚雷で、『こくりゅう』を仕留められることを確信した。

「一番、YU－6発射、方位242、低雷速」

間を置かず、魚雷が発射される鈍い音が響いた。林は、魚雷を意図的に低い速度で放っていた。

本来、低雷速は、魚雷の航走音を抑え、魚雷の接近を秘匿して奇襲効果を高めたい場合、あるいは、ノイズが多い環境で、魚雷のホーミング用ソナーが目標を捉える角度を広く保ちたい場合、あるいは、雷速が低いと省エネ航走ができるため、遠距離の目標を狙う際に使用される。

しかし、林が低雷速を選択したのは、別の意図からだった。

「四番、五番、シクヴァル再装塡まだか！」

「四番は、もうまもなく完了します。五番は、完了まで約一分」

「よし、YU―6は牽制、いや、目標の行動拘束用だ。こいつが機能しているうちに、魚五を回避して側面に回って仕留めるぞ。ブーストオン、最大戦速」

＊

「Sアルファ、スーパーキャビテーション航行開始」

ヘッドホンを被る古田は、ソナーコンソールの画面を凝視したまま報告すると、命令を告げようとする荒瀬を、片手をかざして制した。

「魚雷航走音探知、ST4、接近中。ピッチ低い、低雷速です！」

美奏乃は、アルファ改が、スーパーキャビテーションの轟音に紛れさせ、音の小さな低雷速で魚雷を放ったのだと思った。古田が聞き逃せば、危険な状態になったはずだった。

「機関最大戦速、いや機関一杯」

そう叫んだ荒瀬の歯ぎしりが、美奏乃の耳にも聞こえてきた。『こくりゅう』の目の前から接近する魚雷に対して、荒瀬は最大速力で艦を接近させようとしていた。

「艦長、一杯まで上げては、この深度でもキャビテーションの恐れがあります。魚雷のソナーは、アクティブになってもナーワルで躱せます。ですが、キャビテーションが発生すれば、パッシブでホーミングされる可能性があります。それに、バッテリー残量が怪しくなっています。高速の使いすぎです」

持田の声は、荒瀬よりも落ち着いていた。

「かまわん。レースだ」

「どういう意味ですか?」

「ST4、アクティブホーミング開始」

古田の声も、上ずっていた。

「この魚雷は、命中を狙ったものじゃない。『こくりゅう』の針路を、この魚雷に向け続けさせるものだ。ヤツは、ナーワルシステムを使えば、魚雷を躱せることを理解している。そして、躱すためには、魚雷がすれ違うまで、艦を魚雷と対向させ続けなければならないことも理解してやがる。その間に、ナーワルが機能しない側面に回り、別の魚雷を叩き込むつもりなんだよ」

荒瀬は、古田の報告を無視して、持田の質問に答えていた。

アルファ改の艦長は、詰め将棋のように、王手を続けることで玉《ぎょく》を追い詰めようとしていた。荒瀬は、その戦術に対して、必死に抗《あらが》おうとしていた。

「木村技官、ST4はナーワルで躱す。躱した後、ナーワルをSRモードに、ディレイ、コンマ一」

「ST4回避後、SRモード、ディレイ、コンマ一」

美奏乃は、荒瀬の命令が何を意図したものなのか、理解できなかった。右目に汗が入った。しかし、拭う時間もない。右目を閉じ、左目だけで、必死に手を動かした。

「六番発射管、発射用意。スナップショット、アクティブ、高雷速」

美奏乃にも、これが最後の一撃になるということは分かった。それは、乗員の誰にとっても同じだろう。

「ST4、角速度増大、すれ違います」

アルファ改が放ったYU―6魚雷は、『こくりゅう』を探知できていないため、完全な対向状態にはなっていない。そのため、お互いに直進しながら、すれ違う直前には、探知方位の角速度が増大するのだ。

「機関半速」

荒瀬は、魚雷のパッシブホーミング機能で探知されないよう、すかさずプロペラの回転数を落とした。あとは、行き足、惰性《だせい》で魚雷とすれ違うつもりなのだろう。荒瀬の意図を理解した古田は、魚雷の探知方位を連続して報告していた。

「ST4、右舷通過」

古田が、ひときわ大きな声で報告すると、荒瀬が吠えた。

「取舵一杯、針路340《サンヨンマル》」

「ダメです！」

美奏乃は、思わず叫んでいた。機関が半速とはいえ、直前まで最大速力で航走していた『こくりゅう』の速度は、行き足（慣性）がついているため、まだ一八ノット以上もあった。通常型潜水艦としては、かなりの高速だ。こんな速度で限界まで舵を切れば、魚雷発射管に挿入されたナーワルのバウコンポーネントが、魚雷発射管を破壊しかねなかった。

潜水艦の舵は、入力しても反応は速くない。徐々に取舵一杯に近づく舵の位置を見ながら、操舵手は、不安な表情を浮かべた。

「一杯だ！」

荒瀬は、改めて命じた。

「Sアルファ、スーパーキャビテーション航行終了」

荒瀬は、戦術状況表示装置に示されたアルファ改の方位を見ながら、断固とした声で言った。

「ここが勝機だ」

魚雷発射管室は、発令所のすぐ前方にある。差し込まれたバウコンポーネントが、四番発射管を軋ませていた。不気味な金属の叫びが、美奏乃の耳にも聞こえてきた。

美奏乃は、不安になりながらも、艦内では艦長が絶対であることを理解していた。自分の仕事に戻り、ナーワルシステムのモードを変更するために、コンソールを叩いた。美奏乃が、最後のエンターキーを押した瞬間、艦体を叩くピンガーが、美奏乃の耳にはっきりと響いた。

「ナーワル、SRモード移行完了、ディレイ、コンマ一秒」

美奏乃は、すかさず報告した。モードの移行が間に合ったのかどうか、確信は持てなかった。

＊

「ブーストオフ、機関半速、取舵、針路160」

ホーミング魚雷を低雷速で発射してあったため、『こくりゅう』は、その魚雷と行き違うまで、回頭できないはずだった。アルファ改は、ナーワルシステムが機能できない『こくりゅう』の側面に位置したはずだ。

林は、スーパーキャビテーションによる高速航行を切ると、すぐさまピンガーを打って

『こくりゅう』を捕捉したかった。しかし、行き足があるため、アルファ改も、まだ側方のアクティブソナー探知ができなかった。魚雷と同じで、水中での高速移動中は、正面しかソナーが機能しないためだ。

艦を『こくりゅう』の側面に向け、アクティブソナーで探知でき次第、即座に水中ミサイル、シクヴァルを叩き込むつもりだった。

「四番、シクヴァル発射準備。捕捉後、即座に発射。距離は至近だ、安全装置は解除、時限作動！」

スーパーキャビテーションを切り、見えない壁にぶつかったような衝撃に顔をしかめながら、林は、矢継ぎ早に命令を下した。

「針路160、速度四〇ノット、低下中」

「アクティブソナー連続発振、距離一キロ」

回頭が終わっても、まだソナーを使うには速度がありすぎた。林は一刻も早く、目標を捕捉したかった。これがレースであることは、荒瀬と同様に理解していた。

『こくりゅう』が、低雷速のYU—6をやりすごし、アルファ改に向けて回頭してしまっていれば、至近距離で、見えない相手と対峙しなければならない。そうなれば、アルファ改が圧倒的に不利だった。足を自慢とする高速ボクサーが、目隠しをさせられ、コーナーに追い詰められたようなものだ。

どちらが勝利するかは、このアクティブソナーで『こくりゅう』を捉えられるかどうかで判明する。

「目標探知、正面、距離四四〇」

林は、この瞬間に勝利を確信した。

「四番、シクヴァル発射！」

シクヴァルは、あまりに高速のため、ソナーが機能せず、目標を追尾する能力がない。一見、低性能のようにも思える。しかし、秒速一〇〇メートルにも達する水中ミサイルを、近距離から時限信管作動で発射されれば、どんな潜水艦でも回避などできるはずはなかった。

「沈め！　この月弧の深淵が貴様らの墓場だ。この深淵を制する者が、すべての海を制するのだ」

シクヴァルが発生させる轟音は、ソナーを介さずとも林の耳に響いた。そして、発射から約五秒後、四四〇メートル先で起爆した弾頭が発生させる衝撃波が、船体を激しく揺らした。

至近距離で起爆させた魚雷は、周囲に衝撃波を撒き散らし、大きな残響を響かせる。その中でソナーを使うことには困難が伴う。アルファ改のソナー員は、『こくりゅう』の船体が破壊される音を必死に聞き取ろうとしていた。林は、勝利の報告を待っていた。しかし、ソナー員の目は驚愕に見開かれた。

「魚雷航走音探知、タイプ89、正面です！」

「距離一四〇！」

隣でアクティブソナーを操作していた別のソナー員が距離を報告すると、林は反射的に命令を発した。

「面舵一杯、ブーストオン」

だが、一四〇メートルという距離は、誰の目にも絶望的だった。

「なぜだ？」

欠陥艦とその主任技術者というレッテルを覆《くつがえ》すことに心血を注ぎ込んできたルサノフは、目を血走らせて叫んでいた。

「アルファが最強なのだ！」

スーパーキャビテーション発生装置が立てる轟音が、この時だけは、狂気の叫びに聞こえた。

「何を見誤った？」

林は、自問した。

「あの探知目標は、幻だったとでもいうのか！」

そう叫んだ瞬間、林は全てを理解した。

『こくりゅう』の装備するアクティブソナーキャンセラーは、ピンガーを、船体から離れた位置に取り付けられたコンポーネントで探知する。そして、そのわずか七マイクロ秒後、ピンガーが、船体に到達する瞬間に、船体から反射される反射波の逆位相波をソナーから発振するシステムだ。

この機能を応用し、逆位相に変換しないシグナルを、タイミングをずらして発振すれば、実際の位置よりも遠い位置に、幻の探知目標を作り出せる。林が攻撃させた目標は、その幻だったのだ。

思考が、一瞬にして結論に達した時、林は、８９式魚雷の二六七キロにも達する高性能炸薬《さくやく》が発生させた衝撃で、気を失った。

それは、幸いだった。一瞬にして流入した海水が、船内の空気を断熱圧縮し、着衣共々、皮膚を焼いたからだ。そのあとには、ジェット水流となった海水が、肉を切り裂き、彼の体を肉片に変えた。

＊

「衝撃に備えろ！」

もはや、静粛性に配慮しなければならない状況ではなかった。荒瀬は、艦内交話装置に向かい、ダイヤルスイッチを艦内一斉にセットすると、あらん限りの声で叫んでいた。

距離わずか一七〇メートルで発射された89式魚雷は、六秒でアルファ改に到達し、破滅的な破壊をもたらすはずだった。

同時に『こくりゅう』にも、深刻なダメージを与えることは間違いなかった。

「腹をコンソールに押しつけて！」

美奏乃は、古田に首根っこを押さえつけられるようにして、ソナー操作卓《コンソール》に突っ伏した。潜水艦は、三次元機動するため、艦内のあらゆるものが固定されている。だから、衝撃で何かが飛んでくる恐れはなかった。備えなければならないのは、自分の体が吹き飛ばされて、何かに激突することだった。

「……パルスが来るぞ！」

荒瀬が何かを叫んでいた。美奏乃には、その意味を考える余裕はなかった。キーボードに覆い被さるようにして、コンソールのパネルを取り外す際に使用するハンドル部にしがみついた。

突然訪れた衝撃は、あまりにも激しかった。美奏乃は、必死でしがみついていたが、交通事故の如《ごと》き衝撃は、美奏乃の体を発令所の床に放り出した。電源がショートしたのか、室内灯が消え、非常灯の明かりに切り替わった。

美奏乃が、全身の痛みと、鼓膜が破れそうな轟音に、ただ呆然としていると、太い腕が首に巻き付いた。

「しっかりしろ！」

そう叫ぶ声を聞いたと思った瞬間、美奏乃の体は、荒瀬と共に、ソナー操作卓《コンソール》に叩き付けられた。荒瀬は唸っていたが、美奏乃の首に回された腕が緩むことはなかった。その後、ふたたび床に投げ出され、ソナーコンソールに打ち付けられるという往復が数回続いた。

美奏乃にも、やっと周囲を見回す余裕が生まれると、首に回されていた腕が離れた。

「被害報告！」

荒瀬が、苦しげな声で命じていた。美奏乃はまだ呆然としていた。古田は、よろよろと立ち上がると、ふたたびヘッドセットを着けて、コンソールを操作した。

「前部バラストタンク破損」

「魚雷発射管室に浸水」

美奏乃には、次々に報告される被害状況の深刻さは、理解できなかった。しかし、美奏乃にも分かったことは、次第に艦首が下がり、艦が沈没の危機にあるという事実だった。

「後進半速。的はどうなった？」

この状況でも、荒瀬は目標のアルファ改を気にしていた。

「破損を逃れた圧力区画が軋んでいます。艦首アレイが機能していないので、位置は不正確ですが、ほぼ本艦の真下。沈没は確実です」

古田が報告し終えると、持田がこんな状況でも変わらない声で告げた。

「艦長、現在の深度二五〇。沈降中です」

そうりゅう型の可潜深度からすれば、まだ余裕があった。それでも、このまま沈み続ければ、いずれ水圧で押しつぶされることは確実だった。

「使用可能な全タンクをブロー、サニタリーもだ」

荒瀬は、とにかく浮力を確保しようとしていた。汚水タンクの汚水まで海中に放出し、空気で満たそうとしている。美奏乃は、自分にも何かできることはないかと考えた。しかし、できることといえば、邪魔にならないようにすることだけだった。

「後進原速、機関出力で海面に出るぞ」

「バッテリーが保ちません。海面到達までにバッテリーが尽きます」

バッテリーで駆動する通常動力型潜水艦は、そもそも高速で機動することなど想定していない。アルファ改との戦闘で、高速での機動を長時間使いすぎていた。そのため、浮力を付けなければ、艦を海面に到達させることは不可能だった。

「電源を非大気依存推進《AIP》に変更、後進半速」

荒瀬は、舌打ちすると、バッテリーを温存するために、電源を非大気依存推進《AIP》であるスターリング機関に切り替えた。しかし、スターリング機関の出力は低い。せいぜい艦の沈降速度を下げる程度の推進力にしかならない。

「魚雷発射管室以外に浸水はないか？」

「他の区画にはありません。発射管室の防水作業は、橋立二尉以下一七名で実施中」

美奏乃が慌てて見回すと、発令所内に嗣夫の姿はなかった。水雷長として、すぐに発射管室の防水作業に向かっていたのだろう。

美奏乃は、急に不安になった。真樹夫が亡くなった発射管室で、嗣夫も浸水に対処している。その不安は、自分の姿勢にも影響していた。艦首が下がり、美奏乃は、ソナーコンソールの根元を踏みつける形で立っていた。

「浸水状況はどうだ？」

無電池電話を使った問いに、嗣夫の緊迫した声が答えた。

「科員居住区は、ほぼ水没。浸水防止作業は続けているものの、浸水が激しく、難航中。艦のツリムを戻してください。このままでは、まもなく浸水箇所が水没し、作業が不可能になります」

荒瀬は、トリム制御を行なうための艦制御コンソールを一瞥《いちべつ》すると、無電池電話の送話器を握る指を白くして答えた。

「使用可能な全タンクをブローしても、浮力が足りない。ツリムの回復は不可能だ。可能な限りの浸水防止作業を実施せよ。止められない場合、浸水箇所の水没後は、全員第二区画に退避。第一区画を高圧にして対処する」

「艦長、無理です」

バラストコントロールパネルを確認していた持田が報告すると、荒瀬は押しのけるようにしてパネルを見た。

「前部バラストタンクの破損で、系が同一の第一区画への高圧空気供給用パイプが破損しています」

荒瀬は、艦制御コンソールに拳を打ち付けると、その一部を睨んでいた。おそらく各防水区画の気圧とエア供給系統の状況を見ているのだろう。

「なぜなんだ！」

荒瀬は、激しく毒づいていた。

「魚雷発射用の高圧空気系は生きています」

通話状態になったままの無電池電話から、嗣夫の声が響いた。

「艦長、魚雷発射用の高圧は、十分な圧があります」

繰り返された言葉は、奇妙に落ち着いていた。

「命令してください」

美奏乃は、嗣夫の淡々とした言葉に、不吉《ふきつ》な予感を感じ、その身を震わせた。まさか、嗣夫に、真樹夫と同じ運命を課そうとしているのか。

荒瀬は、無電池電話を見つめたまま、唇を嚙みしめていた。

「艦長、私にやらせてください。この艦が、艦長の艦であるのと同じように、魚雷発射管室は、私の領分です。浸水箇所が沈みます。もう時間がありません」

発令所は、奇妙な静寂に包まれていた。美奏乃を除く全員が、荒瀬の言葉を待っていた。

「水雷長を残し、防水作業員は、全員第一区画から退避せよ。第一区画を高圧にして排水する。水雷長は、区画閉鎖後、魚雷発射用の高圧空気系を操作して、圧力制御を実施せよ」

「嗣夫君に、真樹夫さんと同じように死ねと言うんですか？」

美奏乃は、思わず叫んでいた。

「危険性はある。だが、死を命じているんじゃない。全員が、生き残るための選択だ」

「でも、身を危険に曝すのは嗣夫君です。全員じゃありません。みんなが生き残っても、嗣夫君だけが死ぬかもしれないじゃないですか！」

「美奏乃さん」

対峙する美奏乃と荒瀬の間に割って入ったのは、無電池電話から響く嗣夫の声だった。

「美奏乃さん、誰かが、その危険を引き受けなきゃいけないんです。そして、その危険は、ぼくのいる魚雷発射管室で発生しています」

「でも、嗣夫君の責任じゃないでしょ」

「ぼくのせいではないかもしれません。でも、ぼくの責任ですよ。ぼくは、水雷長なんですから。それに、責任が誰にあるかなんて問題じゃないんです。魚雷発射管室については、他の誰よりもぼくが、よく分かっています。この任務は、ぼくが一番うまくやれるんです」

無電池電話から響く声は、くぐもっている上に、激しい浸水の音で聞きにくかった。それでも、嗣夫の意志は、明確すぎるほどに明確だった。

「だからって……」

美奏乃は、言葉を継げなかった。

「死ぬなんて決めつけないでください。死ぬつもりなんてないんですから。生き残ってみせますよ。彼女のためにもね」

誰かがやらなければ、全乗員が死ぬ。その事実を認めて、嗣夫は自ら危険な任務を引き受けようとしていた。

「橋立二等海尉を除き、第一防水区画から退避完了。携帯炭酸ガス吸収装置、酸素ボンベ等も受領しました。水密扉閉鎖します」

嗣夫は、淡々と作業をこなしたのであろう。たった一人で、危険な任務に臨もうとしていた。

「深度は随時《ずいじ》伝達させる。船外よりも一気圧も高くすれば十分だ。必要以上の高圧にするな。艦は必ず浮上させる。炭酸ガス吸収装置と個人脱出救命胴衣《スタンキーフード》を使って酸素分圧を制御すれば、急性の酸素中毒は防げるはずだ。頼むぞ」

「了解。圧力制御開始します」

嗣夫は、魚雷を水中に押し出すための高圧空気を魚雷発射管室内に放出させていた。バラストコントロールパネルに表示される第一防水区画の圧力が、みるみるうちに上昇してゆく。

一時的ならば、アクアラングを使わないフリーダイビングでも、二〇〇メートルを超える潜水をすることは可能だ。しかし、長時間の高圧環境は、人体に様々な影響を与える。スクーバダイビングをする人ならば、減圧症や窒素酔いについては、必ず教育を受けているだろう。

しかし、美奏乃が、そして荒瀬が懸念していたのは、酸素中毒だった。沈みつつある『こくりゅう』の現在の深度は、二八〇メートルを超えていた。そのため、嗣夫は第一防水区画の圧力を三〇気圧近くにするはずだった。その環境では、酸素分圧は五気圧を優に超える。そんな空気を呼吸すれば、秒単位の時間で脳が深刻な損傷を受ける可能性があった。

「無理です、こんなの！」

美奏乃は、荒瀬に訴えた。軍用潜水で大深度に潜る場合、酸素中毒を防ぐため、酸素濃度を減らしたヘリウムとの混合ガスを使用する。潜水艦にも緊急時の船外作業のため、そうしたガスも装備されている。しかし、これほどの深度に耐えられるガスではないはずだった。

「携帯炭酸ガス吸収装置も持たせた。『まきしお』にはなかった装備だ。フードを被った上で、呼気中の二酸化炭素を減らし、ヘリウム混合ガスを呼吸すれば、理論的にはこの深度にも耐えられるはずだ」

嗣夫が気圧を上げただけでは、沈降は止まらなかった。ビルジポンプは、最大出力で排水を続けている。しかし、第一区画の浸水だけでなく、バラストタンクの損傷もあったため、浮力が決定的に不足していた。第一区画の気圧は、二八気圧を超えた。

「まだ手はある」

荒瀬が、不意に美奏乃の頬《ほお》に手を伸ばした。我知らず、涙を流していたようだった。

「電源をバッテリーに変更、機関後進一杯。バッテリーを使い切るまで、上がれるところまで上がるんだ」

先ほど、持田がバッテリーでは水面まで届かないと報告したばかりだった。深度が浅くなったところで、海上に到達できなければ、浮力の足りない『こくりゅう』は、ふたたび深淵に引きずり込まれるはずだ。それでも、乗組員たちは、不安を顔に貼り付けたまま、荒瀬の命令に従っていた。

「バッテリー出力がＡＩＰ以下になったら、再度電源をＡＩＰに変更。最後まであがくぞ！」

『こくりゅう』は、残る力を振り絞って艦尾から水面に這い上がろうとしていた。二〇〇メートルまでは順調だった。しかし、残り一五〇メートルを切ると、明らかに浮上速度は低下した。そして一〇〇メートルを超えたところで、その速度は絶望的なまでに落ち、水深八〇メートルで、深度計の針はピクリとも動かなくなってしまった。

「バッテリー限界です。電源をＡＩＰに変更します」

持田の報告を聞くと、美奏乃は視線を深度計から、左手のロレックスサブマリーナーに落とした。ＡＩＰの出力で、海面に近づくことができなければ、もう『こくりゅう』に残された手段は何もないはずだった。

「真樹夫さん、私たちを守って……」

誰も言葉を発しなかった。おそらく、美奏乃以外の全員が深度計を見ているのだろう。

長い沈黙を破ったのは、持田だった。

「現在深度、八三メートル。徐々に……、沈降しています」

ふと右を見ると、古田が何かを見つめていた。写真のようだった。家族だろう。海中からでは、最後の声を届けることもできない。背後からは押し殺した嗚咽《おえつ》も聞こえてきた。

死を覚悟した乗員は、それぞれに最後の思いに浸っていた。

美奏乃には、一つだけ、伝えておきたい言葉があった。背後の荒瀬に向き直ると、重い空気を吐き出す。

「荒瀬艦長、ありがとうございました」

荒瀬は、深度計を見つめたまま、美奏乃の顔を見なかった。美奏乃は、流れる涙を拭うことなく、言葉を続けた。

「最後に、嗣夫君のおかげで、真樹夫さんの本当の気持ちが理解できた気がします。それだけでも、この艦に乗った意味がありました」

そして、本当に最後の言葉のつもりで、泣き笑いではあったが、思いっきりの笑顔を作った。

「それに、真樹夫さんの仇も討てました。本当に、ありがとうございました」

「まだだ。まだ早い」

荒瀬は、深度計を見つめたまま、それしか言わなかった。

この人は、このまま艦が沈降し、巨大な水圧で押しつぶされるまで、同じことを言い続けるのだろうかと思った。しかし、そう思っただけで、他には何の感情も湧かなかった。

美奏乃は、左腕のサブマリーナーを外すと、両手で包み込むようにして口づけした。一人じゃない。ふと、そんな気持ちが込み上げてきた。

そして、目を閉じた。最後の瞬間まで、もう目を開けることなく、真樹夫と同じ場所に行けることを幸せだと考えることにした。

周囲からは、コンソールを叩き付ける音や、すすり泣きが聞こえていた。

そうりゅう型の可潜深度は深い。その上、沈降速度が遅いため、いつまで経っても船体の軋みさえ聞こえなかった。

「止まりました」

持田だった。しかし、何が止まったと言ったのだろうか。美奏乃は、自分の耳がおかしくなったのだろうかと訝しんだ。

「沈降、止まりました。いえ、わずかに浮上しています」

聞き違いではなかった。美奏乃は、目を開ける誘惑に勝てなかった。すぐさま深度計を見つめた。美奏乃の目には、針は止まっているように見えた。しかし、三〇秒ほど見つめ続けると、確かに、ゆっくりとではあったが、浮上しているように見えた。

「どうして？」

美奏乃には、何が起こったのか理解できなかった。隣の古田も、困惑した顔をしている。

荒瀬は、深度計から目を離すと、無電池電話に向かって言葉を発した。

「橋立、状況はどうだ？」

「現在二五気圧。ビルジポンプに加え、水深が浅くなったので、浸水口から徐々に排水しているようです。水位が下がっています」

第一区画を高圧にしても、深い場所では浸水を止めるだけの効果しかなかった。しかし、バッテリーを限界まで使って船体を引き上げた結果、船外の水圧が下がり、徐々に排水することで、浮力を得ることができていた。

「助かる？」

美奏乃のつぶやきには、誰も答えなかった。

「助かるの？」

「シュノーケルに移行できればな」

荒瀬の言葉に、美奏乃以外の乗員は、急に我に返ったように動き始めた。

「艦は、徐々に浮上中。橋立二尉は、以後、排水よりも減圧症に留意して気圧をコントロールしろ」

「了解しました」

ヘリウムを吸っているため、橋立の声は、アニメキャラのような妙な声だった。

「シュノーケル準備。艦尾が上がっている。水上に出た艦尾が沈み、艦橋が水上に出るタイミングでシュノーケルに移行する。移行後は、後進一杯。潜舵を下げ舵にして、後進の速力でツリムをとるぞ。チャンスは一回きりだ。ヘマをするなよ！」

荒瀬の命令に応える乗員の声は、つい先ほどまでとはうって変わっていた。

「現在深度五〇メートル」

持田が報告すると、荒瀬は最後の手を打った。

「機関室、ありったけの圧縮空気を開放してディーゼル始動。第一区画以外の水密扉を開け。一気に水面に出るぞ」

艦はまだ水中にあった。しかし、艦内の空気を使用してディーゼルエンジンを動かすことはできる。荒瀬は、ディーゼルの推進力で、船体を水上に押し上げ、セイル上のシュノーケルマストを水上に出して空気を取り入れるつもりだった。

ディーゼルが始動する微かな震動が伝わると、急に耳が痛くなった。ディーゼルエンジンが、艦内の空気を食ったためだ。

「深度三五。艦尾が水上に出ます！」

美奏乃の耳にも、プロペラが、海面を叩く音が聞こえてきた。そして、トリムが急に回復すると、船体が大きく揺れた。

「ディーゼル停止、がぶりました。再始動します！」

美奏乃は、ただ祈っていた。ディーゼルエンジンを始動し、シュノーケル航走に移行できれば、沈む心配はなくなる。しかし、これに失敗すれば、水面に出たにもかかわらず、ふたたび沈みゆくしかないのだ。

「再始動成功！」

「後進一杯、潜舵のみ下げ舵一杯」

エンジンは止まらなかった。シュノーケルマストを海上に出し続けることに成功し、『こくりゅう』は、なんとか沈没を免れた。

「やった！」

「助かった！」

みんなが口々に叫んでいた。

美奏乃は、振り返って荒瀬を見た。その顔は、相変わらず厳めしく、笑顔でさえなかった。しかし、美奏乃には、わずかに微笑んでいるようにさえ思えた。

「潜水艦隊に衛星回線を開け」

＊

美奏乃は、高圧治療機の窓から、中にいる嗣夫を覗いていた。

「どう？」

「どうもこうも、暇です」

「痛みは？」

「もうないですよ。大丈夫です」

嗣夫は、減圧症の症状が出たため、救助に来た艦載ヘリで潜水艦救難艦『ちはや』に運ばれた。美奏乃は、荒瀬に命じられて、同じヘリで『ちはや』に移乗したものの、何もできることはなかった。減圧症の治療は、再び高圧のチャンバーに入れ、徐々に圧力を下げることが基本だった。

「護衛艦が、尖閣海域まで進出したそうよ」

「そうですか。アルファ改さえいなければ、さほど脅威はないですからね。護衛艦がそこまで出たってことは、潜水艦はもっと前まで行ったんでしょうし、『遼寧』は使いものにならないでしょうから」

「そうね。それに、未確認情報だけど、今回の危機の首謀者だった彭総参謀長が、汚職の疑いで逮捕されたっていう情報もあるわ」

「なるほど。じゃあ、本格的に、事態は収束した感じですね」

「みたい。テレビも、危機の始まりの時とは打って変わって、お祭り騒ぎをしてる。あとは、嗣夫君が回復するだけよ」

「もう回復してますよ。早くここから出してほしいです」

美奏乃は、圧力計の針を読んだ。

「もうしばらくは、我慢みたい」

嗣夫は、肩をすくめてみせた。

「美奏乃さん」

「何?」

「落ち着いたら、兄の墓参りに行きましょう」

「そうね。いろいろ報告しなくちゃ」

「艦長も一緒に」

美奏乃は、その提案に驚いた。しかし、それが正しい選択であるように思えた。

「ええ、そうしましょう」

エピローグ　二〇一六

「大丈夫ですか？」

　声をかけてきたのは、レンタカーを準備して待ちかまえていた嗣夫だった。二時間を超える船旅を終え、隠岐《おき》諸島中《なか》ノ島《しま》にある菱浦《ひしうら》港に降り立った時、美奏乃はすっかり船酔いしていた。同じフェリーに乗っていた荒瀬は、平気な顔をしている上に、船酔いには慣れるしかないと言って、優しい言葉の一つもかけてはくれなかった。

　真樹夫と嗣夫の実家は、父親の勝夫が家を建てた出雲市にあった。しかし、橋立家累代《るいだい》の墓は、勝夫の出身地である隠岐諸島中ノ島の海士町《あまちょう》だった。真樹夫と嗣夫は、幼少期に勝夫の実家である海士町にたびたび訪れていたことから、自然と海に親しんでいたらしい。

「車で二〇分くらいです。ちょっと休んでからにしますか」

「大丈夫。気持ちのいい場所だもの」

「日本海から、いい風が吹きますね」

　そう答えると、嗣夫は二人が乗り込んだレンタカーを出発させた。車は、曲がりくねった道をしばらく走ると、見晴らしの開けた高台に出た。

「着きました」

嗣夫は、路肩に車を止めると、後方に回ってトランクを開けた。美奏乃は、境港《さかいみなと》で買ってあった花束を握ると、風にあおられるスカートを押さえながら車を降りた。嗣夫を先頭に、小ぶりな墓の間を通り、苔むした墓石の前に出る。美奏乃は、葬儀の後、一度だけ来たことがあった。

一人ずつ墓前で手を合わせ終えると、荒瀬が無言で封筒を差し出してきた。表書きは、〝美奏乃へ〟となっている。

美奏乃も無言で受け取ると、二人に背を向け、海に向かって封を開いた。

「忘れるなんて、無理」

そこには、二人で過ごした日々への感謝と、自分のことは忘れて、前向きに生きてほしいと書かれていた。

「でも、前は向いて生きることにする。それでいいでしょ」

美奏乃は、あの月弧の深淵での戦闘、そして何よりも、乗員を救うために自ら危険を引き受けた嗣夫を見て、自然と心の整理ができていた。

「ナーワルが本物だって、見せつけられたしね」

美奏乃は、振り向くと、二人に向かって頭を下げた。

「私のわがままで、迷惑をかけてゴメンなさい」

嗣夫は「迷惑だなんて」と言って恐縮していた。荒瀬は軽く会釈を返していた。

「私のほうこそ、本当のことを告げられず、申し訳なかった。それに、今回の件では、あなたの助力なしでは、勝つことはおぼつかなかった。本当に感謝している」

「本当に、そう思ってくれてるんですか？」

荒瀬は、美奏乃の真意を測りかねたのか、怪訝な顔をしていた。

「本当だ。感謝している」

「そうですか。それはよかった」

美奏乃は、微笑みながら答えた。

「『こくりゅう』は、艦首周りにダメージを受けたため、河崎造船での大規模修理が予定されています。そして、修理に併《あわ》せて、本格的なナーワルシステムの組み込み改造が行なわれることになったそうです」

荒瀬は、眉根を寄せながら「聞いてはいないが」と答えた。

「だと思います。私も、東京を出る直前に聞いた話なので」

美奏乃は、どんな顔をすべきなのか決められずに混乱した表情の荒瀬を見て、噴き出しそうになる気持ちを抑えた。もうしばらく、暗い海の底をしのび足で歩く、まぶしい男たちと付き合ってゆくことになるのだろう。

（この作品は、平成二十七年十二月、小社から単行本として刊行されたものです）

深淵の覇者

一〇〇字書評

切り取り線

購買動機（新聞、雑誌名を記入するか、あるいは○をつけてください）	
□（　　　　　　　　　　　）の広告を見て	
□（　　　　　　　　　　　）の書評を見て	
□ 知人のすすめで	□ タイトルに惹かれて
□ カバーが良かったから	□ 内容が面白そうだから
□ 好きな作家だから	□ 好きな分野の本だから

・最近、最も感銘を受けた作品名をお書き下さい

・あなたのお好きな作家名をお書き下さい

・その他、ご要望がありましたらお書き下さい

住所	〒				
氏名		職業		年齢	
Eメール	※携帯には配信できません		新刊情報等のメール配信を 希望する・しない		

この本の感想を、編集部までお寄せいただけたらありがたく存じます。今後の企画の参考にさせていただきます。Eメールでも結構です。

いただいた「一〇〇字書評」は、新聞・雑誌等に紹介させていただくことがあります。その場合はお礼として特製図書カードを差し上げます。

前ページの原稿用紙に書評をお書きの上、切り取り、左記までお送り下さい。宛先の住所は不要です。

なお、ご記入いただいたお名前、ご住所等は、書評紹介の事前了解、謝礼のお届けのためだけに利用し、そのほかの目的のために利用することはありません。

〒一〇一－八七〇一
祥伝社文庫編集長　坂口芳和
電話　〇三（三二六五）二〇八〇

祥伝社ホームページの「ブックレビュー」からも、書き込めます。
http://www.shodensha.co.jp/bookreview/

祥伝社文庫

深淵《しんえん》の覇者《はしや》　新鋭潜水艦《しんえいせんすいかん》こくりゅう「尖閣《せんかく》」出撃《しゆつげき》

平成30年 8 月20日　初版第 1 刷発行

著　者　数多久遠《あまたくおん》
発行者　辻　浩明
発行所　祥伝社《しようでんしや》
東京都千代田区神田神保町 3-3
〒101-8701
電話　03（3265）2081（販売部）
電話　03（3265）2080（編集部）
電話　03（3265）3622（業務部）
http://www.shodensha.co.jp/

印刷所　堀内印刷
製本所　ナショナル製本
カバーフォーマットデザイン　芥 陽子

Printed in Japan ©2018, Kuon Amata　ISBN978-4-396-34444-3 C0193

祥伝社文庫の好評既刊

矢月秀作
人間洗浄（上） D1警視庁暗殺部
国際的労働機関の闇を巡る実態調査は危険過ぎる。しかし、日本でも優秀な技術者が失踪して——。どうするD1？

矢月秀作
人間洗浄（下） D1警視庁暗殺部
技術者失踪を追い、組織へ潜入を試みたリーダー周藤が撃たれた！ とことんやり返す逆襲の弾丸を喰らえ！

渡辺裕之
死線《しせん》の魔物《まもの》 傭兵代理店
「死線の魔物を止めてくれ」——悉《ことごと》く殺される関係者。近づく韓国大統領の訪日。死線の魔物の狙いとは⁉

渡辺裕之
万死《ばんし》の追跡《ついせき》 傭兵代理店
米の最高軍事機密である最新鋭戦闘機を巡り、ミャンマーから中国奥地へと、緊迫の争奪戦が始まる！

渡辺裕之
聖域《せいいき》の亡者《もうじゃ》 傭兵代理店
チベット自治区で解放の狼煙《のろし》を上げる反政府組織に、藤堂の影が⁉ そしてチベットを巡る謀略が明らかに！

渡辺裕之
殺戮《さつりく》の残香《ざんこう》 傭兵代理店
最愛の女性を守るため。最強の傭兵・藤堂浩志が、ロシア・アメリカの謀略機関と壮絶な市街地戦を繰り広げる！

祥伝社文庫の好評既刊

渡辺裕之　滅びの終曲　傭兵代理店

暗殺集団〝ヴォールグ〟を殲滅させるべく、モスクワへ！　襲いくる〝処刑人〟。藤堂の命運は⁉

渡辺裕之　傭兵の岐路　傭兵代理店外伝

〝リベンジャーズ〟解散後、平和な街で過ごす戦士たちに新たな事件が！　その後の傭兵たちを描く外伝。

渡辺裕之　新・傭兵代理店　復活の進撃

最強の男が還ってきた！　砂漠に消えた人質。途方に暮れる日本政府の前にあの男が……。待望の2ndシーズン！

渡辺裕之　悪魔の大陸㊤　新・傭兵代理店

この戦場、必ず生き抜く――。藤堂に新たな依頼が。化学兵器の調査のため内戦熾烈なシリアへ潜入！

渡辺裕之　悪魔の大陸㊦　新・傭兵代理店

この弾丸、必ず撃ち抜く――。傭兵部隊は尖閣に消えた漁師を救い出すべく、悪謀張り巡らされた中国へ向け出動！

渡辺裕之　デスゲーム　新・傭兵代理店

最強の傭兵集団vs.卑劣なテロリスト。ヨルダンで捕まった藤堂に突きつけられた史上最悪の脅迫とは⁉

祥伝社文庫の好評既刊

渡辺裕之　死の証人　新・傭兵代理店

藤堂浩志、国際犯罪組織の殺し屋のターゲットに！　次々と仕掛けられる敵の罠に、たった一人で立ち向かう！

渡辺裕之　欺瞞《ぎまん》のテロル　新・傭兵代理店

川内《せんだい》原発のHPが乗っ取られた。そこにはISを意味する画像と共にCD《カウントダウン》の表示が！　藤堂、欧州、中東へ飛ぶ！

渡辺裕之　殲滅《せんめつ》地帯　新・傭兵代理店

北朝鮮の武器密輸工作を壊滅せよ！　ナミビアへ潜入した傭兵部隊を待ち受ける罠に、仲間が次々と戦線離脱……。

渡辺裕之　凶悪の序章㊤　新・傭兵代理店

任務前のリベンジャーズが、世界各地で同時に襲撃される。だがこれは〝凶悪の序章〟でしかなかった――。

渡辺裕之　凶悪の序章㊦　新・傭兵代理店

アメリカへ飛んだリベンジャーズ。そして〝9・11〟をも超える最悪の計画が明らかに。史上最強の敵に挑む！

渡辺裕之　追撃の報酬　新・傭兵代理店

アフガニスタンでテロリストが少女を拉致！　張り巡らされた死の罠をかいくぐり、平和の象徴を奪還せよ！